Katas Ellie

In eurer kleinen Stadt

...

wird man gefangen

Impressum

katas-ellie@gmx.de

https://www.facebook.com/Katas.Ellie

Druck: epubli – ein Service der Neopubli GmbH, Berlin

Köpenicker Straße 154a, 10997 Berlin

Verlag: Inga Rieckmann alias Katas Ellie

c/o Block Services

Stuttgarter Straße 106

70736 Fellbach

Zuständige Pflichtabgabestelle:

Württembergische Landesbibliothek

-Pflichtexemplarstelle-

Konrad-Adenauer-Str.8

70736 Fellbach

Bibliografische Information der Deutschen Nationalbibliothek:

Die Deutsche Nationalbibliothek verzeichnet diese Publikation in der Deutschen Nationalbibliografie; detaillierte bibliografische Daten sind im Internet über http://dnb.d-nb.de abrufbar

Prolog

Manchmal nahm das Leben schon merkwürdige Wendungen. Hardi saß auf den steinernen Stufen des Rathauses, neben sich zwei Flachmänner seines liebsten Whiskys, und wartete darauf, dass gegenüber beim Standesamt die Türen aufgingen und sein Freund Erik herauskam. Er, ihr gemeinsamer Kumpel und Anwalt Timo und die dann hoffentlich endlich geschiedene Ex mit deren Rechtsverdreher, der seinem Freund in den letzten Monaten das Leben wahrlich zur Hölle gemacht hatte.

Doch als es soweit war, kam Erik allein, ein erleichtertes Grinsen im erschöpften Gesicht. Er reckte den Daumen und ging mit langen Schritten zu ihm herüber.

»Sieg?«

Erik wartete mit der Antwort, bis er bei ihm war und sich mit einem Aufstöhnen neben ihm auf die steinernen Stufen hatte fallen lassen. »Sieg. Aber so was von. Die Dokumente waren goldrichtig, gerade noch rechtzeitig. Es wird jetzt ein Ermittlungsverfahren gegen sie geben, gegen beide. Sie wird den Schaden bezahlen, den sie angerichtet hat, und zwar vollumfänglich. Tja. Feinde, die man sich einmal gemacht hat… sie ist ausgeflippt da drinnen. Sie haben sie rausgebracht und warten jetzt auf die Polizei.«

»Puh«, machte Hardi und blies die Wangen auf. Er griff die beiden Flachmänner, schraubte sie auf, reichte Erik einen. »Na dann. Auf den Sieg. Auch wenn er bitter ist. Wir haben es beide nicht gesehen.«

»Nein. Prost.« Sie stießen an und leerten die Flachmänner Zug um Zug, langsam und schweigend und jeden Moment auskostend. So viel Ruhe hatten sie in den letzten Monaten nie gehabt, keinen Moment.

Dann stieß Hardi Erik an, denn ein Polizeiwagen fuhr aus dem Innenhof des Standesamtes hinaus und holperte auf dem Kopfsteinpflaster vorbei. Als Erik absetzte, sah er darin einen ihm nur allzu bekannten Umriss. Sie wandte den Kopf, und bei dem Blick, einen winzigen Moment nur, lief es ihm kalt den Rücken herunter. Wenn Blicke töten könnten…

»Da fährt sie hin«, knurrte Hardi und fletschte die Zähne. »Gehab dich wohl, du Miststück!«

»Na, na«, machte Erik und stand auf. »Los, komm, lass uns einen trinken gehen, richtig trinken.«

Erwartungsgemäß endete die Nacht übel, und entsprechend verkatert saßen die beiden am nächsten Morgen an Hardis Küchentisch in dessen windschiefem Altstadthäuschen und versuchten, nicht allzu sehr in Selbstmitleid zu versinken.

»Wie gut, dass wir beide heute freigenommen haben«, schnaubte Erik.

»Tja, sieh es mal so, wenn es anders gekommen wäre, würden wir genauso hier sitzen«, grummelte Hardi und nahm noch einen Schluck Kaffee. Er verzog das Gesicht.

»Wir haben es alle nicht gesehen.« Erik starrte trübe in seine Tasse. Er hatte nach dem ersten Schluck aufgehört. Ihm war speiübel.

»Ja doch.« Dieses Mantra hatte Erik gestern Abend immer und immer wieder wiederholt. »Die hat sich gut versteckt, wirklich gut. Verdammt!« Denn sie hatten alle an ihr herumgegraben, und zwar heftig. Ein Wettbewerb, wer die schöne, lebhafte Chrissy eroberte. Die so ganz anders war als die anderen jungen Dinger, die für gewöhnlich die Kneipenszene bevölkerten. Sie wären beide niemals auf die Idee gekommen, dass in Wahrheit ***sie*** diejenigen gewesen waren, die in ***ihre*** Falle gegangen waren.

Wie hätten sie auch, dachte Erik. Beide Mitte dreißig, aufstrebend, erfolgsverwöhnt und mit ihren Kumpels in der Kneipenszene der Stadt wohlbekannt. Und bei den Frauen. Das Leben leichtnehmend und eigentlich noch nicht bereit, sich etwas Festes zu suchen. Frischfleisch gab es immer, in einer Studentenstadt wie ihrer allemal, jedes Semester aufs Neue. Aber Chrissy hatte es irgendwie geschafft, sie hatte ihn in diese Falle gelockt. Was war er stolz gewesen, den Preis gewonnen zu haben!

Das böse Erwachen war dann viel später gekommen, sehr viel später, und nur Dank seiner Freunde war er dort mit einigermaßen heiler Haut wieder herausgekommen. Wenn auch mit angeknackstem Selbstbewusstsein. Aber das würde sich ab heute ändern, das schwor Erik sich!

Wie aufs Stichwort summte sein Handy. Er schaute drauf, las die Nachricht und verzog den Mund zu einem grimmigen Strich. »Bingo!«

»Verkauft? Wie viel?«, fragte Hardi. Einmal Banker, immer Banker.

»Eins Komma zwei insgesamt«, erwiderte Erik und schaltete das Handy aus. Das beleuchtete Display bereitete ihm Kopfschmerzen.

Hardi pfiff unfein durch die Zähne. »Trotz der Verwüstungen? Herrje, der Immobilienmarkt spielt echt verrückt.«

»Sagt Timo auch. Was Besseres hätte mir gar nicht passieren können, meint er. Ich habe die Verträge noch im Standesamt unterschrieben und er sie gleich mitgenommen. So, dass sie es mitbekommen hat. Ha!«

Das baute ihn auf, das merkte Hardi und stieß ihn an. »Sieh es mal so, jetzt hast du genug finanziellen Spielraum, um dir was richtig tolles Eigenes zu suchen. Mit der Entschädigung, die ihr noch aufgebrummt wird, allemal. Aber lass dir Zeit. Du kannst hier wohnen, solange du willst, hier ist genug Platz.«

»Weiß ich doch. Danke.« Erik schloss erschöpft die Augen. Er fühlte sich, als könnte er hundert Jahre schlafen, jetzt, da es vorbei war. Keine Kraft, schon wieder Pläne zu schmieden. Und wozu? Er fühlte sich leer, wie ausgesaugt. Was wohl auch ihre Absicht gewesen war.

Vier Wochen später hatte er sich soweit beisammen, dass er wieder vorsichtig in die Zukunft schauen mochte. Alle in seiner Umgebung sahen das mit Erleichterung, hatte er festgestellt, allen voran sein Chef, denn ihnen stand ein ganz, ganz großes Projekt ins Haus, dem er sich vollumfänglich widmen sollte, als Leiter. Vor einigen Wochen wäre daran nicht zu denken gewesen, doch nun stellte er fest, seine Arbeit machte ihm wieder Spaß, er ging voll in ihr auf. Nur durch die Kneipen mochte er noch nicht mit den anderen ziehen, er wusste auch nicht, warum. Traf sich mit seinen Kumpels zum Essen, verabschiedete sich danach aber und verbrachte den Rest des Abends vor sich hinbrütend in Hardis urigem Häuschen, entweder auf dem Sofa oder im Gästebett im winzigen Zimmer unter der Dachschräge, wo er, seitdem die Sache losgegangen war, sein Quartier aufgeschlagen hatte. Dort lag er dann, starrte an die Decke oder durch das Velux-Fenster nach draußen und fühlte… nichts. Er war innerlich noch immer wie gelähmt. Er wusste, dass seine Freunde darüber redeten, spekulierten, wann er sich wieder in den alten Erik zurückverwandeln würde, die Geschichte hinter sich lassen. Doch Erik spürte, dass dies nie wieder geschehen würde. Etwas in ihm war unwiderruflich zerstört, diese Leichtigkeit, sein Leben zu leben, eine Art Urvertrauen, locker auf Menschen, insbesondere Frauen, zugehen zu können.

Ihr Freund Wolle, selber Arzt, hatte ihn ganz vorsichtig und durch die Blume gefragt, ob er sich nicht professionelle Hilfe holen wollte. Einen Psychodoktor, um Himmels Willen! Er konnte Chrissys gehässiges Gelächter bis zu sich ins Zimmer hören, wenn er daran dachte. Das wäre ein Triumph für sie, wenn sie davon erführe! Dabei hatte sie derzeit selber nichts zu lachen, und das war ein Triumph für ihn. Sie würde ins Gefängnis wandern, wenigstens für ein paar Monate, und ihr Rechtsverdreher auch. Urkundenfälschung, Betrug, Meineid, Zerstörung fremden Eigentumes und – um das Maß voll zu machen – Bigamie. Eine ganze Menge, doch sein altes Leben zurück bekam Erik dadurch nicht. Genauso wenig wie die Sachen, die sie zerstört hatte. Er besaß nur noch das, was er an jenem Abend am Leib getragen hatte und die paar Sachen, die er sich seitdem gekauft hatte. Alles andere war weg. Kleidung, Dokumente, Möbel, Erinnerungstücke. Die Fotos seiner Familie, was besonders bitter war, denn er hatte niemanden mehr, seine Eltern und Schwester waren vor ein paar Jahren gestorben. Ein paar Fotos hatte er auf seinem Handy und Laptop gespeichert und noch welche bei Verwandten kopieren können, wenigstens etwas, der Rest war weg. Wie sein gesamtes altes Leben.

Aber irgendwie erleichterte ihn das auch, er wusste auch nicht, warum. Er stand wieder ganz am Anfang und konnte ohne Ballast – so redete er sich das jedenfalls ein – sich ein neues Leben aufbauen. Er hatte seine Kumpels, einen guten Job, war finanziell abgesichert... und der Rest würde sich finden. Von daher setzte er sich selber nicht unter Druck, wozu auch? Stattdessen lag er oft sinnierend da und dachte nach, was er wohl machen könnte. Ein Haus kaufen, so eine Schmuckschachtel wie Hardi oder etwas Modernes? Oder wieder eine Wohnung mieten? Oder wollte er auf Reisen gehen? Erstmal Abstand gewinnen? Da würde der Chef ihn ans Kreuz nageln, so viel war sicher. Andererseits, wenn er sich dessen Gesicht vorstellte, sobald er ihm das sagte... sehr komische Vorstellung.

Hör auf zu träumen, Alter! Der Job war neben Hardi, Timo und den anderen die einzige verbliebene Konstante in seinem Leben. Den konnte er nicht wegwerfen, es ging einfach nicht.

Lebe einfach weiter, hörte er die Stimme ihrer Freundin Sunny. Sie war eines der wenigen Mädchen oder Frauen, die sich permanent in ihrem engeren Dunstkreis gehalten hatten. Sie ging mit ihnen in die Kneipe, feierte mit ihnen auf Partys, ließ auch mal den einen oder anderen bei sich übernachten, wenn es zu spät und der Alkoholpegel zu hoch wurde. Sunny war eine sichere Zone für alle, sie war einfach nur ihre Freundin. Ob sie mehr an Frauen interessiert war oder einfach nur nicht an ihnen als Mann, darüber schwieg sie sich aus. Einen Freund hatte sie jedenfalls nicht. Fakt aber war, mit Sunny konnte man Pferde stehlen gehen, die Jungs hatten sie einfach unwahrscheinlich gerne. Und genau deshalb würde er ihren Rat befolgen. Er lebte einfach weiter.

Kapitel 1

Ein halbes Jahr später stand Erik gemeinsam mit Hardi und Timo in seinem neuen Häuschen. Eine uralte Bruchbude war es gewesen, eigentlich ein Fall für den Abriss. Aber es stand unter Denkmalschutz, und der Vorbesitzer hatte schon angefangen, es zu retten, nur sich dabei finanziell übernommen. Weshalb Erik es für einen relativ geringen Preis hatte erwerben können und mit wenig Aufwand fertig restaurieren. Hardi wohnte zwei Straßen weiter, perfekt für sie beide.

Die körperliche Arbeit, abends und an den Wochenenden, hatte ihn irgendwie aus seinem depressiven Loch befreit. Er ging wieder aus, noch nicht so exzessiv wie früher, aber ab und an. War auch schon mal weggefahren, ein paar Tage an die See. Er lachte mehr, sahen die anderen mit Erleichterung, und fand wieder etwas zu seiner alten Fröhlichkeit zurück.

Das Haus war winzig, aber denkbar gemütlich. Keine einhundert Quadratmeter groß, wenn man nicht das unausgebaute Dachgeschoss dazurechnete, und mit einem winzig kleinen Hinterhof mit Terrasse und Garten in Handtuchgröße. Ein typisches, mittelalterliches Altstadthaus mit schiefen Wänden und knarzenden Dielen im Obergeschoss, Terrazzoboden im Untergeschoss und doppelten Kassettenfenstern, alles behutsam restauriert. Abstand zu den Nachbarhäusern: null. Alle waren Wand and Wand gebaut, außer das Durchfahrtstor, das nach hinten in den Hof Schrägstrich Garten führte.

Im Erdgeschoss hatte Erik eine Wohnküche eingerichtet, einmal durch die gesamte Etage, mit einer Küchenhexe, Kochinsel und allem Drum und Dran. Hinten eine Flügeltür auf die Terrasse, in einem in den Torgang eingebauten Nebengelass ein kleines Gäste-WC und die Garderobe. Und der Anschlussplatz für sein Fahrrad, denn ein Auto hatte er nach wie vor nicht und wollte auch keines. Im Mittelgeschoss Schlafzimmer und Arbeitszimmer, ein Bad. Das war's. Mehr Platz brauchte er nicht.

»Tja«, sagte Timo, kratze sich am Kopf und schaute auf die Möbelkartons, »ich habe noch nie einen Umzug gemacht, wo man wirklich alles neu gekauft hat. Eine Kompletteinrichtung.«

»Hoffen wir mal, dass du das auch nie wirst tun müssen«, erwiderte Hardi und nahm sich ein Cuttermesser, um den ersten Karton aufzuschneiden.

Doch bevor er loslegen konnte, wummerte es an der Haustür. »Hey Jungs!«, rief eine helle Stimme draußen. »Macht mal einer auf? Sonst wird es noch nass oder ich lasse es fallen.«

»Wie hätte es auch anders sein können«, sagte Hardi kopfschüttelnd grinsend und ging zur Tür. Gleich drauf erschien ein großer Karton mit zwei Beinen im Eingang. Hardi griff lieber zu und nahm den Karton an sich.

»Na endlich!«, seufzte Sunny und machte einen großen Schritt aus dem Nieselregen ins Trockene. »Ihr habt doch wohl noch nicht angefangen? Ich will auch schrauben«, sagte sie und zog sich die quietschgelbe Regenjacke aus.

Immer, wenn Sunny erschien, war das wie eine Farbexplosion. Angefangen bei den feuerrot gefärbten, in alle Richtungen abstehenden Haaren über die leuchtend grünen Augen bis hin zu den Klamotten und Schuhen. Heute hatte sie ein giftgrünes T-Shirt unter einer knallblauen Latzhose an, kombiniert mit schwarzen Stahlkappenschuhen und neongelben Schnürsenkeln. Die Kumpel hatten sich schon öfter mal gefragt, ob Sunny vielleicht farbenblind war, doch dann hätte sie niemals derart zielsicher diesen exakten Punkt des absolut Unerträglichen getroffen. Auf jeden Fall machte es sie erheblich jünger, als sie in Wahrheit war. Sunny sah aus wie gerade frisch an die Uni gekommen, war aber genauso alt wie die Jungs, Mitte Dreißig.

»Was ist da drin?«, fragte Hardi, verfressen wie eh und je, und schnupperte.

Sunny lachte. »Finger weg, der Hausherr packt aus!« Sie umarmte Erik, gab ihm einen Kuss zur Begrüßung auf die Wange. »Glückwunsch und so weiter, Alter! Ist klasse geworden.«

»Danke.« Erik drückte sie einmal und hob sie ein wenig hoch, wie jedes Mal. Er wusste, dass sie das nicht mochte, eine Erinnerung daran, wie klein sie war. So auch diesmal. »Ey, lass das!« Sie wand sich aus seiner Umarmung, und Erik und die anderen lachten. »Los, pack aus. Ich hab Hunger!«

»Zu Befehl, Madame!«, grinste er und ging zum Küchentresen, wo Hardi den Karton abgestellt hatte. Er nahm seinem Freund das Cuttermesser ab und begann, das Klebeband zu zerschneiden.

»Oh wow, seht euch das an!«, entfuhr es Hardi. Da waren sie sprachlos. Vor ihnen stand ein kleines Häuschen, dieses, um genau zu sein, in Kuchenform. Fast bis ins Detail getreu nachgebaut.

»Mensch, Sunny, das wäre doch nicht…«

Sie wiegelte Eriks verlegene Worte ab. »Doch, war es. Mit vielen Grüßen von den Mädels aus dem Club und von Marita. Sie übt gerade für ihre Meisterprüfung und sagte, das sei genau richtig dafür. Ist gut, geworden, nicht? Los, haut rein!«

Sunny schwang sich zufrieden daneben auf den Küchentresen. Die Beine baumeln lassend, betrachtete sie ihre Freunde aufmerksam. Sie war froh, Eriks Grinsen zu sehen. Das tat er in letzter Zeit immer öfter, doch in seinem Gesicht hatte diese Sache unwiderruflich Spuren hinterlassen. Er wirkte älter, immer noch etwas hager, ein paar Kerben mehr im kantigen Gesicht und die ersten grauen Fäden im blonden Haarschopf, kaum zu sehen, aber dennoch da. Sunny hätte die blöde Chrissy erwürgen können, dass sie ihm das angetan hatte. Ihm und auch den anderen. Die Leichtigkeit war ihnen allen irgendwie abhandengekommen, auch wenn man das bei Hardi und Timo nicht so merkte. Hardi wirkte mit seinem leichten Übergewicht, dem braunen Wuschelkopf und Pausbäckchen wie eh und je wie ein gutmütiger Tanzbär, während Timo mit seinen dunklen Locken und der Dichter und Denker Stirn eher wie ein Intellektueller daherkam denn wie ein Anwalt. Aber die Frauen standen darauf, er war derjenige, der sie meistens anschleppte. Nicht, dass Sunny jemals in diesen Wettbewerb eingestiegen wäre. Aber sie beobachtete und wusste genau, wie der Hase in dem Gespann lief.

»Na los, schneid an. Hast du irgendwo ein großes Messer?«, fragte sie Erik.

Er schüttelte den Kopf. »Noch nicht. Nehmen wir einfach das hier.« Er hielt das Cuttermesser hoch und fuhr es noch ein paar Zentimeter aus. »Aber vorher machen wir ein Bild davon als Erinnerung. Es ist wichtig, solche Bilder zu haben«, fügte er etwas leiser hinzu und erntete dafür von ihr einen traurigen Blick. Aber sie taten es, und zwar alle zusammen. Ein schönes Foto, das sie gleich unter sich teilten und auch mit einem Riesendankeschön an Marita und die Mädels im Club sandten.

Dann schnitt Erik den Kuchen oder vielmehr das Häuschen an. »Hm… lecker, Buttercreme. Ha, da wird der Doc aber schimpfen!«, seufzte Hardi und langte kräftig zu. Der Doc, ihr Kumpel Wolle, wollte später kommen, er hatte noch Sprechstunde. Genauso wie etliche andere, die an diesem Freitag am Arbeiten waren. Von daher aßen sie hastig und beeilten sich dann, mit dem Aufbau zu beginnen.

Am frühen Abend hatten sie alles fertig, und Erik betrachtete zufrieden seine neue Einrichtung. Er hatte lange gesucht und war schließlich in einem ökologischen Möbelhaus weit draußen im Umland gelandet, alles schöne, massive helle Stücke. Keine ganz billige Angelegenheit und weit entfernt von Ikea und Co., aber weshalb arbeitete er schließlich? Es wirkte noch etwas nackt, die Deko, Kissen und so fehlten, aber da wollte er sich Zeit lassen.

»Sehr schön«, seufzte Sunny zufrieden und strich mit der Hand über die Lehne des Sofas. »Hier kann man notfalls auch drauf pennen.«

Erik lachte. »Genau deshalb. Oben ist kein Platz für ein Gästezimmer, es sei denn für eine Matratze auf dem Dachboden.«

»Na, dann kann die Party ja steigen. Los, her mit dem nächsten Stück Kuchen, bevor der Doc eintrifft.« Hardi langte zu, doch kaum hatte er einen Bissen verschluckt, wurden Stimmen vor der Tür laut.

»Oh je, wenn man vom Teufel spricht…«, gluckste Timo, als ein paar Gestalten durch das milchige Glas der Eingangstür sichtbar wurden. Gleich darauf strömten sie hinein, Wolle und die anderen, alle beladen mit Essen und Getränken und Geschenken. Es machte Erik ganz fassungslos, wer da alles kam und wie viel sie mitbrachten. Er brauchte nichts zu tun, sie hatten alles dabei, selbst Geschirr und Besteck, das er noch nicht besaß, und daher genoss er es in vollen Zügen. Nur beim Alkohol, da hielt er sich zurück, trank nur scheinbar, während alle anderen kräftig zulangten. Es wurde laut, richtig laut, aber da alle Nachbarn mit eingeladen waren, machte sich Erik keine Sorgen, dass dies jemanden stören könnte. Ganz im Gegenteil, sie feierten kräftig mit und waren teilweise in den vergangenen Wochen und Monaten seine Freunde geworden. Es war eine prima Nachbarschaft, genau richtig für ihn.

Es war spät in der Nacht, als endlich die letzten gegangen waren. Nur Sunny lümmelte noch im Schneidersitz auf dem

Küchentresen herum, an einen Stützbalken gelehnt, in der einen Hand eine Flasche Bier, die andere tauchte in eine Schüssel Chips. Es erstaunte Erik immer wieder, wie viel in sie hineinging, zierlich, wie sie war. »Coole Party«, sagte sie, gähnte ausführlich und stopfte sich dann die nächste Handvoll Chips in den Mund. »Willste noch aufräumen?«, fragte sie kauend und wackelte mit ihren Zehen in den quietschbunten Ringelsocken. Die Stahlkappenschuhe waren in dem Moment in der Ecke gelandet, als der erste mit ihr hatte tanzen wollen.

»Ein bisschen…« Erik nahm sich eine Flasche alkoholfreies Bier, öffnete sie und trank einen Schluck.

Das verfolgte Sunny mit belustigt hochgezogenen Augenbrauen. »Ist das jetzt die neue Mode?«

»Mmpf… nee. Nur heute Abend. Ich…«, er rieb sich verlegen über das Gesicht, »ich wollte es genießen. Und nicht saufen. Weil… naja.« Er fand keine Worte, starrte auf die neuen Küchenschränke, jetzt mit allerlei Luftschlangen dekoriert, und trank noch einen Schluck.

»Oh Mann.« Sie stellte die Bierflache fort und setzte sich auf, schob sich bis zur Kante des Tresens und ließ die Beine herunterbaumeln. »Diese Sache hat dich fast bis zur Unkenntlichkeit verändert«, entfuhr es ihr, und augenblicklich biss sie sich auf die Lippen. Mist. Das hatte sie eigentlich gar nicht sagen wollen. Das viele Bier war schuld. »Entschuldige.«

»Muss es nicht.« Erik drehte sich um und verschränkte die Arme, seine Flasche nach wie vor in der Hand. Er sah, wie sie betreten zu Boden blickte. »Ich merke es ja selber. Hab mich selbst kaum noch wiedererkannt.« Er nahm noch einen Schluck, während er sie aus den Augenwinkeln beobachtete. Sie saß da, sich auf die Lippen beißend. »Was ist?«

»Nichts.« Den Kopf schüttelnd, sprang sie vom Tresen und begann, ein paar Dinge zusammen zu räumen.

»Hey, lass das doch, das musst du nicht machen«, sagte er und hielt sie fest. Überrascht spürte er, wie sie förmlich zusammenzuckte, und ließ sie los. »Was ist?«, fragte er noch einmal. »Du hast doch etwas. Was ist los?«

Er konnte sehen, wie sie mit sich rang, obwohl sie mit dem Rücken zu ihm stand. Die schmalen Fäuste geballt und auf der Arbeitsplatte abgestützt, atmete sie ein paar Mal ein und aus. Doch dann brach es aus ihr hervor: »Ich hätte sie umbringen können!«, entfuhr es ihr so heftig, dass er fast zusammenzuckte. »Ich hab genau gemerkt, was da abgegangen ist. Wie sie euch alle begutachtet hat, geschüttelt hat wie einen Sack voller Münzen und sich dann den schwersten rausgesucht hat. Dich, um genau zu sein, mit dem Erbe deiner Eltern, von deiner Schwester. Ich dachte, das gibt's doch nicht, merken die das denn nicht? Aber das habt ihr nicht, und dann war es zu spät.« Abrupt wandte sie sich um, und ihre Augen sprühten förmlich Feuer.

»W...waas?!« Erik hatte es die Sprache verschlagen.

»Was glaubst du wohl, wie oft ich mir Vorwürfe gemacht habe, nichts gesagt zu haben?! Als das Ganze den Bach runterging, sie dich rausgeworfen hat, deine Sachen zerstört und dich selber beinahe auch? Das verzeihe ich mir nie! Niemals, hörst du?« Ihre Stimme begann zu zittern, und das war ihr so peinlich, dass sie flüchtete, hinüber zur Gartentür. Dort lehnte sie an dem kalten Glas und schaute tränenblind in die Dunkelheit.

Erik wusste nicht, was er sagen sollte. Er sah zu ihr und hörte erschrocken ein leises Schniefen. »Mensch, Sunny! Nicht doch…« Er konnte gar nicht anders, ging zu ihr, zog sie zu sich herum und nahm sie in die Arme. Einen Moment lang stand sie ganz starr, doch dann gab sie nach und lehnte sich an ihn. »Mach dir keine Vorwürfe, ich bitte dich. Warum machst du dir Vorwürfe? Das ist wohl müßig. Es war meine Entscheidung, meine ganz allein.«

»Ihr hättet mir nicht geglaubt. Wie eine eifersüchtige dumme Gans hätte ich dagestanden, wie die Freundin, die nicht teilen will. Dabei…«, sie weinte jetzt richtig, »dabei ist die Liga der Weiber, die ihr ständig anschleppt, viel zu hoch für mich. Das war sie schon immer. Da kann ich nicht mithalten, das konnte ich noch nie und wollte es auch nicht. Weshalb ich nie…«

Erik traute seinen Ohren nicht. Konnte das sein? »Himmel, bist du etwa…?!«

Verlegen machte sie sich los und drehte ihm den Rücken zu. Sie rang mit sich, aber schließlich dachte sie, ach, was soll's, da sie sich eh schon reingeritten hatte… »Ich… ich habe euch alle verdammt gerne, jeden auf seine Weise. Aber bei dir, da…« Sie verstummte, schwer atmend. Schließlich rieb sie sich heftig über das Gesicht und straffte sich. »Ich glaube, ich sollte lieber gehen, bevor ich mich noch völlig zum Narren mache. Entschuldige. Hab wohl ein wenig viel getrunken.«

Sunny wollte sich abwenden und hinaus, aber Erik fasste zu, packte ihren Arm und drehte sie sich zu sich herum. Einen langen Moment standen sie beide da und sahen sich an. Ganz, ganz viel stand da plötzlich in ihrem Gesicht geschrieben, und ihre Augen, die waren ihm noch nie so schön vorgekommen, wie zwei große tiefe Seen. Er staunte, und er konnte gar nicht anders, umfasste ihr Gesicht mit beiden Händen. »Das stimmt doch gar nicht«, brummte er leise, ihre Wangenknochen mit den Daumen streichelnd, und er sah, wie etwas in ihr zerbrach, diese Zurückhaltung, die sie sich die gesamte Zeit auferlegt hatte. Sie fasste nun ihrerseits zu, reckte sich ein wenig und küsste ihn. Aus der ersten sanften Berührung wurde sehr schnell sehr viel mehr, und schließlich umfasste Erik ihren Hintern, hob sie hoch und trug sie die Treppe hinauf ins Mittelgeschoss.

In ihrem schlichten Appartement in der Großstadt wachte Sunnys Schwester Freya mit einem Ruck auf. Sie war klatschnass geschwitzt. Stöhnend rieb sie sich über das Gesicht, ihr Herz hämmerte wie verrückt. Das war ein Alptraum gewesen, und was für einer! Keine genauen Bilder hatte sie mehr im Kopf, nur noch das starke Gefühl von Schmerz und Angst. Aber sie kannte sich gut genug. So etwas träumte sie nicht ohne Grund. Weshalb sie sich wieder hinlegte und ruhig und tief zu atmen begann. Sie würde es schon herausfinden!

Es war schon lange hell oder vielmehr grau, denn es regnete immer noch ohne Unterlass, als Erik wieder erwachte.

Erst war er ein wenig orientierungslos. Neues Bett, die Bettwäsche roch noch wie aus dem Karton und die fremde Umgebung… bis ihm aufging, dass jemand neben ihm atmete. Er wandte den Kopf und entdeckte, fest in eine zweite Decke eingewickelt, einen nackten Oberarm und einen verwuschelten roten Haarschopf. Einen Moment lang begriff er gar nicht, was er da sah, doch dann schlug es zu ihm durch: Sunny und die letzte Nacht. Himmel! Er wollte erschrocken aufspringen, doch da bewegte sie sich, und die Decke rutschte ein wenig nach unten und legte ihr Schulterblatt frei. Sie hatte einen Schmetterling darauf tätowiert, den er schon kannte, denn sie trug manchmal Tops, genauso wie er den im unteren Rückenbereich und den auf dem Knöchel schon gesehen hatte und auch das Piercing auf ihrem Bauchnabel. Aber er hatte noch nie… hm… er hatte alles begutachtet und berührt, und zwar sehr, sehr intensiv. Genauso wie das Piercing an anderer Stelle, weiter unten… hmmm… er merkte, wie ihm warm wurde. Wer hätte das gedacht, dass in der guten alten Sunny ein solch kleiner Vulkan schlummerte? Auf einmal erkannte er, er fühlte sich gut, so gut wie schon lange nicht mehr, irgendwie befreit. Und er hatte wieder Lust, nämlich auf herrlichen, unkomplizierten Sex. Und genau das hatte sie ihm gegeben.

Spontan streckte er die Hand aus, wollte sie wecken, doch davon wurde sie wach. Einen Moment lag sie genauso orientierungslos da wie er eben noch. Aber dann fuhr sie mit einem ächzenden Quietschen herum. Aus weit aufgerissenen Augen starrte sie ihn an.

»Ach du Scheiße!«, entfuhr es ihr heiser.

»Dir auch einen schönen guten Morgen, liebste Sunny«, gluckste Erik los und lehnte sich grinsend wieder in die Kissen, den Arm hinter dem Kopf verschränkend. »Hast du gut geschlafen?«

Mit einem Satz war sie aus dem Bett, die Decke fest an sich drückend. »Das… das kann nicht sein!« Sie schüttelte immer wieder den Kopf, doch es gab nichts zu leugnen.

Erik lachte, er konnte gar nicht anders. »Oh doch, kann es. Was ist? Kommst du wieder rein?« Er hob einladend seine Decke an. Damit er lag nackt vor ihr, wie ihn der Herrgott geschaffen hatte, und grinste sie an. Und das ganz offenbar wieder in Bestform.

Statt einer Antwort sammelte sie ächzend die verstreut liegenden Klamotten ein und stolperte die schmale Treppe nach unten. Ein wenig Geraschel, ein paar unterdrückte Flüche, dann klappte die Haustür und sie war fort.

»Boah.« Erik setzte sich auf und rieb sich über das müde Gesicht. »Was war das denn nun?« Er schüttelte den Kopf, gähnte und streckte sich und beschloss dann, duschen zu gehen und danach Hardi einen Besuch abzustatten. Wenn der denn schon wieder aus dem Koma erwacht war.

Aber Hardi machte nicht auf. Erik hätte einfach so reingehen können, er hatte ja den Schlüssel, aber er beschloss, seinen Kumpel schlafen zu lassen. Stattdessen ging er zurück nach Hause – nach Hause! – und warf seine brandneue Kaffeemaschine an. Einen Espresso später fühlte er sich etwas besser und beschloss, das Frühstück ausfallen zu lassen und stattdessen das Chaos vom Abend und der Nacht aufzuräumen. Zu essen war jedenfalls genug da, und so glich seine

Aufräumaktion eher einem ausgedehnten Brunch. Und einer Einräumaktion, denn das Geschirr durfte er behalten, jeder hatte etwas zu dem bunten Sammelsurium beigesteuert. Es machte Spaß, die Sachen einzuräumen, sich ein Zuhause zu schaffen. Erik fühlte sich so gut wie schon lange nicht mehr, und daher beschloss er, die Sache mit Sunny leicht zu nehmen. Sie würde sich schon wieder einkriegen, und wer weiß, was dann geschehen würde. Da war er doch sehr, sehr gespannt.

Am Nachmittag schneite dann Hardi herein, mit blutunterlaufenden Augen und immer noch sehr verkatert. »Oh Mann, danke«, sagte er, als Erik ihm einen Becher Kaffee reichte.

»Harte Nacht, was?« Erik nahm grinsend einen Schluck von seinem.

»Hmm… oh verdammt, Mann! Ich war nicht allein…«, krächzte Hardi.

»Ach? Wer war es diesmal? Die kleine Blonde von unten an der Ecke? Die hat sich ja förmlich an euch heran geworfen. An alle.«

Hardi wurde doch ziemlich rot, bemerkte Erik erstaunt. »Nee. Die hat Timo abgeschleppt. Nein, ich… keine Ahnung, wie das gekommen ist. Ich bin mit Marita aufgewacht.«

»Waas?!« Erik fiel vor Erstaunen fast die Kaffeetasse aus der Hand. »Iss nicht wahr! Ausgerechnet…« Denn Marita hatte ihnen einmal deutliche Ansage gemacht. Sie sollten sie diesbezüglich in Ruhe lassen, sonst würde sie ihnen eine von ihren Torten an den Kopf knallen. Und er dachte, er hätte mit Sunny den Vogel abgeschossen. Dem war offenbar nicht so. »Mmpf! Da war diese Party ja wirklich ein voller Erfolg«, murmelte er derart, dass Hardi sofort hellhörig wurde, trotz seiner Kopfschmerzen.

»Wieso? Was ist…«

»Hm.« Jetzt merkte Erik, wie er rot wurde. Verlegen starrte er auf seinen Becher.

»He, bist du etwa… wer war es?« Hardi stand vor Rätseln, denn Erik hatte sich gestern Abend sehr, sehr zurückgehalten, das war ihm durchaus aufgefallen. In mehr als einer Hinsicht. Und so verlegen war er früher nach einer Nacht nie gewesen, ganz im Gegenteil. Hatte eher geprahlt damit und vor allem, nicht mit den Details hinter dem Berg gehalten.

»Bitte erzähl es nicht weiter. Niemandem, hörst du? Versprich es mir.« Er hob den Kopf und sah Hardi eindringlich an.

»Na schön… wenn du unbedingt willst… versprochen. Also?«

»Naja, als ihr alle fort wart, da hat Sunny mir noch beim Aufräumen geholfen. Sie hatte eine kleine Krise… Himmel! Sie macht sich heftige Vorwürfe wegen Chrissy. Weil sie genau mitgeschnitten hat, was die vorhatte. Sunny sagt, die hat uns ganz gezielt auf unsere Vermögensverhältnisse hin abgeklopft und sich dann den dicksten Kuchen herausgepickt. Mich. Und sie hat sich nicht getraut, was zu sagen. Sunny, meine ich. Das hat sie mir gestern Nacht gebeichtet, war richtig fertig deswegen.«

»Oh Mann. Verflucht.« Hardi rieb sich über das Gesicht. »Das hast du ihr hoffentlich ausgeredet, das mit der Schuld und so…«

»Ich hab's versucht, sie ein wenig getröstet und… naja.« Erik schwieg verlegen.

Erst schaute Hardi etwas verständnislos, doch dann dämmerte seinem müden Hirn langsam die Erkenntnis. »Was…. nein! Du… ihr… waaas?! Willst du mich verarschen?!« Doch Erik schwieg, hob nur die Schultern, und etwas in seiner Miene sagte Hardi, er hatte richtig geraten. »Himmel! Das gibt's doch nicht… und obendrein war's noch gut. Du hast eine rote Birne, Mann, da könnt' ich glatt deinen Küchenofen mit anzünden.«

»Oh ja. Wir hatten… wir hatten's wohl beide mal wieder nötig. Himmel, Hardi, das war… so etwas habe ich noch nie erlebt. Sie ist abgehauen heute Morgen, hat sich richtig erschrocken. Hatte gestern Nacht wohl tüchtig einen intus.«

Da begann Hardi zu lachen, er konnte gar nicht anders. Er musste so sehr lachen, dass er sich an seinem Kaffee verschluckte und schließlich hustend und mit tränenden Augen über der Spüle hing. »Wie Marita. Die hat's auch umgehauen. Ist einfach weg… erfolgreiche Party, und wie! Haha!« Erik prustete los, und irgendwann saßen sie beide auf dem Küchenfußboden und hielten sich die Seiten, bis sie beschlossen, darauf einen zu heben und die Sache leicht zu nehmen.

Schließlich ging Hardi wieder nach Hause, um noch etwas Schlaf nachzuholen, und Erik blieb allein in seinem stillen Häuschen zurück. Er streckte sich auf dem Sofa aus, starrte sinnierend auf den verwilderten kleinen Garten. Auch etwas, das er in Angriff nehmen wollte, im Frühjahr. Die Stille, die ihm sonst erdrückend vorgekommen wäre, tat ihm jetzt gut. Er genoss es regelrecht. Schließlich ging er nach draußen, ein Klemmbrett, Zettel und Stift in der Hand, und fertigte eine Zeichnung an. Oder vielmehr ein halbes Dutzend. Das tat er ständig, auch in fremden Häusern, baute sie in Gedanken um, veränderte sie. Manchmal, da konnte er sich nicht zurückhalten und sprach mit den Besitzern über seine Ideen. Einige fanden das ganz cool, andere reagierten genervt, als wolle er sie bevormunden oder er würde sich in etwas einmischen, das ihn nichts anging. Stimmte ja auch irgendwie. Weshalb er diese Neigung meistens verschwieg. Nun, dies hier war sein Haus, und er konnte damit planen, so viel er wollte, und er genoss es. Weshalb er wohl auch seinen Beruf gewählt hatte. Er war Bauingenieur, spezialisiert auf historische Restaurierungen. Was in einer mittelalterlichen Stadt wie ihrer immer für ausreichend Projekte sorgte, vor allem oben auf dem Schlossberg, wo ein großes Barockschloss inmitten einer wesentlich älteren Festungsanlage thronte. Aber so still vor sich hin planen, ohne Zeitdruck, ohne Vorschriften, das konnte er nur selten, weshalb er es annahm wie ein Geschenk.

Später saß er mit einem Glas Wein – davon hatte er noch etliche offene Flaschen, Geschenke sei Dank – vor seinem Ofen und schaute in die Flammen. Irgendwie, fand er, war das Leben auf einmal wieder lebenswert. Er wusste auch nicht, woher das kam. Und morgen hatte er noch einen ganzen Tag frei, es war Sonntag. Sonst eher voller Schrecken für ihn, weil keine Ablenkung von seinen Gedanken, aber diesmal freute er sich darauf. Sollte er brunchen gehen oder vielleicht eine Fahrradtour, wenn es endlich mal aufhören würde zu regnen? Oder Sunny… Kaum hatte er den Gedanken ausgedacht, klopfte es zaghaft an der Tür. Nanu?

Erstaunt sah er auf die triefende Gestalt im gelben Regenmantel, die davorstand. »Hey… komm rein. Es schüttet.«

Sie schüttelte den Kopf, dass die Wassertropfen nach allen Seiten flogen. »Nein, ich… ich wollte nur… ich wollte nur sagen, dass es mir leidtut, wie ich mich aufgeführt habe. Du sollst nicht denken, dass ich…«

»Mensch, Sunny! Mach dir doch keinen Kopf.«

»Tue ich aber«, kam es leise unter der Kapuze hervor. Ihre Gesichtszüge konnte er kaum erkennen. »Es… es… ich will einfach nicht, dass…« Sie biss sich auf die Lippen.

Erik konnte gar nicht anders. Er langte unter die Kapuze, umfasste ihren Nacken und zog sie nach drinnen. Mit der anderen Hand streifte er die Kapuze nach unten und blickte gleich darauf in ein leichenblasses, ziemlich übernächtigt wirkendes Gesicht. »Hey. Es geht dir nicht gut. Was ist los?« Langsam drückte er Tür hinter ihr zu. Die Regentropfen von ihrem Mantel fielen mit einem leichten Pitschen auf den steinernen Boden.

»Ich… ich kann einfach nicht…« Sie ballte die Fäuste, rang nach Worten, doch unter seinem Blick gelang es ihr nicht, die Beherrschung aufrechtzuerhalten.

Erschrocken sah er, wie sie mit den Tränen kämpfte. »Hey, ist ja gut«, sagte er, sie sanft an sich ziehend.

»Ich darf mich nicht in dich verlieben, du Idiot… das geht einfach nicht«, kam es erstickt aus seinem Hemd hervor.

Beinahe, aber nur beinahe hätte er gelacht, doch das unterdrückte er. »Und warum nicht?«, fragte er stattdessen.

»Weil… weil… kaum kommt eine andere langbeinige Schönheit daher, da bist du doch sofort wieder hin und weg. Da kann ich nicht mithalten, das konnte ich noch nie. Ich mache mir halt nichts vor. Das kann nur übel für mich enden«, flüsterte sie, die Augen geschlossen.

Ihm wurde kalt. Einen Moment stand er ganz starr. Doch dann seufzte er. »Da brauchst du dir keine Sorgen zu machen. Die Zeiten sind ein für alle Mal vorbei, ich habe meine Lektion gelernt.« Er holte einmal tief Luft, schob sie zurück und sah sie an. »Aber wenn du dich damit unwohl fühlst, dann lass uns doch einfach so miteinander… und nichts weiter, hm? Ohne Verpflichtungen…«

Sie schnaubte. »Wenn das nur so einfach wäre«, flüsterte sie, aber jetzt schlang sie die Arme um ihn.

Na endlich, dachte Erik erleichtert, und fühlte wieder dieses leichte, schwindelerregende Gefühl von gestern Nacht. Die Kälte war verschwunden. »Lassen wir es doch einfach drauf ankommen, hm?«

»Das kann nur übel enden«, wiederholte sie und wollte ihn zurückschieben. Doch das ließ er nicht zu. »Ich mache dich ganz nass«, setzte sie nach.

»Tjaaa… dann müssen wir die Klamotten wohl ausziehen, das nützt alles nichts«, grinste Erik, umfasste ihr Gesicht und küsste sie. Erst ganz geruhsam, damit sie sich beruhigte, doch bald waren sie wieder da, wo sie gestern Abend angefangen hatten. Es gelang ihm gerade nur noch so, sie nach oben zu zerren, denn Vorhänge besaß er noch nicht, und das Licht ausmachen, das ging gar nicht. Deshalb bemerkte auch keiner von den beiden die dunkle Gestalt auf der anderen Straßenseite, die sie durch die Fenster beobachtete.

In dieser Nacht war Freya sich sicher. Es hatte etwas mit ihrer Schwester Sunny zu tun. Wieder war sie aus einem fürchterlichen Traum aufgewacht, und nun konnte sie sich auch an ein Bild erinnern, eine blutende Gestalt. Sie schrieb Sunny eine Nachricht:

<***Ruf mich so schnell es geht an!***>

Aber Sunny antwortete nicht.

Kapitel 2

Sie blieben den gesamten Sonntag im Bett. Das Wetter machte es ihnen leicht, denn es schüttete nach wie vor wie aus Kübeln. Nach den ersten sehr wilden Stunden in seinem Bett hatten sie lange geschlafen, ausgiebig gefrühstückt und widmeten sich jetzt wieder einander, langsamer, forschend, sich kennenlernend. Sie redeten nicht viel, noch nicht. Erstaunt erkannte Erik, dass er so gut wie nichts über Sunny wusste, während sie so gut wie alles über ihn wusste. Aber er drängte nicht, denn er hatte ja bereits gemerkt, dass es ihr schwerfiel, sich zu öffnen. Das hatte Zeit. Sollte sie auf ihn zukommen. Er jedenfalls hätte tagelang so weitermachen können, fand er, innerlich zufrieden grinsend.

Schließlich lagen sie da und lauschten dem Regen, der draußen beständig auf das Kopfsteinpflaster fiel. Erik hatte unten den Ofen angemacht, es war kalt im Obergeschoss gewesen, doch nun hatte er ein wenig das Fenster geöffnet, denn der Ofen heizte die winzigen Räume in Windeseile auf.

»Dein neues Zuhause gefällt mir«, sagte Sunny, den Kopf an seiner Schulter. Mit dem Zeigefinger fuhr sie ihm leicht über die Brust, spielte ein wenig mit den Haaren, ganz fein und blond. Sie mochte diese glattrasierten Bodybuilder Typen nicht, womöglich noch aufgepumpt durch Anabolika und tätowiert bis zum Abwinken. Erik war da ganz anders, obschon auch er ganz gut bepackt war, denn er fasste auch auf den Baustellen mal mit an, wenn Not am Mann war, und nach seinem eigenen Ausbau erst recht. Dennoch war er weit davon entfernt, ein Muskelprotz zu sein, dafür war er einfach zu schlank. Und dass er keine Tattoos hatte, wirklich keine, das machte ihn noch interessanter.

»Hm… mir auch immer besser.« Mit dir darin, hätte er beinahe hinzugefügt, aber das ließ er bleiben. »Ich wache morgens immer noch auf und denke, wo bist du jetzt? Daran muss man sich erst einmal gewöhnen.«

»Oh ja, das kenne ich.« Sunny wohnte in WG's, immer wieder wechselnd, denn bei den Studenten war ja ein reges Kommen und Gehen. Sie wollte nichts Eigenes, hatte kaum eigene Sachen, kaufte und verkaufte ihre Klamotten bei Ebay in rauen Mengen. So viel wusste er von ihr, und auch, dass sie sich in ihrem Job als Redakteurin für die lokale

Zeitung mehr als wohl fühlte. Sie war viel unterwegs, traf eine Menge Leute. Genau ihr Ding. Aber er wusste nicht, wo ihr Zuhause war, nichts über ihren familiären Hintergrund, ihre Geschichte. Schon merkwürdig, sinnierte er.

Sie hob den Kopf und langte über ihn rüber auf den Nachtschrank, wo das Klemmbrett mit den Entwürfen lag. »Was ist das?«

»Hmpf, kleine Gedankenspielerei, was ich hinten mit dem Garten anfangen soll.«

»Oh wow! Du kannst gut zeichnen. Das ist toll.« Sie drehte die Zeichnung im schwachen Licht der Nachttischlampe hin und her. Draußen wurde es bereits wieder dunkel, ein kalter, ungemütlicher Abend im Februar.

»Liegt am Job.« Das sagte er gelassen, aber innerlich freute er sich über ihre Reaktion.

»Oh nein. Es gibt viele Ings, die können nur am Computer zeichnen. Aber du, du kannst das wirklich. Warum bist du nicht Architekt geworden?«

Er lächelte. »Weil ich so gerne baue. Mein Vater hat immer mit mir gebaut, von klein auf. Er hat es mir in die Wiege gelegt. Meiner Schwester übrigens auch, da hat er nie einen Unterschied gemacht.«

»Er muss ein toller Vater gewesen sein.« Das sagte sie ganz leise.

»Oh ja.« Erik atmete einmal tief durch. »Leider ist er viel zu früh gestorben. Es war ein Unfall. Meine Schwester und er sind bei einem Zugunglück ums Leben gekommen.

Sie legte die Zeichnung wieder weg und sah ihn an. »Ich habe davon gehört. Aber deine Mutter nicht?«

»Nein. Sie starb ein paar Jahre früher. Krebs. Daher ist… war die Bindung zu unserem Vater auch so eng. Selbst als wir mit dem Studium fertig waren und gearbeitet haben, da haben wir uns noch regelmäßig getroffen, viel zusammen gemacht.« Er verstummte, wartete darauf, dass sie etwas sagte, vielleicht von ihrer Familie erzählte, aber es kam nichts. Auch gut. Er würde sie nicht drängen. »Willst du heute Nacht hierbleiben?«, fragte er schließlich.

Sie atmete ein paarmal heftig aus und ein. Doch dann: »Okay. Wenn es dir nichts ausmacht…«

»Aber nicht doch.« Er zog sie an sich, ihr einen langen, geruhsamen Kuss gebend. Sie schmeckte gut, irgendwie süß, fand er. Genau wie sie gut roch, weit entfernt von diesem ewigen Parfümschwaden anderer Frauen. Natürlich und mit einer ganz leichten Note nach… er konnte es nicht einordnen. Irgendein Öl oder eine Creme, entschied er. Das mochte er, stellte er fest und staunte ein wenig über sich selber.

»Ich muss morgen zeitig raus. Ich schreibe gerade an einer Story über diesen obskuren Reifenhändler im Industriegebiet. Weißt du, denjenigen, den sie im Verdacht haben, dass er immer seine Altreifen in den Wäldern rings um die Stadt entsorgt. Ich brauche noch ein paar Fotos.«

Erik richtete sich leicht auf, sah sie an. »Sei bloß vorsichtig. Die sind nicht sauber, keiner von denen. Hab mal ne Baustelle nebenan betreut. Plötzlich hatten wir ganz viele Altlasten, und als wir das untersuchen wollten, wurden die Reifen von unseren Firmenwagen zerstochen. Das war dann Warnung genug. Wir haben das Zeug stillschweigend entsorgt.

Und einen massiven Zaun gebaut und eine Videoüberwachung installiert. Danach war dann Ruhe.«

»Hm, wird Zeit, dass jemand denen das Handwerk legt. Der Artikel ist schon fertig, nur die Bilder fehlen noch. Das kriege ich schon hin. Hab ja ein Fahrrad, damit bin ich schneller verschwunden, als die gucken können.«

Ganz so leicht nahm Erik das nicht. »Zieh dir gedeckte Klamotten an. Sonst erkennen die dich überall wieder, und zwar sofort.«

Das sagte er so eindringlich, dass Sunny aufmerkte. Sie setzte sich auf, sah ihn an. »Im Ernst jetzt?«

»Ja, im Ernst jetzt, Regenbogen«, grinste er und warf ihr ein Kissen an den Kopf. Im Nu war eine wüste Kissenschlacht im Gange, bis sie schließlich atemlos und eng umschlungen auf dem Fußboden landeten. »Au!«, kicherte Sunny und ließ zu, dass er sie herumwarf und auf dem Boden festnagelte. »Leih mir eine Jacke, ja?« Damit war die Sache klar.

Nach einem ziemlich opulenten Frühstück – Reste sei Dank – machten sie sich auf den Weg zur Arbeit. Beide auf dem Fahrrad, und Sunny in einem alten, bundeswehrgrünen Parka von Erik und einer Mütze in schwarz. Wie in einem Agentenfilm, hatte sich Sunny beschwert, aber Erik ließ das nicht gelten. An der großen Straßenkreuzung am Rande der Altstadt trennten sie sich. Sunny radelte ins Industriegebiet, Erik ins Büro der Baufirma ein paar Straßen weiter. Sie hatten sich zum Mittagessen wieder verabredet in Maritas

Bäckerei, Hardi wollte auch kommen. Da war Erik sehr gespannt, die beiden zusammen zu beobachten.

Etliche Telefonate, Besprechungen und eine kurze Stippvisite auf einer Baustelle später betrat Erik die Bäckerei, in der Marita arbeitete. Es war nicht nur einfach ein Backshop, sondern eine richtige Konditorei mit angeschlossenem Kaffee, weithin bekannt für ihre leckeren Kuchen und Torten. Marita hatte hier gelernt, wusste Erik, und sie wurde als Nachfolgerin für ihre Chefin Petra gehandelt, die bereits im Pensionsalter war. Wenn sie denn die Meisterprüfung bestand, etwas, das sie unbedingt wollte.

Erik wandte sich nach dem obligatorischen Gruß hin zu der Ecke, wo die Freunde sich für gewöhnlich zum Mittagessen trafen. Die Bäckerei bot auch einen Mittagstisch an, wechselnde Tagesgerichte, genau richtig für sie. In der Nische standen zwei zerschlissene, aber gemütliche Sofas mit einem zerschrammten Tisch. Dies war Teil des Charmes des Ladens. Die Möbel sahen samt und sonders aus, als kämen sie direkt vom Sperrmüll oder aus einem schlechten Trödelladen, die Speisekarten waren in alte, abgegriffene Bücher eingefügt. Aber die Speisen waren grandios, was für stets gefüllte Tische sorgte. Erik, Hardi, Timo und Wolle, wenn er es einrichten konnte, und meistens auch Sunny hatten hier ihren Mittagsstammtisch, die Nische wurde in der Woche immer für sie freigehalten zwischen zwölf und eins.

Diesmal waren Hardi und Sunny zuerst da, und Erik sah gleich, dass etwas nicht stimmte. Sunny wirkte blass, und Hardi hatte ihr den Arm um die Schultern gelegt, drückte sie tröstend. »Hey, was ist los?«, fragte Erik ohne eine Begrüßung und quetschte sich zu ihnen aufs Sofa.

»Oh Scheiße, Erik«, kam es gepresst von Sunny.

»Was ist denn los, hmm?« Er zog sie an sich. Hardi ließ natürlich sofort los und setzte sich auf die andere Seite des Tisches auf das zweite Sofa.

»Sie haben mich verfolgt«, brachte Sunny hervor.

»Oh shit!«, entfuhr es Erik. »Haben sie dich erkannt?«

»Glaube ich nicht«, sagte Sunny und atmete einmal tief durch. »Ich hatte gerade zwei Bilder gemacht, da sind sie aus der Einfahrt heraus und hinter mir her. Ehrlich, Erik, da stimmt etwas nicht. Da geht es nicht nur um Reifen und so… diese Typen kamen mir vor wie Schläger. Waffenschieber oder Drogenhändler. Ich bin abgehauen, aber sie haben mich bis in die Innenstadt verfolgt. Ich musste mein Fahrrad in ein Gebüsch werfen, zu Fuß flüchten. Deinen Parka habe ich einen Container getan, die Mütze auch, und bin dann durch die Schrebergärten auf dem Stadtring raus. War verdammt knapp. Keine Ahnung, ob mein Rad noch lebt.«

»Das mit dem Parka macht doch nichts«, tröstete Erik. »Der war ein Überbleibsel von einer Baustelle. Fundstück. Mach dir keinen Kopf. Und dein Fahrrad…«

»Wir besorgen dir ein neues«, warf Hardi ein. »War doch eh vom Schrott, oder?«

»Aber trotzdem meins.« Und quietschbunt angepinselt, wie alle ihre Sachen, und sehr, sehr auffällig.

»Hast du die Bilder schon abgeliefert?«, fragte Erik. Er hob die Hand und winkte Marita, hob drei Finger. Sie winkte zurück zum Zeichen, dass sie verstanden hatte.

»Oh ja, das habe ich«, sagte Sunny nach tiefem Durchatmen. Sie lehnte sich regelrecht an Erik und merkte, es half ihr. »Bin gleich in die Redaktion. Nicht, dass sie mich doch noch zufassen bekommen. Karl hat die Polizei angerufen, aber die wollen nichts machen, sagt er. Nun ja, jetzt gibt es einen noch deftigeren Artikel. Der kommt morgen raus. Verhindern können sie es jedenfalls nicht mehr.« Und zack, war sie wieder da, die alte Sunny, frech und ein wenig schadenfroh grinsend.

Die Jungs waren froh, das zu sehen. »Richtig so. Lass mich einen der Handwerker heute nach Feierabend nach deinem Fahrrad sehen, sicherer ist das«, sagte Erik und drückte ihre Schulter. Dann kam Marita und brachte ihnen drei Teller mit dem Tagesgericht.

»Hast du dich wieder beruhigt, Schätzchen?«, fragte sie, Sunny besorgt musternd.

»Jaah, geht schon. Oh, das riecht aber gut! Du bist einmalig, Marita!«

»Weiß ich doch«, sagte die und zwinkerte Hardi zu, was den zu einem Grinsen veranlasste. Einem Grinsen, das Erik sagte, die waren nicht nur die eine Nacht zusammen gewesen, sondern das gesamte Wochenende. Entsprechend lang war Maritas Blick über die Schulter, als sie wieder zu ihrem Tresen zurückging. Erik grinste und fing Sunnys hochgezogene Augenbraue auf.

Gleich darauf schneite auch Timo herein, und selbst Wolle schaffte es diesmal, seine Praxis rechtzeitig zu schließen und zu ihnen zu stoßen. Sie alle zeigten sich besorgt über das, was Sunny berichtete. »Wir haben noch ein altes Fahrrad in der Praxis, das kannst du nehmen«, bot Wolle an.

»Ich hole dich von der Redaktion ab, nein, keine Widerrede«, sagte Erik, als Sunny protestieren wollte. »Du solltest erstmal nicht allein unterwegs sein. Wenigstens heute. Klar?«

»Na schön«, grummelte Sunny und nahm noch einen Löffel von der wirklich ausgezeichneten Kartoffelsuppe. »Diesen Mistkerlen sollte man echt das Handwerk legen. Warum machen die da nichts?«

Timo gab ein wieherndes Geräusch von sich. »Der deutsche Amtsschimmel, liebste Sunny, ist ein lahmer Gaul. Die können nichts machen, gar nichts. Oder wollen nicht. Rechne nicht mit deren Hilfe, niemals.«

Sie presste die Lippen zusammen. »Nun, das wird sich hoffentlich morgen ändern. Wir sitzen nachher zusammen und machen die finalen Anpassungen. Die werden sich noch wünschen, die Füße stillgehalten zu haben. Karl hat richtig Blut geleckt, denn ein Teil der Reifen ist auch in seinem Wald gelandet. Da kennt er keinen Spaß.«

»Gut so. Ich hole dich heute Abend ab, klar?«, mahnte Erik erneut, was sie zu einem Augenrollen veranlasste.

»Ja, Mama. Seid ihr jetzt fertig?« Ihr Handy brummte. Sie schaute kurz drauf, sah Freyas Namen und dahinter eine (7). Nanu, was war das?, wunderte sie sich. So viel war passiert, dass sie nicht einmal daran gedacht hatte, ihre Anrufe zu checken. »Ich muss los. Wir sehen uns später.« Sie sprang auf und verließ den Tisch, geradezu hastig, das Handy in der Hand. Marita ein Ciao über den Tresen rufend, lief sie hinaus. Draußen wollte sie Freya anrufen, doch sie wurde von einem reinkommenden Anruf ihres Chefs unterbrochen, und dann vergaß sie es einfach.

»Wow, das scheint sie ja wirklich getroffen zu haben«, sagte Timo und löffelte weiter seine Suppe.

»Tja«, meine Erik nur, mit seinem Löffel in selbiger rumrührend. Hardi grinste spöttisch, verschränkte die Arme hinter dem Kopf und sah zur Decke, und das sahen auch Timo und Wolle.

»He, was ist los? Ihr beide, ihr wisst doch was?« Wolle fand auf Anhieb die richtige Spur. Timo hörte auf, seine Suppe zu löffeln, und schaute fragend von einen zum anderen. Hardi grinste breiter.

»Halt bloß die Klappe, du Idiot!«, grummelte Erik.

»Ich sag doch gar nichts«, kam es von Hardi, und er nahm die Arme herunter, nach wie vor ein breites Grinsen im Gesicht. Dabei sah er zu Marita, die prompt zu lächeln anfing und ein wenig rot im Gesicht wurde.

»Moment mal.« Der Löffel landete mit einem Klong in Timos Schale. »Ihr beide seht aus wie zwei Schneekönige auf Drogentrip. Was ist passiert?!«

»Ich glaub's ja nicht!«, ächzte Wolle. Er hatte den Blick zwischen Marita und Hardi genau gesehen. Marita verschwand eilends in der Küche, als sie Wolles Reaktion bemerkte.

»Hä?«, machte Timo und riss den Kopf herum, aber Marita war verschwunden.

»Mich laust der Affe!«, rief Wolle aus.

»Mann, redet hier mal jemand mit mir oder was soll das werden?!«, beschwerte sich Timo. Wolle begann zu lachen, so sehr, dass er sich an seiner Suppe verschluckte. Hardi klopfte ihm helfend den Rücken, während Erik die Augen rollte. »Diagnose, Doc!«, forderte Timo.

»Tjaaa… scheint, als wären die wilden Zeiten für diese beiden Herren vorbei«, keuchte Wolle. »Oder sie haben gerade erst begonnen, habe ich recht?«

»Ihr… whaaat?!« Das war für Timo natürlich die Steilvorlage. Der Anwaltshut saß sofort auf seinem Kopf, und ehe sie es sich versahen, wurden die Freunde von vorne bis hinten auseinandergenommen.

Warum auch nicht?, dachte Erik an diesem Nachmittag nicht nur einmal. Das hätten sie eh nicht lange unter dem Deckel halten können, und besser, ihre Kumpel erfuhren dies von ihnen selber als über Dritte. Das wäre Verrat an ihrer Freundschaft gewesen. Er konnte damit leben, und Sunny würde sich daran gewöhnen. Müssen. Denn, so viel stand fest, so schnell würde er sie nicht wieder gehen lassen. Mit dem Gedanken arbeitete er vergnügt vor sich hin, so sehr, dass es ihm etliche rätselnde Blicke von seinen Kollegen und einige Kommentare einbrachte. Aber Erik schwieg, und schließlich ließen sie ihn in Ruhe.

Um halb fünf klingelte sein Handy. Sunny war dran. »Kannst du mich bei der Druckerei abholen? Karl und ich haben hier das Layout finalisiert. Das wird ein ganz großes Ding. Die Hamburger haben schon eine Kopie bekommen, und die Polizei auch.«

»Hey, das klingt, als bräuchtet ihr bald Personenschützer oder so. Pass bloß auf! Und warte, bis ich bei dir bin. Ich muss hier noch eine Sache fertig machen, dann fahre ich los.«

»Ist gut, Mama«, schnaubte sie und legte auf.

»Personenschützer?«, fragte Conrad, sein Chef, von der anderen Seite des Schreibtisches mit hochgezogenen Augenbrauen.

»Lange Geschichte«, winkte Erik ab. »Lies morgen die Zeitung, da steht es drin. Wird wohl einigen Aufruhr geben. Geht um die Mistkerle auf der Clubbaustelle, die uns die Altlasten beschert haben.« Denn sie hatten damals eine alte Lagerhalle restauriert, die nun der beliebteste Club im weiten Umkreis war.

»Ach! Na, das wird aber auch Zeit! Ich bin gespannt. War bestimmt nicht ungefährlich, das zu recherchieren.«

»Ganz genau«, erwiderte Erik, speicherte die Dateien ab und fuhr den Rechner runter. »Sunny hat mit recherchiert, und sie wurde verfolgt. Wir geben ihr Geleitschutz, wenigstens für eine Weile. Ich habe da ein ziemlich mieses Gefühl.«

»Pass bloß auf«, mahnte Conrad.

»Jaja, keine Sorge«, winkte Erik ab und packte seinen Laptop ein. Nach kurzem Überlegen aber schloss er ihn im Schreibtisch ein, anstatt ihn mitzunehmen. Er würde heute Abend eh nicht zum Arbeiten kommen. So schätzte er das ein, und er merkte, wie ihm wieder warm wurde. Bevor Conrad das sah, verabschiedete er sich lieber in den Feierabend.

Es hatte endlich aufgehört zu regnen, die Sonne war herausgekommen und ging gerade unter. Ein schönes Licht an den mittelalterlichen Häuserfassaden. Ein Fotograf hätte daran gewiss seine Freude gehabt. Erik radelte stramm drauflos, die frische, klare Luft genießend. Bei einem vollständigen Tag ausschließlich im Büro, mit wenig oder ganz ohne Baustellenbesuch, fehlten ihm irgendwie immer die Frischluft und die Bewegung. Von daher war es ihm ganz recht, dass er Sunny bei der Druckerei abholen sollte, denn die lag ein ganzes Stück außerhalb der historischen Innenstadt.

Als er dort ankam, war es beinahe vollständig dunkel geworden. Beunruhigt sah er einen Polizeiwagen vor der Tür stehen. »Oh shit!«, fluchte er unterdrückt und eilte ins Gebäude. Doch dort schien alles normal zu sein. Er sah Karl, den Chefredakteur, mit einem Polizisten und einem Techniker am Eingangstresen stehen. Sunny hockte mit angezogenen Knien und ihrem Laptop auf der Ecke und tippte irgendetwas. Als sie ihn kommen hörte, hob sie kurz den Kopf, und ein kleines, feines Lächeln umspielte ihre Mundwinkel, bevor sie ihren Blick wieder auf das Display lenkte. Erik fühlte einen kurzen, sehr intensiven Stich der Freude, und er staunte ein wenig darüber. Dergleichen hatte er noch nie erlebt.

»Alles in Ordnung hier?«, fragte er besorgt.

»Ja, alles okay«, rief Sunny. »Von den bösen Buben war noch keiner hier.«

Erik begrüßte Karl mit Handschlag und den Polizisten mit einem Nicken. Er kannte Karl, der schon viel über ihre Bauprojekte berichtet hatte. Der Polizist sagte ihm nichts, obschon er bereits öfter mit der Polizei zu tun gehabt hatte. Auch auf ihren Baustellen gab es Vandalismus, kam es manchmal zu Einbrüchen. Das war ganz normal, das war die harte Realität in ihrer Branche.

»Kommissar Olsen«, stellte sich der Polizist vor und reichte ihm die Hand. »Wir stellen heute Nacht einen Gebäudeschutz, bis die Zeitungen morgen ausgeliefert sind.«

»Man gut«, nickte Erik.

»Herr Drießen sagte mir, Sie hätten bereits Erfahrungen mit der Firma auf der Ostseite des Industriegebietes gemacht?«, fragte der Polizist.

Erik schnaubte. »Erfahrungen ist gut. Schauen Sie in Ihre Akten, da steht alles drin. Die Polizei hat damals keine besonderen Anstrengungen unternommen, den Fall aufzuklären, er wurde einfach eingestellt. Genauso wie die Ablagerungen in Karls Wald. Ich hatte den Eindruck – nageln Sie mich nicht ans Kreuz dafür – dass den Behörden damals nicht wirklich an einer Aufklärung gelegen war. Oder sie waren wieder einmal chronisch überlastet.«

Die Mundwinkel von Olsen hatten sich zu einem schmalen Strich verzogen. »Nun, das wird sich ab sofort ändern. Ich bin der neue Leiter der hiesigen Polizeidirektion. Die Stellenbesetzung ist angesichts des Bevölkerungswachstums in der Region nicht optimal, um es vorsichtig auszudrücken. Das werde ich jetzt ändern. Es werden sich noch einige umschauen, so viel ist sicher.«

Das glaubte Erik ihm aufs Wort, denn der Mann machte den Eindruck, ein harter Knochen zu sein. Er war Anfang fünfzig, schätzte Erik, vielleicht ein wenig älter. Warum er sich wohl ausgerechnet in diese kleine Stadt hatte versetzen lassen? Oder war er versetzt worden? Mal sehen, was Sunny wusste. »Ihr Wort in Gottes Gehörgang, Kommissar. Es gibt hier etliche Seilschaften, die uns nicht nur einmal auf rechtlich fragwürdige Weise ausgebremst haben. Sprechen Sie mal mit meinem Chef, Conrad Neubauer. Der kann Ihnen einige Insights über das örtliche Wer-mit-Wem-und-Wem-nicht geben. So etwas war ihm schon immer ein Dorn im Auge.« Vor allem, dass der Kreisdirektor ein Duzkumpel vom Landesinnenminister war. Von daher war man als Polizeichef gut beraten, nicht mit dem aneinander zu geraten. Obwohl, wie er Olsen bereits jetzt einschätzte, war dem das herzlich egal.

»Ein Altbausanierer mit dem Namen Neubauer?«, fragte Olsen mit hochgezogenen Augenbrauen.

Erik musste lachen. »Der Name ist ***nicht*** Programm«, zwinkerte er und alle lachten, denn das war ein Running Gag in der Stadt.

»Danke für den Tipp, das werde ich sicherlich tun. Also, haben wir alles? Der Streifenwagen müsste jeden Moment kommen«, sagte Kommissar Olsen zu Karl. Der bejahte, und sie verabschiedeten sich.

Sunny sprang jetzt auf, den Laptop zugeklappt. »Ist unterwegs.«

»Sehr gut«, nickte Karl. Auf Eriks fragenden Blick sagte er: »Der Spiegel greift das Thema auf, schon in der Wochenendausgabe. Wir haben da offenbar in ein Wespennest gestochen. Das Ding wird viel, viel größer, als es bisher aussah. Das scheint ein ganzes Müllmafia-Netzwerk zu sein. Auf jeden Fall wird unsere Sunny hier gehörig Tantiemen abgreifen, so viel ist mal sicher«, fügte er grinsend hinzu und tauschte mit ihr eine Ghettofaust.

»Na, dann können wir ja beruhigt fahren und feiern gehen«, meinte Erik lakonisch.

»Feiern oder feiern?«, fragte Sunny leise, als sie hinausgingen.

Und er antwortete genauso leise: »Wie du willst. Gegen einen Abend zu zweit hätte ich nichts einzuwenden.« Obwohl die Kumpels bestimmt darauf lauerten, dass sie in ihrer Stammkneipe auftauchten.

»Sehr gut«, seufzte Sunny und schloss ihr neues gebrauchtes Fahrrad los, wobei sie ein wenig mit dem Schloss herumprobieren musste. »War ein ganz schön aufregender Tag. Ich bin kaputt.«

Erik setzte seinen Helm auf, was sie zu einem Augenrollen veranlasste. Er grinste. »Hach, das schreit ja geradezu nach einem warmen Ofen, ein wenig Wein und Pizza oder Pasta, meinst du nicht?« Lachend fuhren sie los.

An der nächsten Ampelkreuzung mussten sie warten, sie hatten rot. Der Verkehr staute sich, schönstes Feierabendchaos auf dem Stadtring. Sie achteten nicht weiter darauf, sondern quatschten munter darüber, welche Optionen die Reste in Eriks Kühlschrank ihnen boten oder ob sie noch einkaufen oder sich etwas bestellen sollten. Erik wusste, Sunny war keine Kostverächterin. Sie aß alles, einfach alles. Dem Vegetarier oder Veganer Trend der vielen Mitbewohner in ihren WGs hatte sie sich nie angeschlossen. Sie war der Meinung, es sei angesichts des Hungers in dieser Welt eine Schande, gutes Essen aus der Region zu verschmähen und stattdessen chemisch hergestellte Ersatzprodukte, die womöglich noch um die halbe Welt transportiert worden waren, zu konsumieren. Erik hatte dazu nicht wirklich eine Meinung, er aß einfach, was ihm schmeckte, ganz egal, was und woher. Er war Bauarbeiter, und als solcher, fand er, brauchte man etwas Deftiges zwischen den Zähnen. Und wenn einer der Kampfveganer meinte, er müsse ihn deswegen angehen, dann sagte er dem nur, er solle mal ne Woche auf dem Bau arbeiten und sich das mit seiner Kost noch einmal überlegen. Dann war meistens Ruhe.

Sunnys Handy klingelte. Sie ignorierte es, denn sie wusste, wer da anrief. Freya, wer sonst? Sunny würde sie später anrufen. Oder vielleicht morgen. Und ihr von Erik erzählen. Die würde staunen!, dachte sie und quatschte munter mit ihm weiter.

Schließlich, da hielt der Querverkehr wieder an, beschlossen sie, einfach alle Reste zusammenzuwürfeln und einen Chaosauflauf zu machen. So verkam wenigstens nichts, sagte Sunny, mit den Fingern ungeduldig auf den Ampelmast trommelnd, an dem sie sich festhielt. Als ihre Ampel auf grün ging, fuhren sie los.

Doch weit kamen sie nicht. Plötzlich heulte ein Motor auf, Erik sah aus den Augenwinkeln undeutlich einen großen Schatten auf sich zurasen, und dann traf ihn ein Schlag, dass er für einen Moment fast das Bewusstsein verlor. Nur aus der Ferne hörte das Kreischen von Bremsen, Sunnys schrillen Aufschrei und das Gehupe von zahlreichen Autos. Dann kam er wieder zu sich, die Welt vor sich wie betrunken schwankend. Er lag auf der Straße, vor sich einen undeutlichen Umriss. Weiter weg krachte es, einmal, zweimal, dann noch mehr Bremsenquietschen und Gehupe, und dann ein lauter Knall. Das brachte ihn wieder zu sich.

Vor sich auf der Straße lag sein Fahrrad, wie zusammengeschoben und zerbeult, ein Stück weiter Sunnys und sie… er wollte nach ihr rufen, doch er brachte keinen Ton heraus. Sie lag wie ein zerbrochenes Häuflein an einem Laternenmast, das Blut lief ihr die Schläfe herunter. Ihre Hand zuckte, erst stark, dann immer schwächer. Oh Gott, dachte er und versuchte, sich hochzustemmen, zu ihr zu kommen. Doch da schoss der Schmerz durch ihn hindurch, wie eine lange Nadel einmal vom Genick den Rücken hinunter bis in seine Zehenspitzen. Er brach zusammen, und dann sah er, dass ihre Hand still lag. Sunny, nein…war sein letzter Gedanke, bevor er bewusstlos wurde.

Kapitel 3

Hinterher wusste er nicht mehr, wann er die Grenze zwischen Tod und Leben wieder überschritten hatte. Er konnte sich daran erinnern, an seinem eigenen Bett gestanden zu haben, inmitten all seiner Freunde, die so seltsam gekleidet waren. Alle in dunklen Anzügen oder einem schwarzen Kleid wie Marita. Was war das für ein irrer Traum? Ungläubig hatte er auf diese Gestalt herabgesehen, die dort lag. Das sollte er sein? Kaum zu erkennen. Ein geschwollenes, zerschrammtes Gesicht, fixierter Kiefer, der Kopf bandagiert. Beatmet, an Infusionen angeschlossen, zahlreiche Kabel und

Schläuche. Gegipster Oberkörper und Gliedmaßen. Ein steriler Raum. Intensivstation.

Mal waren sie alle da, saßen bei ihm, hielten seine Hände. Mal waren sie allein, Wolle vor allem, er hatte als Internist und Juniorpartner der Praxis seines Vaters Belegschaftsbetten im Krankenhaus, das wusste Erik. Aber auch Hardi blieb bei ihm, oft, sehr oft sogar. Marita kam, las ihm was vor. Timo spielte ihm Musik vor. Conrad besuchte ihn mit seiner Frau Bea, erzählte ihm von den neuesten Bauprojekten. Nur Sunny, die kam nicht, und ihm wollte nicht ganz einleuchten, warum. War sie krank? Was war mit ihr? Da stimmte doch etwas nicht, entschied er, wenn alle anderen da waren, nur sie nicht.

Als er das begriffen hatte, machte er wohl den entscheidenden Schritt zurück ins Leben. Er wollte nicht einfach so sterben, ohne zu wissen, was mit ihr geschehen war.

Als Erik wieder zu sich kam, wunderte er sich als allererstes über diese merkwürdigen Geräusche. Piepsen, Zischen, Surren, zahlreiche Geräte rings um ihn herum. Von etwas weiter weg hörte er Stimmen. »...können nicht sagen, ob er aufwacht oder wann. Er ist aus dem künstlichen Koma raus, so viel steht fest, aber das muss nichts heißen. Er reagiert auf keinerlei Impulse, nichts.«

»Sagen Sie Bescheid, sobald sich etwas ändert. Wir brauchen seine Aussage, unbedingt.« Die Stimmen entfernten sich.

»Herrje, als wenn er gleich munter drauflos plaudern könnte«, murmelte jemand sehr viel dichter an seinem Ohr.

Hardi, ging ihm auf. Über wen redeten die da?, fragte Erik sich verwundert, bis seinem müden Gehirn aufging, das war ja er. Da wurde er mit einem Ruck ein ganzes Stück wacher und die Geräusche klarer. Er versuchte, sich zu orientieren, aber es gelang ihm nicht. Er spürte einfach nichts. Irgendwo in seinem Hirn hatte er weggespeichert, dass er wohl an Maschinen angeschlossen war. Aber er spürte sie nicht. Konnte er sie sehen? Er wollte die Augen öffnen. Doch es blieb dunkel. Warum blieb es dunkel? Er lag doch in einem Krankenhaus, da war immer Licht, oder hatten sie ihm die Augen verbunden oder… jetzt kämpfte er mit aller Kraft. Komm schon, komm schon, geht endlich auf!

Die Geräte machten komische Geräusche. Es hörte sich fast an wie ein Alarm. Mit einem Fluch sprang Hardi auf und lief nach draußen. »He, Wolle, komm her, schnell, hier passiert gerade was!«

Ja, verdammt!, dachte Erik und kämpfte weiter. Er hörte das Piepsen, doch er spürte in seinem Körper keine Resonanz. Müsste er nicht seinen Herzschlag merken, seinen Puls? Warum gingen seine Augen nicht auf?! So langsam bekam er Panik, und das hörte er auch in den Geräten. Seine Freunde kamen hereingehastet, er hörte es an den quietschenden Gummisohlen.

»Was ist mit ihm?!«, rief Hardi.

»Sein Puls ist irre hoch. Aber der Blutdruck nicht. Du, ich glaube, er wird wach. Vielleicht hört er uns sogar. Erik! Erik, bist du da?«

Ja doch, schrei mir nicht ins Ohr!, wollte er flüstern, doch er bekam seine Zunge nicht bewegt. Gar nichts bekam er bewegt, nicht die Augenlider, nicht seinen Kopf, nichts. Da geriet er wirklich in Panik. Er hörte, wie etwas zu rattern begann, ein leises Vibrieren. Was war das? War er das etwa?!

»Himmel!«, rief Hardi, wie um das zu bestätigen. »Hat er einen Anfall?! Tu doch was!«

Jetzt kamen noch mehr Leute herein, und Hardi wurde unter Protest vor die Tür geschickt. Er spürte Bewegungen unter seinem Kopf, offenbar untersuchten sie ihn. Etwas ruckte an seinen Augen, ein Verband? Er hörte ihre Hantierungen, obwohl er nichts spürte, rein gar nichts. Sie beratschlagten, ob sie ihm ein Sedativum spritzen sollten. Nein!, rief Erik zornig aus, und da, zack, waren seine Augen plötzlich offen. So plötzlich, dass die Frau, die sich über ihn gebeugt hatte, um ihm gerade die Lider anzuheben und mit einer Stablampe hineinzuleuchten, einen Satz zurück machte.

»Hey!«, rief Wolle. »Recht hatte ich. Da bist du ja! Erik? Kannst du mich hören?«

Und sehen, du Idiot. Erik schaute und schaute. Die Welt bekam wieder Formen, Farben. Zwei Frauen und zwei Männer, einer davon sein Kumpel Wolle, standen um ihn herum. Ihn fixierte Erik als erstes, und er war erleichtert, dass ihm das gelang. Er blinzelte, ganz von selbst ging es plötzlich. »Oh ja, da bist du ja!« Wolle lachte auf und strich ihm ganz sachte über die Stirn. »Es ist gut«, sagte er in die Runde mit einem schnellen Blick auf die Monitore, »ich glaube, er hat sich nur erschrocken. Wer hätte das nicht, wenn man so aufwachte? Lassen Sie uns allein.«

Erik lag nur da und konnte ihn anstarren. Was anderes spürte er nicht. Warum spürte er nichts? Gleich darauf kam

Hardi in sein Sichtfeld, er hatte Tränen in den Augen. »Schön, dich wach zu sehen, Alter. Verstehst du uns?«

Erik blinzelte. Dieses alte Blinzeln, mit dem sie sich stets verständigt hatten, selbst in den lautesten Clubs. Und das merkten die beiden. »Ha, wach und bei Verstand. Sehr gut«, seufzte Wolle erleichtert. »Mach langsam, Kumpel. Es hat dich ganz schön erwischt. Das wird schon wieder, aber es dauert. Spürst du etwas? Hast du Schmerzen?« Beide schauten ganz genau hin, und Erik blinzelte zweimal. »Gut.« Wolle nickte zufrieden. »Das ist erstmal besser so. Lass deinen Körper sich erholen. Du hast noch ne ganze Drogenfarm in dir, das hilft ihm dabei.«

Schließlich saß Hardi an seinem Bett, hielt seine Hand und sagte keinen Ton, während ihm die Tränen liefen und liefen. So ganz verstand Erik das nicht, doch er konnte ja nicht fragen. Schließlich schlief er wieder ein, ruhig in dem Wissen, dass er nicht allein war.

Als er am nächsten Morgen wach wurde, war er es dann doch, allein. Aber das beunruhigte ihn nicht. Er hörte Geschirrgeklapper, roch den Duft von Kaffee, lachende Stimmen. Schichtwechsel, vermutete er. Da er alleine war, nutzte er die Zeit, eine Bestandsaufnahme zu machen.

Er hatte keine Schmerzen. Das war an sich schon erstaunlich gemessen an dem, was er in seinem Traum gesehen hatte. Er konnte aus den Augenwinkeln sein Spiegelbild erhaschen, in einem Computerdisplay. Er sah seinen Kopf, einen Schlauch, der aus seinem Hals ragte. Ein Gestell. Er war fixiert. Konnte er sich deshalb nicht bewegen? Da musste es ihn ja wirklich schlimm erwischt haben!

Immer langsam, mahnte er sich. Fang langsam am. Augen zu, Augen auf. Blinzeln. Ging. Rechts, links schauen. Ging auch. Oben, unten. Ging. Die Stirn runzeln. Ging. Nase krausen… ging, wenn auch mühsam. Die Lippen… nichts. So sehr er es auch versuchte, da war unweigerlich Schluss. Es strengte ihn an, und das merkte sofort der Überwachungsmonitor. Er begann zu piepsen. Sich innerlich verfluchend, zwang Erik sich ruhig. Er wollte noch eine Weile allein bleiben. Doch das war illusorisch, die Sensoren verrieten ihn unweigerlich. Jemand kam angelaufen, er hörte rasche Schritte. Da schloss er doch lieber die Augen. Ganz still zwang er sich, und es hatte Erfolg. Nach ein paar Hantierungen, die er jedoch nicht spürte, war er wieder allein. Gut! Das hatte er also im Griff.

Er blieb allein. Niemand kam, um zu versuchen, mit ihm zu reden, ihn zu wecken. Das war ihm ganz recht. Er zog sich zurück, ganz tief in sich selbst, und versuchte zu verstehen, was geschehen war. Er ging zurück zu seiner letzten Erinnerung und arbeitete sich dann langsam voran. Schlief auch zwischendrin, träumte. Irgendwann brachten die Träume ihn zurück zur Kreuzung, hin zu jenem Moment, wo es geschehen war. Er sah es wieder vor sich, ihre zuckende Hand, die dann plötzlich ruhig war, und da begann er zu fürchten, dass er sie nie wiedersehen würde. Noch wollte er es nicht glauben. Aber dann fiel ihn sein Traum wieder ein. Diese seltsamen Klamotten. Beerdigung. Nein!, flehte er innerlich, und doch ahnte er, dass dies die Wahrheit war: Sunny würde nicht mehr zurückkommen.

Als diese Erkenntnis zu ihm durchschlug, schrie er auf. Nur innerlich, aber das genügte, die Sensoren völlig verrücktspielen zu lassen. Er schrie, tobte und weinte. Letzteres vor allem, ganz still, es hörte ja keiner. Von weit entfernt hörte er Stimmen, wie sie ihn riefen, und dann glitt er hinab in eine wohltuende Stille, wo keine Gefühle, keine Trauer mehr an ihn herankommen konnten.

»…weiß es nicht, Doktor. Für mich sieht es aus wie ein Infekt, es hört einfach nicht auf«, sagte eine Stimme etwas weiter weg.

»Haben Sie das untersuchen lassen?«, fragte Wolle, und seine Stimme wurde leiser.

»Ja, natürlich. Kein Ergebnis…«

»Er trauert, ihr Idioten, er weint die ganze Zeit«, flüsterte eine leise Stimme dicht neben seinem Ohr. Hardi! Erik spürte, wie er ihm mit einem Tuch die Augenwinkel auswischte. »Hast es begriffen, nicht? Ich hatte solche Angst, dass wir es dir würden sagen müssen.«

Erik schlug langsam die Augen auf. Erst sah er etwas verschwommen, doch dann fand er Hardis Wuschelkopf dicht vor seiner Nase. Sein Kumpel schniefte, er weinte, natürlich tat er das. Genauso wie Erik die Tränen liefen und liefen. Er blinzelte einmal, als Zeichen, verstanden zu haben. Mach dir keinen Kopf. Es ist gut, dass ich das selber herausgefunden habe, wollte Erik ihn trösten. Ihn irgendwie anstupsen, ihm zeigen, dass er wach war. Doch Hardi hatte den Kopf an seine Schulter gelehnt, er konnte ihm nicht in die Augen schauen.

Schließlich wusste Erik sich nicht anders zu helfen, als einmal durch die Nase zu schnauben, auch wenn es ihm nur ganz schwach gelang. Doch das genügte, Hardi hob den Kopf. »Hey. Du bist ja wach.« Erik blinzelte. Sich hastig die Augen reibend, richtete sich Hardi auf. »Hast du es wirklich begriffen? Das mit Sunny?« Geradezu furchtsam beobachtete er seinen Freund.

Eriks Blick verschwamm, er konnte nichts machen. Aber er blinzelte einmal. Hardi presste die Lippen zusammen, schaute nach oben, rang um Beherrschung. Doch es nützte alles nichts, bald heulten sie alle beide, Hardi mit dem Kopf wieder an seiner Schulter. Ein wenig tröstete Erik das auch. Das war erstmal genug. Schließlich schlief er, erschöpft von der Aufregung, wieder ein.

Ganz behutsam begann Hardi ihm zu erzählen, was geschehen war. Er merkte, dass jede Neuigkeit Erik sehr aufregte und anstrengend für ihn war. Das vor allem, denn sein Puls schnellte dann sofort in gefährliche Höhen, und das durfte laut Wolle nicht allzu oft passieren.

»Es ist jetzt sieben Wochen her. Wir wussten erst nicht, ob du durchkommst. Sie haben dich stundenlang operiert. Für Sunny allerdings kam jede Hilfe zu spät. Sie war sofort tot.«

Nein. Erik blinzelte zweimal.

»Was? Sie war noch am Leben?!«, erschrak Hardi.

Ja. Einmal Blinzeln.

»Oh Gott, du hast gesehen, wie sie starb?!«

Ja. Wieder Blinzeln, diesmal mit einer Träne.

»Himmel, Erik. Das ist furchtbar. So furchtbar!« Hardi ballte die Faust und donnerte sie gegen das Bettgestell. »Und sagen uns nichts! Einfach nichts! Wenn du mir nur erzählen könntest, was du weißt…«

Dann frag mich doch!, dachte Erik verzweifelt, aber Hardi sah nicht hin, er hatte die Faust auf den Mund gepresst. Dann sprang er auf, ging hinaus. Musste sich erst einmal beruhigen, so las Erik das. Das war ihm gerade recht, denn sein Puls spielte mal wieder verrückt.

Prompt wurde Hardi draußen von Wolle abgefangen und angezählt. »Mensch, warum machst du das, er soll sich doch nicht aufregen!« Ihre Stimmen entfernten sich.

Später war Hardi wieder da, und er schloss diesmal die Tür. »Ich finde es nicht richtig, dich im Ungewissen zu lassen, verdammt!«, grummelte er, Erik leicht mit dem Finger auf die Wange klopfend.

Ja, finde ich auch, dachte Erik und blinzelte einmal. Darauf bekam er von Hardi ein trauriges Lächeln. Sie verstanden sich halt auch so, ohne Worte. Aber Hardi sagte nichts weiter, sondern blieb nur bei ihm, bis er wieder eingeschlafen war.

Tag für Tag war Erik ein wenig länger wach. Er sehnte die Stunden mit Hardi regelrecht herbei, denn der war der Einzige, der ihn besuchte bis auf Wolle. Er fragte sich, warum das so war, konnte aber nicht fragen, und Wolle sagte ihm nichts. Wahrscheinlich wollten sie ihn immer noch nicht aufregen oder so. Ha! Er lag da und hatte nichts weiter zu tun, als immer wieder dieselben Übungen mit seinem Gesicht zu machen und auf die kleinsten Fortschritte zu lauern. Die nicht kamen. Das machte ihn unruhig, was wieder in seinem Puls zu merken war. Vielleicht spritzten sie ihm auch Betäubungs- und Beruhigungsmittel, weshalb es ihm nicht gelang, Erik wusste es nicht. Es hing ja so einiges an seinem Galgenbaum. Er fühlte sich wie paralysiert, es war zum Verrücktwerden. Niemand sprach mit ihm, nicht die Schwestern, die Pfleger. Wenn einer dieser Fremden zu ihm kam, schloss er lieber die Augen und stellte sich schlafend. Wenn Wolle kam, fragte der nur, ob er dieses oder jenes spüren konnte. Was Erik stets verneinte. Aber keine Erklärung, nichts folgte. Er war völlig isoliert, wie ein Tier im Käfig, und er wurde zunehmend verzweifelt.

Nach ein paar Tagen hielt es Hardi nicht mehr aus. Er kam in einer Mittagspause ins Zimmer geschlichen, in der Hand eine Tasche. Einen raschen Blick über die Schulter werfend, schloss er die Tür. »Hey, Kumpel. Ich hab was vor. Also verrate mich nicht, klar?«

Klar. Erik wurde ganz aufgeregt, und das merkten natürlich die Monitore und Hardi auch. Mist.

»Ganz ruhig. Ich baue jetzt etwas auf deinem Tresen hier auf. Lass dich überraschen und reiß dich zusammen, sonst kommt noch einer nachschauen.«

Da beruhigte Erik sich tatsächlich. Es gelang ihm in letzter Zeit immer besser. Neugierig verfolgte er, was Hardi da tat. Der zog den Ausklapptisch an seinem Bett heraus und stellte ihn so hoch und leicht schräg ein, dass Erik darauf schauen konnte. Er lag ja flach, konnte den Kopf nicht heben. Dann breitete Hardi diverse Utensilien darauf aus. Eines davon war ein kleiner Laptop, ein Display, vielleicht zehn Zoll, also nicht wirklich groß. Eine Kamera, aber eine solche, wie Erik sie noch nie gesehen hatte. Er zog die Augenbraue hoch, und das sah Hardi und grinste. Ein Lautsprecher… Hm… interessant. Das sah ja fast aus wie…

»Wir haben gebastelt, Timo, unser Kumpel Seb und ich. Seb sitzt in der IT Abteilung von unserem Service Provider, und er kann so einiges. Es gibt für Behinderte jede Menge Computer, die man mit Augenbewegungen steuern kann. Für den Rollstuhl und so. Seb hat dies für dich gebaut. Er meinte, es sei nur angelehnt an ein Trainingsmodul, an dem er mal gearbeitet hat, lediglich hastig zusammenprogrammiert und gebaut aus dem, was er so in seinem Fundus hatte, aber damit kannst du erst einmal üben. Klar?«

Ja, klar! Was für eine Idee, fand Erik und freute sich einen Keks darüber. Endlich, endlich konnte er etwas tun!

»Also, ich kalibriere erst einmal die Kamera. Die muss nämlich wissen, wie weit weg dein Auge ist. Und zwar exakt, sonst funktioniert es nicht. Willst du das rechte Auge?« Egal. Erik wackelte mit den Augenbrauen. »Okay, versuchen wir es damit. Warte mal…« Hardi drückte an dem Display herum. »Also, wenn du das Gerät einschalten willst, fixierst du die Kamera, und zwar exakt diesen kleinen Sensor hier. Wenn der grün wird, schaltet sich das Gerät ein. Dieser Sensor ist immer auf Standby Modus. Er misst jedes Mal die Entfernung zu deinem Auge, bevor er das Gerät einschaltet, und die Entfernung des Displays zwischen dir und zu sich selbst. Das muss auch so sein, weil ja immer mal wieder dein Bett oder der Tisch oder das Gerät selber verschoben werden kann. So bildet es ein Dreieck, mit dem es navigieren kann. Kapiert?«

Triangulation. Klar, bin doch nicht doof. Erik vibrierte geradezu vor Ungeduld, und das merkten natürlich die Sensoren. Hastig nahm er sich zusammen. Nicht, dass Wolle hereinkam! Er konzentrierte sich auf die Kamera. Nach kurzer Zeit wurde sie grün, und das Display ging an. Darauf fand er ein Textfeld und eine Tastatur. Mehr nicht. Ein Schreibprogramm.

»Ich weiß, ich weiß, ist nicht State of the Art. Aber für den Anfang sollte es reichen, bis wir dir ein professionelles Gerät besorgen können, mit Windoof, Indanet und allem Drum und Dran. Also, du bewegst mit dem Auge den Mauszeiger, bis er über dem Buchstaben steht, den du anwählen willst. Wenn er da ist, blinzelst du einmal. Du darfst aber nicht einfach so blinzeln, wenn deine Augen brennen oder so. Dann musst du das Auge schließen, für mindestens ein paar Sekunden, sonst nimmt der Sensor das als Befehl. Klar?«

Erik war wie gebannt. Er legte so fort los. Ein wenig musste er rumprobieren, doch dann stand dort in großen Buchstaben auf dem Monitor: *<K-L-A-R>*

»Ha!« Hardi lachte auf und klopfte ihm auf die Schulter. »Sehr schön!«

<FINDE ICH AUCH> Erik war so erleichtert, dass ihm prompt die Tränen kamen. Tröstend drückte Hardi ihm die Schulter, bis er sich wieder beruhigt hatte.

»Also schön. Was willst du wissen?« Hardi beobachtete ihn gebannt, wie er überlegte. Doch dann schrieb er und probierte dabei auch gleich die Groß- und Kleinschreibung aus:

<***Ich will, dass du mir sagst, was mit mir los ist***>

Hardi seufzte. »Das würde ich auch gerne, aber Wolle sagt uns nichts. Ärztliche Schweigepflicht, du hast keine Vollmacht erteilt. Deshalb erfahren wir nichts.«

Waas?! Erik glaubte, sich verhört zu haben. Aber wer in seinem Alter machte sich über so etwas Gedanken? Sie waren beste Kumpels, um Himmels Willen! Sein Puls schoss für einen Moment richtig steil nach oben, sodass der Monitor piepste wie wild. Doch das hatte er gleich wieder im Griff.

<***Mist. OK. Hol ihn her***>

»Er kommt erst heute Abend rein. Dann schnappen wir ihn uns, okay?«

<***OK***>, schrieb Erik, und er merkte, auf einmal wurde er sehr, sehr müde. Er war regelrecht geschafft von der Anstrengung. Oh, oh, so gut ging es ihm offenbar noch nicht.

<***Genug. Versteck das Gerät***>

»Alles klar. Meine Pause ist eh zu Ende. Ich nehme es wieder mit. Nicht, dass sie es einkassieren, das fehlte noch! Das hast du prima hinbekommen. Ich bin froh, so froh darüber!« Hardi drückte ihn.

<***Und ich erst***>, gelang es Erik noch zu schreiben, doch dann schlief er ein.

Diesmal war der Schlaf anders, tief und fest. Er merkte es gleich, als er nach ein paar Stunden wieder aufwachte, er fühlte sich irgendwie… anders. Wacher. Das war ein gutes Zeichen, befand er. Voller Ungeduld sah er dem Treffen mit Wolle und Hardi entgegen.

Doch zunächst einmal kam nur Wolle, und mit ihm eine ganze Reihe anderer Ärztinnen und Ärzte. Studenten, und auch die eine oder andere Fachkraft. So stellte Wolle sie vor. Sie machten Tests mit ihm, ob dieses oder jenes spürte. Wolle behielt Eriks Augen im Blick, übersetzte. Es schwirrten eine ganze Reihe Fachbegriffe durch den Raum, die Erik nichts sagten, aber immer noch erklärte ihm keiner, was das zu bedeuten hatte. So langsam wurde er stinksauer darüber. Er war doch keine leblose Puppe oder ein hirnloses Versuchskaninchen, verdammt! Was dachten die sich dabei?!

Schließlich waren sie fertig, und Hardi stand ungeduldig wartend in der Tür. »Kann ich dich mal sprechen?«, hielt er Wolle auf.

»Klar. Lass uns ins…«

»Nein. Hier drin.« Um Wolle keine Gelegenheit zum Widerstand zu geben, drängte Hardi ihn einfach zurück ins Zimmer und schloss energisch die Tür. »Wir müssen mal reden. Alle drei«, sagte er entschieden und hob abwehrend die Hand, als Wolle protestieren wollte. Erik grinste innerlich, als er das sah.

Hardi öffnete seine Tasche, holte das Gerät heraus. »Was zum Teufel… bist du verrückt?!«, zischte Wolle.

»Nein. Ganz und gar nicht. Erik hat dir was zu sagen. Und was zu fragen. Und du wirst ihm antworten, klar?« Hardi stellte das Display und die Kamera auf.

Sofort sah Wolle auf die Überwachungsmonitore, ob sich da etwas tat, Erik bemerkte es wohl, und er riss sich mit aller Macht zusammen. Es klappte, die Werte blieben unten. Ha!

Da runzelte Wolle die Stirn. »Sag nicht, ihr habt geübt!«, grollte er.

»Hm…«

<***Haben wir***>, kam es gleich darauf aus dem Lautsprecher, den Hardi diesmal mit eingeschaltet hatte.

»Verdammte Axt, weißt du eigentlich, wie… schon gut.« Wolle hob die Hände. Eriks Anwesenheit dämpfte jedwede Art von Auseinandersetzung.

<***Nein, wissen wir nicht. Aber du wirst uns das jetzt sagen. Ich will wissen, was mit mir los ist. Und Hardi darf alles hören. Vollmacht, klar?***> Dieser lange Satz strengte Erik an, das war sofort auf dem Monitor zu hören, aber nur ein wenig. Er riss sich zusammen, obwohl er am liebsten geschrien hätte.

»Ich finde es nicht richtig, ihn im Ungewissen zu lassen, Wolle«, insistierte Hardi.

Wolle setzte sich zu Erik aufs Bett. Es war gut zu sehen, wie er mit sich rang. Doch schließlich seufzte er. »Also schön. Auch wenn meine Kollegen mich dafür ans Kreuz nageln werden. Du sollst nämlich ruhiggestellt werden, und zwar vollkommen.«

»Und warum?« Hardi war schneller als Erik. Der versuchte es gar nicht erst, hob nur die Augenbraue.

Wolle suchte nach Worten. »In Laiensprache: Bei dem Unfall wurdest du schwer verletzt. Da erzähle ich dir nichts Neues, oder?«

Ach, was du nicht sagst! Erik rollte mit den Augen.

»Dachte ich mir. Du hast mehrere Rückenwirbelfrakturen davongetragen neben zahlreichen anderen Brüchen und Verletzungen. Dein Glück war, dass du einen Helm getragen hast. Sonst wärest du geendet wie Sunny. Aber der Rest... deine Nervenbahnen wurden durch die Frakturen beschädigt. Die Wirbel haben sich verschoben, sich verklemmt, sind gebrochen. Die Kollegen haben operiert, was ging, haben Implantate zur Stabilisierung gesetzt. Der Rest muss so heilen, aber du darfst nicht bewegt werden, unter keinen Umständen. Jedwede Bewegung kann deine Nervenbahnen weiter schädigen. Vielleicht irreparabel. Auch die Blutgefäße können das, wenn sie anschwellen oder es zu Einblutungen durch hohen Blutdruck kommt, wenn du dich aufregst. Habt ihr beide das jetzt verstanden?« Wolle klang richtig sauer.

Bleierne Stille war die Antwort. Erik lag da und starrte an die Decke. Ein wenig hatte er es ja schon geahnt, doch das übertraf seine schlimmsten Befürchtungen.

Wolle seufzte. »Wir haben hier keine polytraumatische Spezialabteilung, die ist in der nächsten Stadt. Ich konferiere mit den Ärzten dort online. Sie teilen unsere Einschätzung, dass der Transport dorthin zu gefährlich für dich ist. Deshalb bist du hier und nicht woanders.«

»Und... und die Prognose?«, kam es krächzend von Hardi.

»Wir... wir wissen es nicht.« Jetzt sah Wolle Erik an. »Es kann von... bis gehen. Derzeit kannst du gar nichts alleine, nicht einmal atmen. Das erledigen für dich alles die Maschinen, wir haben dir einen Luftröhrenschnitt gesetzt, über den die Atemluft einströmt. Dein Zwerchfell ist gelähmt, weil auch die oberen Wirbel geschädigt sind. Am kritischsten sind die Wirbel in deinem Nacken, weshalb dein Kopf fixiert ist. Dein Körper lagert derzeit auf einem Gestell, das wir gebaut haben mit Bordmitteln, was wir hier so auftreiben konnten, denn eigentlich solltest du nicht auf dem Rücken liegen, sondern auf dem Bauch. Das geht jedoch wegen deiner restlichen Verletzungen nicht. Weswegen wir dich in eine Art Korsett gesperrt haben und du auf einer speziellen Erhöhung liegst, die deine Wirbelsäule frei lässt.« Wolle hob seufzend die Hand. »Ein Provisorium, aber eines, bei dem auch wir und die Studenten eine Menge gelernt haben.«

Er setzte sich etwas anders hin, nahm das Klemmbrett mit Eriks Daten zur Hand. »Aber für die obersten Wirbel ist die Prognose auch am besten. Wenn die Nervenbahnen sich regenerieren, wirst du wieder sprechen können, selbstständig atmen. Weiter unten jedoch… fünfzig fünfzig. Vielleicht. Mit viel Glück. Es gab schon Patienten, die von so etwas vollständig genesen sind. Sie waren keine Spitzensportler danach, kamen aber klar. Andere bleiben ihr Leben lang Pflegefälle. Oder sitzen im Rollstuhl. Wir werden sehen. Überstürze nur nichts, klar? Du brauchst Geduld, viel Geduld. Aber ich sehe, du hast dich im Griff. Das ist schon mal viel wert.«

Erik fühlte einen Moment auch innerlich wie gelähmt, aber nicht lange. Dann riss er sich zusammen. Es war ja nicht zu ändern. <***Und was gebt ihr mir da alles?***> Er schaute auf den Galgen.

»Eine Menge. Etwas gegen die Schmerzen. Entzündungshemmer. Beruhigungsmittel, Blocker, damit dein Blutdruck unten bleibt. Du hast es ja selber gemerkt. Nährlösungen natürlich, damit du nicht verhungerst und verdurstest. Da du dich einigermaßen im Griff hast, können wir darüber nachdenken, die Dosierungen langsam abzusenken. Du wirst dann vielleicht Kopfschmerzen bekommen, unter Umständen heftige. Das ist ein ziemlich häufiges Erscheinungsbild von Verletzungen dieser Art. Deine Nerven spielen halt verrückt. Du wirst eventuell spastische Zuckungen haben. Das müssen wir derzeit unbedingt vermeiden, da sie für zu viel Bewegung in deinen Knochen sorgen. Daher, alles ganz langsam.«

<***Kann ich weiterhin üben?***>

»Üben?«, fragte Wolle erstaunt, und auch Hardi guckte fragend.

<***Ich übe. Bewegungen. Im Gesicht, soweit es halt geht***>

»Ah. Ich würde sagen, warum nicht? Nervenstimulation ist nicht verkehrt. Aber übertreibe es nicht, klar?«, mahnte Wolle.

<***Klar. Ich will Besuch haben. Mir ist langweilig.***>

Hardi seufzte. »Sie fragen alle nach dir, aber dein Oberwächter hier hatte es untersagt. Nun, das wird sich jetzt ändern. Die Polizei will auch mit dir sprechen.«

»Aber nicht alle zusammen. Und nie lange, das geht noch nicht«, sagte Wolle streng. »Ich sehe bereits jetzt, dir fallen schon die Augen zu. Also mach langsam, verstanden?«

<***Ich will wissen, wer das war. Wer Sunny umgebracht hat. Klar?***> Die letzten Buchstaben bekam Erik kaum noch geschrieben. Er merkte, wie sein Blick verschwamm.

»Ich glaube, es ist genug für heute«, sagte Wolle und stand auf. »Du kannst das Gerät hierlassen«, sagte er zu Hardi.

»Okay. Wir werden ein Besseres besorgen, wenn Erik ein wenig fitter ist. Einen richtigen Laptop, der auch ins Netz kann.«

»Hmm. . . .« Wolle legte sich die Finger an die Lippen. »Ich habe eine Idee. Wir haben einen Patienten, der ist vollständig gelähmt, er hat so etwas an seinem Rollstuhl. Er kommt regelmäßig hier vorbei. Ich schicke ihn einfach mal zu dir, was hältst du davon, Erik? Der kann dir bestimmt sagen, welche Geräte gut sind und welche nicht.«

<***Cool. Mach das***> Nach diesem Satz merkte Erik, wie seine Konzentration schlagartig nachließ und er wegdämmerte. Nur noch von Ferne hörte er Wolles und Hardis leise Stimmen, dann war er weg.

Kapitel 4

Von da an wurde alles anders. Den Anfang machte schon die Schwester, die morgens nach ihm sah. Sie begrüßte ihn, klar, aber sie sprach auch mit ihm. Fragte ihn, wie es ihm ging. Alltag halt. Das war so anders als vorher, dass Erik sich plötzlich wieder als Mensch fühlte und nicht als Ding. So ging es weiter. Die Visite, die Pfleger, alle redeten plötzlich mit ihm. Der Torwächter hatte die Ketten entfernt.

Es war anstrengend für Erik, sehr sogar. Er schlief immer wieder ein, wenn sie weg waren. Aber er fühlte sich hinterher jedes Mal ein ganzes Stück lebendiger. Dann begann er zu üben, mit all der winzigen Kraft, die er hatte. Er trainierte wie besessen.

Nach und nach kamen ihn seine Freunde besuchen, endlich. Nie alle auf einmal und auch nur kurz, einmal kurz Hallo, wie geht's, ein wenig Smalltalk. Geschenke, ein wenig Aufmunterung. Nur die Polizei, die kam nicht. Da hatte wohl Wolle ein Machtwort gesprochen, aber Erik war das gleich. Er erhielt ein Stück seines alten Lebens zurück. Ganz oft kam Timo, der hatte gehörig etwas nachzuholen. Ihm gestand Erik, dass er sie alle gesehen hatte, wie sie bei ihm wachten. Dass er sie auch am Tag der Beerdigung gesehen hatte.

»Boah, echt jetzt?« Timo war sichtlich bleich geworden. »Oh Mann! Du musst wirklich hart an der Grenze gewesen sein, wenn du schon quasi über uns geschwebt bist. Das ist gruselig, wirklich gruselig. Wissen Wolle und Hardi das?«

<***Nein. Ich habe es ihnen nicht gesagt. Hardi fängt dann sofort an zu flennen, und Wolle würde mich wieder einsperren***>

»Oh ja. Ich war stinksauer, dass sie mich nicht mehr zu dir gelassen haben, nachdem du wach geworden bist. Hab kein Wort mehr mit ihnen geredet danach. Hardi sagt, dass Wolle dir erklärt hat, wie es um dich steht?«

Die Bitte hinter den Worten war für Erik gut zu hören. <***Ja. Ich erlaube ihm, dir diese Dinge offenzulegen. Hol ihn gleich her***>

Das tat Timo, und erneut hielt Wolle einen Vortrag darüber, wie es um Erik stand. Da musste selbst der sonst so gelassene Timo einen Moment rausgehen, um seine Fassung wiederzuerlangen. »Immerhin, er macht es draußen und heult dir nicht was vor wie Hardi«, kommentierte Wolle trocken. Erik rollte mit den Augen in seine Richtung, und Wolle winkte ab. »Übrigens, morgen hat Maik einen Termin hier. Maik ist derjenige, den ich zu dir schicken wollte wegen des Computers, erinnerst du dich? Der im Rollstuhl sitzt.«

<***Oh ja. Bin gespannt***>

»Entschuldigt.« Timo kam wieder hereingeschlichen. »Das musste ich erstmal verdauen.« Er ließ sich auf den Besucherstuhl fallen, dass der bedenklich knackte. »Bin ich nach wie vor dein Anwalt?«

Erik runzelte die Stirn. Was sollte diese Frage? <***Mein Freund vor allem. Anwalt auch. Warum?***>

»Ja, warum fragst du das?«, wollte Wolle wissen.

»Nun, du hast heimlich keine Vorsorgevollmacht oder so etwas erstellt, an meiner Nase vorbei?«

<***Nein***> Erik wurde unruhig. Das war sofort an einem gesteigerten Piepsen zu hören. Wolle runzelte die Stirn in Timos Richtung und hätte ihn wohl angefahren, wenn Erik das nicht noch mehr aufgeregt hätte. Der merkte es sofort und riss sich zusammen. <***Warum?***>

Wolle zog unmerklich in die Augenbrauen in Richtung von Timo hoch, so, dass Erik es nicht sah. Die Warnung war eindeutig. »Keine Angst. Das regele ich schon.«

<***Was regeln?***> Erik ließ ihn nicht vom Haken.

Timo seufzte und übersah Wolles warnendes Kopfschütteln. »Deine rechtliche Situation. Du bist handlungsunfähig, aber wach und bei Verstand. Das heißt, du kannst deinen Willen äußern, brauchst aber jemanden, der gewisse Dinge für dich erledigt. Da gibt es bestimmt rechtliche Fallstricke. Es ist nicht mein Fachgebiet«, er hob entschuldigend die Hände, »aber das wird sich jetzt ändern. Ich lass dich wissen, was ich herausfinde. Also mach dir keine Sorgen, klar?«

<***Okay***> Was blieb ihm anderes übrig? Mit aller Macht nahm Erik sich zusammen. Timo war Anwalt für Bau- und Immobilienrecht. Weshalb Erik ihn oft konsultiert hatte, wenn es um rechtliche Fragen auf ihren Baustellen ging. Für Eriks Scheidung hatte er sich gehörig etwas anlesen müssen, und das würde er auch diesmal, da war Erik sicher. Von daher wurde er langsam ruhiger, gut zu hören auf dem Monitor.

»Ich denke, das reicht erstmal für heute«, mahnte Wolle, und Erik musste ihm recht geben. Er war fertig, was wohl an den beunruhigenden Neuigkeiten lag. Er dämmerte beinahe sofort weg und wurde erst wieder wach, als die Nachtschicht kam, um ihn zu versorgen.

Da er so lange geschlafen hatte, lag er am späten Abend wach. Es war merkwürdig, befand er, während er da lag und seine Gesichtsmuskeln trainierte. Keiner von ihnen sprach mit ihm über Sunny, über das, was an jenem Tag geschehen war. Dabei war das doch der Grund, weshalb er zurückgekehrt war, weil er wissen wollte, was mit ihr war. Nun, das würde sich ändern, beschloss er. Mit dieser Gewissheit wurde er ruhig, und er wusste auch schon, bei wem er diese Informationen würde bekommen können.

Marita besuchte ihn stets morgens. Die Klinik lag ja nicht weit von der Innenstadt, sie tat es auf dem Weg zur Arbeit, bevor das Café eröffnete. Wolle hatte ihnen wohl einen Freifahrtsschein ausgestellt, denn Besuchszeit war nicht.

»Ciao«, begrüßte sie Erik und gab ihm einen Kuss auf die Stirn. Marita sah gut aus, fand er, irgendwie fröhlicher als früher. Was wohl an Hardi lag. Sie waren nach wie vor zusammen, Marita blieb oft bei ihm über Nacht in dem kleinen Häuschen. »Guck mal, ich hab dir was mitgebracht. Neueste Kreation.« Sie holte eine kleine Schachtel aus ihrer Handtasche. Darin befand sich ein Cup Cake in Form einer Blüte, verziert mit ein wenig Zuckerguss und Schokolade. »Riech mal«, sagte sie und hielt ihn Erik unter die Nase.

<***Lecker. Riecht echt lecker***>, befand er. Ein leichter Duft nach Zitrone und Mandeln.

Sie lächelte erfreut. »Finde ich auch. Ist ja bald 1.Mai und Muttertag und so. Das wird der Renner. Vielleicht kannst du dann schon wieder probieren, wie wär's?« Sie zwinkerte.

Erik grinste, zumindest mit den Augen. <***Ich arbeite daran. Kannst du mir eine Frage beantworten? Offen und ehrlich?***>

Marita setzte sich aufrechter hin. »Klar…« Es klang etwas zögerlich, wie sie das sagte. Bestimmt drohte Wolles Befehlsgewalt im Hintergrund.

<***Ich will wissen, was an jenem Tag passiert ist. Was du darüber weißt. Sag es mir. Bitte, Marita***> Denn als regelmäßiger Treffpunkt ihrer kleinen Gesellschaft wusste Marita natürlich über alles Bescheid. Was in ihrer Bäckerei nicht bequatscht wurde, war noch nicht passiert.

Sie wand sich unbehaglich, gut zu sehen. Doch schließlich seufzte sie und nickte. »Wir erfahren fast nichts. Es gibt ein Ermittlungsverfahren der Polizei, so viel wissen wir. Wegen Mord und versuchtem Mord. Der Transporter war gestohlen, das hat Karl uns gesagt, von dem Firmengelände neben der Müllmafia. Karl hat einen Artikel darüber geschrieben. Der hat anscheinend gezielt auf euch – oder Sunny – gewartet und ist dann abgehauen. Hat dabei noch ein paar andere Autos getroffen. Zwei Straßen weiter klebte der Transporter dann völlig demoliert an einem Baum, vom Fahrer keine Spur. Eine Person, Käppi, Sonnenbrille, so sagen es die Zeugen. Gesicht nicht zu erkennen. Aber da Sunny ja verfolgt worden ist an jenem Tag, deutet wohl alles in Richtung der Müllmafia.« Sie hielt inne, besorgt die Monitore im Auge behaltend.

<***Hab ich mir schon gedacht***>, schrieb Erik. Er wunderte sich über sich selber, dass er das so gelassen tun konnte. <***Und die Müllmafia? Was ist mit der?***>

»Oh, das gab einen Riesenskandal. Es wird in vielen Städten ermittelt. Die sind alle abgehauen, nach Polen,

Rumänien, Bulgarien. Die Liegenschaften wurden beschlagnahmt, stand in der Zeitung. Gestern ist ein Kreisdirektor zurückgetreten, weil der sich von denen hat schmieren lassen. Nicht der erste Behördenmitarbeiter, und leider nicht unserer. Das würde deinem Chef sehr gefallen, nicht?« Sie zwinkerte.

<***Und wie!***> Erik verzog die Augen zu einem Lächeln.

Marita schnaubte. »Die werden sich noch wünschen, in Deutschland geblieben zu sein. Wie es scheint, haben die auch dort drüben einiges auf dem Kerbholz, es hat Verhaftungen gegeben. Die Gefängnisse dort sind eine ganz andere Nummer, nicht solche Erholungsanstalten wie hier. Wer weiß das besser als ich?« Denn Maritas Familie stammte aus Osteuropa, aus der Grenzregion zwischen Polen und der Slowakei.

<***Die Polizei will mit mir reden***>

»Ja. Wolle blockiert das derzeit noch, weil du dich nicht aufregen sollst. Aber lange kann er die bestimmt nicht mehr hinhalten. Olsen ermittelt selbst. Er hat das als persönlichen Affront genommen, sagen Gerüchte, dass dies quasi vor seiner Nase passiert ist.«

<***So weit hat keiner von uns gedacht. Wirklich keiner***>

»Nein. Sunnys Beerdigung war ein echtes Spektakel. Die halbe Stadt war da. Ich wusste gar nicht, dass sie so viele Bekannte hatte. Und wusstest du, dass sie eine Schwester hat? Eine Polizistin, stell dir vor. Die war auch da.«

<***Nein. Ich wusste gar nichts von Sunny. Schon merkwürdig***>

»Wie wir alle«, seufzte Marita, beugte sich vor und gab ihm zum Abschied einen Kuss auf die Stirn. »Ich muss jetzt los. Verrate mich nicht an den Doc, klar? Und gib den Cake der hübschesten Schwester der Station, machst du das?«

<***Geht klar***> Erik zwinkerte ein wenig, was sie mit einem Lächeln beantwortete.

Doch dann lag er da und grübelte. Er konnte nichts, aber auch gar nichts tun, verdammt! Nicht selber forschen, nichts dazu beitragen, dass diese Schweinehunde geschnappt wurden. Nur gegen diesen verfluchten Körper ankämpften, der ihn nicht leben und nicht sterben ließ. Also übte er weiter. Stirn, Augen, Nase, immer und immer wieder, bis er so erschöpft war, dass er einschlief.

Ein Rums an seiner Tür weckte ihn wieder auf. Er sah, wie die Tür einen Spalt weit aufging, dann wieder zu fiel. Davor hörte er ein mechanisches Sirren, wie von einem elektrischen Motor.

»Warte, Maik, ich helfe dir!«, rief draußen eine Schwester. Erik hörte die quietschenden Gummisohlen, dann kam die Tagschwester herein und hielt die Tür auf. »Sorry«, sagte sie zu Maik, »automatische Türöffner in den Zimmern gibt es in dieser Station nicht.«

»Ist schon okay«, sagte eine Stimme, die verdächtig nach einer automatischen Ansage klang. Gleich darauf schob sich ein elektrischer Rollstuhl um die Ecke. Ein vollautomatischer, das sah Erik, mit hoher Lehne, Batterie und allerlei Gerät. Darin saß eine angesichts dieses monströsen Sessels beinahe winzig wirkende Gestalt, und das festgeschnallt.

Warum, das konnte Erik unschwer erkennen. Die Arme waren quasi nicht existent, die Hände gleich unterhalb der Schultern angewachsen und verdreht. Um die Beine war es fast genauso bestellt, die Füße steckten in Schuhen im Puppenformat. Der Kopf wirkte unnatürlich groß im Gegensatz zu dem Rest, genauso wie der Oberkörper. Erik blickte in ein Gesicht, das war wie die Fratze eines Menschen. Ein weit verzerrter Mund, deformierte Nase, alles schief und krumm. Die Haare, so sie denn noch existent waren, wirkten schüttern, ziemlich grau. Weshalb Erik Maiks Alter gehörig nach oben korrigierte, so auf die Fünfzig. Nur die Augen wirkten lebendig, und sie fixierten erst ihn, dann den Monitor. »Hallo Erik. Ich bin Maik.«

»Hallo Maik. Ich habe schon von dir gehört. Danke, dass du mich besuchst.«

»Dich hat's ja übel erwischt. Das ist echt ein Ding. Im Netz überschlagen sie sich förmlich darüber. Vor allem die Community.«

»Community?« Erik zog die Augenbrauen hoch, und das sah Maik. Er lachte, es klang meckernd. Aber seine Augen funkelten.

»Na, glaubst du, ich bin der einzige, dem es so ergeht? Wir kennen uns alle, naja, zumindest fast. Wir haben eine Gruppe gegründet, als das mit dem Internet losging. Mittlerweile hat sie ein paar Hundert Mitglieder. Aber der harte Kern sind so zwanzig bis dreißig Leute. Diejenigen, die von Anfang an dabei waren. Sieht man mir nicht an, das Alter, was?« Wieder lachte Maik, und Erik zwinkerte.

»Nee. Wie heißt die Gruppe?«

»Wir nennen uns The Invisibles. Die Unsichtbaren. Wie in dem Film mit Nicole Kidman, hast du den mal gesehen? Weil man die meisten von uns nie in der Öffentlichkeit sieht. Ich bin einer der wenigen, der sich selbstständig bewegen kann. Die anderen sind ans Bett gefesselt, wie du... und ihre einzige Möglichkeit, mit der Welt in Kontakt zu treten, ist dieser kleine Freund hier.«

»Wow. Du kannst das echt schnell.« Im Gegensatz zu Maik klang seine eigene Sprache wie ein schleppendes altes Grammophon.

»Übung. Das wirst du auch lernen, und zwar schnell, mit dem richtigen Gerät erst recht. Als der Doc gesagt hat, was mit dir ist, haben wir beratschlagt, welches Gerät am besten für dich ist. Willste das tippen oder kannst du dir das so merken?«

Erik überlegte. »Schicke am besten meinem Kumpel Hardi eine E-Mail. Er wollte nach einem solchen Gerät schauen. Hier ist seine Adresse.« Die hatte Erik im Kopf.

»Alles klar. Sobald du online bist, lade ich dich in unsere Gruppe ein. Gib mir deine Adresse, und ich schicke dir meine. Dann hast du Unterhaltung, und zwar permanent.« Wieder lachte Maik so meckernd. Unschwer, worüber sich die Jungs unterhielten, dachte Erik. Oder waren da auch Mädels? Er war sehr gespannt.

Als das erledigt war, wollte Erik aber noch etwas wissen: »Sag, Maik, hast du einen rechtlichen Betreuer? Vom Amt? Oder weißt du, wie das abläuft?«

Einen Moment schaute Maik Erik direkt an. Dann wandte er den Blick wieder auf den Schirm. Seine Lider zuckten. »Ja, habe ich, seit meine Eltern tot sind. Das ist nicht schlimm, er ist okay. Er nimmt mir halt die Laufarbeit ab, aber ich lasse immer kontrollieren, dass er auch das tut, was ich sage. Freier Wille und so, verstehst du? Er ist nett. Er heißt Müller, Horst Müller, und arbeitet für die Sozialbehörden hier im Kreis. Er hat viele Leute zu betreuen, aber nur wenige wie uns. Voll bei Verstand, aber körperlich kaputt. Er sagt immer, mit uns sei es einfach. Mit dem Rest eher nicht. Geistig Behinderte, Altersdemente, solche Menschen halt. Andere in der Gruppe haben nicht so viel Glück, da sind echte Arschlöcher dabei. Hast du keine Verwandten mehr, die das für dich regeln könnten? Eltern? Geschwister?«

»Nein«, gelang es Erik noch zu schreiben, bevor er die Augen zusammenkneifen musste.

»Oh. Tut mir leid. Das ist ungewöhnlich, du bist ja noch eine ganze Ecke jünger als ich. Mach dir keinen Kopf. Wenn du so jemanden verpasst bekommst, dann entweder ihn oder deinen Kumpel, den Anwalt. Das wäre doch auch okay, nicht?«

»Ja. Danke, Maik. Das beruhigt mich ein wenig. Für mich ist das alles noch sehr neu. Und ziemlich erschreckend.«

»Das kann ich mir vorstellen. Wir haben nur wenige Mitglieder, denen es so ergangen ist wie dir, und zwei davon sind nicht mehr am Leben. Der Rest ist seit der Geburt… **invisible**. Ich kann mir gar nicht vorstellen, wie das ist. Weder in die eine oder andere Richtung. Aber das wirst du uns ja dann berichten.« Jetzt zwinkerte Maik.

»Kann's kaum erwarten«, schrieb Erik und meinte das wirklich so. Plötzlich tat sich eine ganz neue Welt vor ihm auf, eine raus aus seinem Gefängnis. Er konnte noch gar nicht fassen, was das bedeutete. Sein Herzschlag beschleunigte sich prompt, die Monitore fingen an zu piepsen. Mist.

»Oh je«, sagte Maik. »Ich glaube, das genügt für heute. Mach nur langsam. Was anderes bleibt dir eh nicht übrig.«

Nein, dachte Erik, als der Rollstuhl hinaus war und die Tür wieder zu. Er merkte, selbst dieser kurze Besuch des Unbekannten hatte ihn völlig erschöpft, die vielen Neuigkeiten, die er mitbrachte. Herrje, hoffentlich kam Timo heute nicht noch vorbei und bedrängte ihn mit dem Zeug. Das schaffte er nicht, nicht heute. Prompt trieb die Sorgen seinen Puls nach oben, der Alarm ging los. Die Schwester, die gleich darauf besorgt hereinschaute, schnalzte mit der Zunge und schob den Regler eines bestimmten Tropfes nach oben. »War genug für heute, nicht wahr?«, fragte sie. Da musste Erik ihr recht geben, und er war regelrecht dankbar, dass die höhere Dosis ihn beinahe sofort wegdämmern ließ.

Die Schwester musste das Wolle gesteckt haben, denn am Abend kam nur Hardi, und das auch nur kurz. Aber Hardi machte aus seinem Herzen keine Mördergrube, egal, was Wolle sagte. »War wohl zu viel heute, was? Erst Marita, und dann noch dieser Typ. Der hat mir ne E-Mail geschrieben mit ein paar Computermodellen für dich. Das hat echt Hand und Fuß. Aber ich hab mal ihre Facebookseite gegoogelt und auch das, was so öffentlich zu lesen ist. Dort nur das übliche Blabla. Inklusion, Falschparker, fehlende Rampen. Kommentare zu den neuesten Gesetzen, zu Posts von Stars, die sich daneben benehmen. Alles im Rahmen, naja. Nagle mich nicht ans Kreuz, ich hab mit deinem Handy eine Beitrittsanfrage an ihre private Gruppe geschickt. Die auch prompt genehmigt wurde, und mit dem Kommentar, sie wüssten, dass nicht du das bist, der das schickt. Ich musste mich verifizieren, aber da dieser Maik ja meine E-Mail-Adresse schon hatte, war das kein Problem.«

»Ach was!« Das überraschte Erik kein Bisschen. Er hatte Hardi irgendwann seine Passwörter gegeben, nur für alle Fälle. Wegen Chrissy. Wie lange das her war! Wie ein anderer Stern, so kam es ihm vor.

Hardi lachte. »Oh ja. Aber sie haben mich schauen lassen. Das ist ja eine ganz schräge Bande! Interessant, interessant, was da so steht. Langweilig wird dir damit jedenfalls nicht werden, so viel steht fest! Sie haben diverse Unterforen, alle frei ab 18. Du kannst dir vorstellen, was da so für Themen kommen. Streng nach Männlein und Weiblein getrennt und Gay natürlich auch. Es gibt auch die Neutrals. Das liest sich für einen Normalo, so heißen wir bei ihnen, echt schräg. Die Kerle tauschen sich über die neuesten Tittenwunder aus, die Mädels wahrscheinlich über die andere Körperhälfte oder irgendwelche Filmstars, keine Ahnung. Da durfte ich nicht reingucken. Bin halt ein Kerl.«

Erik lachte. Er lachte Tränen, ganz von selbst kam es. Nicht, dass was zu hören war, aber er schnaufte ganz schön drauflos. Sein Monitor fand das natürlich gar nicht gut, aber dieses eine Mal schaltete Hardi ihn stumm. »Klappe, Alter! Das ist echt cool, dass Wolle diesen Typen aufgetan hat. Das wird dir helfen, dass du dir nicht mehr so eingesperrt vorkommst, ganz sicher.«

»Genau. Das erleichtert mich, wirklich. Danke, Hardi. Kannst du es mir mal zeigen?« Jetzt war Erik doch sehr, sehr neugierig geworden, und das merkte Hardi genau. Er setzte sich zu Erik aufs Bett und lehnte sich neben ihm zurück, ganz vorsichtig, damit er ihn nicht bewegte. »Hier, guck. So sieht es aus.«

Hardi scrollte und erklärte und erzählte, ganz leise, damit niemand es mitbekam. Als er nach einiger Zeit wieder aufsah, entdeckte er, dass Erik eingeschlafen war. Auch gut, befand er. Eine Gutenachtgeschichte im Onlinezeitalter. Das Handy würde er nicht hierlassen, so etwas kam im Krankenhaus schnell weg. Gelassen packte er seine Sachen zusammen und trat den Weg nach Hause an. Wo er schon sehr bald Besuch bekommen würde, wie fast jeden Abend, denn Marita schlief meistens bei ihm und nicht in dem Mietshausbunker, wo sie sich mit ihrem Gehalt gerademal eine Einzimmerwohnung leisten konnte. Sie nahm es ihm nicht übel, dass er Abend für Abend bei Erik verbrachte, das rechnete Hardi ihr hoch an. So langsam konnte er sich an die Gesellschaft gewöhnen. Er fand es schön, dass wieder jemand bei ihm war, nachdem Erik ausgezogen war. Irgendwie hatte er es vermisst. Und dass sie auch noch kochte wie eine Göttin und obendrein freizügig im Bett war, tja. Das hätte er sich in seinen kühnsten Träumen nicht vorgestellt. So war Hardi beinahe glücklich und zufrieden, wenn da nicht die drückende Sorge um seinen besten Kumpel gewesen wäre.

Erik vibrierte geradezu vor Ungeduld, dass sich etwas tat. Wolle schimpfte mit ihm. »Deine Werte sind zu hoch! Was hat Hardi dir erzählt? Oder hat Marita dir einen Spacecookie mitgebracht?!«

»Nicht doch! Nichts von Bedeutung. Nur Tratsch und Klatsch. Ich habe gelacht. Das ist alles.«

»Das ist viel zu früh für dich, verdammt!«, grollte Wolle. »Pass bloß auf! Sonst fahre ich deine Dosis wieder hoch. Du bist nur noch auf 60%, also sieh dich vor. Ach, hast du gar nicht gewusst, was?« Das war eine kleine Rache, das merkte Erik. So langsam entwickelte er ein richtiges Gespür für das, was sie nicht sagten. Was blieb ihm auch anderes übrig? Eine reinhauen ging schließlich nicht.

»Das lässt du schön bleiben. Ich komme klar, verstanden? Freier Wille und so. Und erklär mir gefälligst, wenn du was veränderst, klar?«

»Pah! Wenn es nötig ist, kann ich mich darüber hinwegsetzen. Also pass auf.«

»Jaja«, schrieb Erik und dachte den Stinkefinger hinterher.

»Jaja heißt leck mich am Arsch, du Wichser…«, grummelte Wolle über die Schulter, bevor er hinausging.

Kapitel 5

Mehr denn je kam Erik die Zeit lang vor, wo niemand zu ihm kam. Dabei ging es heute recht geschäftig zu. Er wurde ganz vorsichtig umgelagert, seine Bettwäsche erneuert. Die Putzfrau kam, ein Physiotherapeut, der mal gucken wollte, was er so bewegen konnte. Keine Veränderung, das wusste Erik schon. Die Visite, Türenklappen. Und eine Fliege. Wie auch immer die es geschafft hatte, in diesen eigentlich abgeriegelten Raum zu gelangen. Da gerade keiner bei ihm war, nervte sie, und zwar richtig. Schwirrte um seinen Kopf. Krabbelte an seiner Nase herum. Das bekam er mit einem Schnauben weg. Hoffentlich geht sie nicht in den Mund, dachte Erik und wand sich innerlich unruhig. Argh, dieses verdammte Ding! Und ausgerechnet jetzt kam niemand, der ihm helfen konnte!

Erik verfolgte dieses blöde Vieh mit wahren Luchsohren. Es kitzelte an seinem Kopf. Es krabbelte über das Ohr. Das schaffte er mit einem Blinzeln abzuwenden. Jetzt wieder die Nase, und da, da krabbelte sie auch schon auf seiner Lippe herum, war das zu... Moment mal.

Erik hielt damit inne, sich zu ärgern. Er spürte sie. Auf – seiner – Lippe?! Konzentration, Alter! Nase krausen, und jetzt... oh ja! Plötzlich ging es. Er verzog die Oberlippe, und er merkte auch, dass etwas in den Mundwinkeln ziepte. Vermutlich waren sie einfach trocken oder sie hatten den Mund zugeklebt, damit er nicht austrocknete. Er wurde so aufgeregt, dass ein Alarm losging, ein richtiger. Die Tür flog auf, eine Schwester kam herein. Nach einem raschen Blick auf den Monitor wollte sie gleich nach dem kleinen Infusionsfläschchen greifen.

Erik hatte es schon geahnt, und er war vorbereitet, hatte getippt, und brauchte daher nur die Enter Taste zu drücken. »Nein! Nicht betäuben! Holen Sie jemanden her.«

»W...waas?!« Sie starrte ihn völlig perplex an. Das Gepiepse ging unvermindert weiter.

»Holen Sie einen Arzt. Er muss sich da mal was anschauen. Bitte!« Am liebsten hätte Erik geschrien. Das Piepsen wurde schneller.

»Aber…« Sie starrte ihn an.

Nun mach, du blöde Kuh!, fauchte Erik innerlich und runzelte richtig böse die Stirn in ihre Richtung, und da, endlich, gab sie nach und hastete hinaus.

Gleich darauf kam sie mit Wolle wieder, welch Überraschung. »Noteinweisung. Hab nicht viel Zeit«, begrüßte der Erik, sofort auf den Monitor schauend. »Was ist los?« Erik antwortete nicht, er grinste. Und zwar richtig. Wolle riss die Augen auf. »Hey! Na, sieh mal einer an! Seit wann kannst du das denn?«

Puh!, dachte Erik erleichtert und lauschte auf die langsamer werdenden Piepstöne, bis der Alarm fort war. »Keine Ahnung. Ging ganz von selber wieder los. Es war diese blöde Fliege. Die soll mal jemand wegfangen, die nervt. Mann, bin ich froh!«

»Und ich erst!« Wolle lachte und klopfte ihm sachte die Schulter. Das spürte er dann doch noch nicht. »Das werden wir nachher gleich untersuchen. Welch ein Fortschritt! Sehr schön!«

Da hatte Erik natürlich ein neues Feld zum Üben. Aber erstmal beobachtete er die Schwester, wie sie versuchte, die Fliege zu fangen. Als das nicht half, kam sie mit einer großen elektrischen Fliegenklatsche zurück. Damit ging es ganz schnell. »So. Jetzt ist erstmal Ruhe, auch bei Ihren Werten. Sehr schön.« Die arme Fliege, dachte Erik nur. Wenn auch nervig, immerhin war sie Gesellschaft gewesen und hatte ihm dieses schöne Geschenk gemacht.

Den restlichen Vormittag verbrachte er beim Üben. Fing immer von oben an, Stirn, Augen, Nase, Oberlippe und schließlich auch die Mundwinkel. Die ziependen Mundwinkel waren nicht zu ignorieren. Irgendwann kribbelte auch seine Unterlippe, und plötzlich merkte er, sein Mund war trocken, richtig rau. Natürlich. Er trank ja nicht. Das würde wohl auch noch eine Zeitlang so bleiben, ahnte er, denn er konnte nicht schlucken. Aber seine Zunge begann er wieder zu spüren. Er schmeckte… ihh. Mundgeruch. Irgendwie ekelig, befand er. Wochenlang keine Zähne geputzt. Die Lösung, die ihm die Pfleger von Zeit zu Zeit in Mund und Nase sprühten, half da nicht wirklich. Hätten sie nicht was mit Erdbeer- oder Vanillegeschmack nehmen können? Oder ordentlich Alkohol? Der Gedanke gefiel ihm, und er grinste. Wie gut das tat! Die Zunge selber kam ihm irgendwie merkwürdig vor, wie ein schlaffer Lappen. Und pelzig, bäh! Ewig nicht gebraucht. Er versuchte, einen Laut von sich zu geben, aber bei den Stimmbändern war Schluss. Kein Gefühl. Naja, das war nicht zu ändern. Aber immerhin, er konnte die Lippen bewegen. Worte formen, auch wenn das echt merkwürdig klang. Und bald würde er einen Computer bekommen! Wenn Wolle denn sein Okay gab, der Blödmann. Aber das würde er schon, sonst träte Hardi ihm in den Allerwertesten.

Am späten Nachmittag schneiten sie dann alle herein, die gesamte Mannschaft inklusive der Studenten. Das wollten sie sehen. Mehr denn je kam Erik sich vor wie ein Tier im

Zoo, aber das war ihm egal. Es wurde beschlossen, ihn am kommenden Tag in den Kernspintomographen zu bringen, auch wenn das mit seiner gesamten Flotte an Apparaten echt aufwendig war.

»Was ist los?«, fragte Hardi ungeduldig, als sie endlich wieder raus waren. Er hatte die ganze Zeit draußen warten müssen. Statt einer Antwort gab Erik wieder sein Schauspiel, er grinste. Worauf Hardi prompt anfing zu heulen, er konnte sich nicht helfen. »Oh Mann, oh Mann, das ist klasse, so klasse!«, schniefte er. Dann zückte er sein Handy. »Wollen wir das aufnehmen und an die Jungs und Mädels schicken?«

Doch da sträubte sich alles in Erik. »Nein. Lieber nicht. Ich möchte nicht, dass das im Netz herumgeistert, und wer weiß, wo sie das alles teilen«, tippte er.

»Okay… aber lass mich Marita anrufen, ja? Als Überraschung.« Gesagt, getan. Diese ging auch gleich ran. Sie war noch im Laden, räumte auf. Die Bäckerei hatte kein Abendgeschäft, 18 Uhr war für gewöhnlich Schluss. »Marita, guck mal, wer hier bei mir ist und was er plötzlich kann!«, rief Hardi und schaltete die Videoübertragung ein.

Sie geriet völlig aus dem Häuschen, und sie war auch nicht allein. »Hey Leute, seht euch das an!«, rief sie quer durch den Laden. Gleich darauf drängten sich Timo und ein paar andere ins Bild. Da war die Aufregung natürlich groß, und sie beschlossen spontan, sich gemeinsam auf den Weg ins Krankenhaus zu machen und darauf anzustoßen. Keine halbe Stunde später waren sie da, bewaffnet mit einer Flasche Sekt und ein paar Plastikbechern, die irgendwer aus der Besucherecke gemopst hatte. Es wurde richtig voll.

Erik war völlig überwältigt. Er konnte gar nicht fassen, wie viele an seinem Schicksal teilnahmen. »Warte es ab, bis du wieder online bist. Da wirst du eine Überraschung in deinen Konten erleben, so viel steht fest«, sagte Hardi.

Sie tranken, lachten, die Scherze flogen hin und her. Erik lag da und lauschte, etwas anderes brachte er nicht mehr zustande. Völlig überfordert von der Vielzahl an Reizen, so viel merkte er, von daher ließ er es einfach über sich hinwegspülen und genoss es nur. Bis die anderen merkten, dass er ziemlich fertig war, und sich rasch verabschiedeten. Hardi blieb als letztes bei ihm. »Ich habe den Computer bestellt. Lieferzeit zwei Wochen. Der hat auch eine Sprachfunktion. Bis dahin kannst du es wieder, ganz bestimmt. Ein echt toller Tag, nicht?«

Ganz bestimmt, dachte Erik und war weg.

Die drei letzten Tage waren ein echter Marathon für ihn gewesen, das merkte Erik am nächsten Morgen. Er war völlig fertig, und Wolle merkte das auch. »Ich glaube, das CT machen wir im Schlafmodus«, meinte er und sah Erik fragend an.

»Au ja. Beam mich weg, Scotty.« Denn wer lag schon gerne stundenlang in dieser ewig ratternden, dröhnenden und piepsenden Röhre, wo die Decke unangenehm dicht über seiner Nasenspitze schwebte? Da schlief er doch lieber noch ne Runde.

Erst am Nachmittag wurde Erik wieder wach, und er fühlte sich gut, erholt. Der Pfleger, der nach ihm sah, meinte, dass nachher alle wieder vorbeikommen und die Ergebnisse diskutieren wollten. Herrje, dachte Erik. Schon wieder dieses Geschnatter. Das sollten sie doch mal lassen, das überforderte die Patienten völlig und machte ihnen Angst. Warum kam nicht nur Wolle und sagte ihm, was sie herausgefunden hatten? Oder sie banden ihn mit ein? Er beschloss, einmal Ansage zu machen. Vielleicht waren sie sich dessen gar nicht bewusst.

Als sie dann kamen und gleich loslegen wollte, war Erik vorbereitet. Er drückte die Enter Taste. Und hielt ihnen einen Vortrag darüber, was es für Patienten wie ihn bedeutete, wenn eine Gruppe um ihn herumstand, auf ihn herabsah und über ihn redete, als wäre er eigentlich gar nicht da. Was das mit der Psyche machte und wie er sich danach gefühlt hatte.

»Ich möchte, dass Sie mich mit einbinden. Und mir erklären, was Sie da tun. Falls Sie das nicht wollen, untersuchen Sie mich, aber dann beraten Sie sich bitte draußen und nicht hier drin, verstanden?«

Wolles hochgezogene Augenbrauen gingen fast bis zur Decke. Das klang derart nach dem alten Erik, wie er seine Bauarbeiter angetrieben hatte, dass es ihn beinahe umhaute. Er scheuchte sie herum und drohte ihnen quasi mit einem Rauswurf?! Die Miene vom Chefarzt war dementsprechend.

»Okay…«, kam es zögerlich von einer der Studentinnen, und die schnappte sich Erik als erstes und triezte sie mit Fragen. Sie und die anderen Studenten. Sie sollten es ihm vortragen, in einfachen, verständlichen Worten ohne dieses ganze Fachchinesisch, und sie taten es, zuerst einen unsicheren Blick auf den Chefarzt werfend, der mit verschränkten Armen an der Wand lehnte und schließlich mit einem

Nicken sein Einverständnis gab. Einen gewaltigen Unterschied machte es schon, dass sie sich zu ihm setzten und nicht einfach nur über ihm standen. Alle schnappten sich Stühle, und die Studentin setzte sich zu ihm aufs Bett und zeigte ihm die Aufnahmen aus dem CT und vom Röntgen. Der Chefarzt dagegen blieb im Hintergrund stehen und scheuchte die Studenten immer wieder mit Fragen nach Fachbegriffen. Forderte von ihnen einen Behandlungsplan, was sie jetzt tun sollten.

Erik musste schon schlucken, als er seine Wirbel so voller Platten und Schrauben sah. Sie hatten ihn regelrecht genagelt, er sah aus wie ein Cyborg! Unfassbar, dass dies halten sollte! Aber seine Knochenbrüche in Armen und Beinen waren gut verheilt, zeigten sie ihm. Das sah sogar er selbst. Sie konnten darüber nachdenken, den größten Teil des Gipses dort zu entfernen, beschlossen die Studenten. Das wurde abgesegnet. Nur das Becken und die Rückenwirbel machten ihnen noch Sorgen. Es wurde beschlossen, dass er ein Korsett erhielt, eines, das ihn vom Nacken abwärts stabilisierte. Es musste so gebaut sein, dass er sich nicht wund lag.

»Es gibt solche Spezialanfertigungen, nur ist derzeit nichts zu bekommen. Beginn der Motorradsaison, verstehst du? Die kleben reihenweise an den Bäumen«, sagte Wolle. »Also denken wir uns etwas aus. Wie schon zu Anfang. Eine Bastelstunde für unsere Medizintechniker und Orthopäden. Die werden sich die Hände reiben, solche Fälle haben sie nicht alle Tage.«

»Und wie«, zwinkerte die Studentin, von der Erik wusste, dass sie mit einem der Techniker zusammen war.

Wolle fuhr fort: »Wenn das Korsett fertig ist, befreien wir dich aus deinem Gips. Dauert ein paar Tage, bis es soweit ist. Ab dann wirst du jeden Tag Physio erhalten, deine Muskeln gedehnt werden, ganz vorsichtig. Können wir Auszubildende mit zu dir bringen?«

»Bin interessant, was?« Erik schnaubte innerlich und alle lachten. »Klar, warum nicht?«, gab er sein Einverständnis. Jetzt, da er diese klaren Grenzen gezogen hatte, merkte er, wie er richtig, richtig müde wurde. Eine gute Müdigkeit, nicht wie dieses Koma-ähnliche Wegdämmern der letzten Tage. Er gähnte sogar und freute sich darüber.

»Okay, genug der Lehrstunde«, sagte Wolle und schickte alle nach draußen, selbst den Chefarzt. Er war ja nicht einer seiner Angestellten, von daher konnte Wolle da freier walten als einer der Klinikärzte. Kaum waren sie draußen, beugte sich Wolle vor. »Alter, das war… einfach unglaublich! Du hast Seine Hoheit zurechtgewiesen… Himmel! Das wird den Jüngeren eine Lehrstunde gewesen sein und hier wie ein Lauffeuer die Runde machen. Denn im Grunde hast du völlig recht. Die hohen Herrschaften vergessen manchmal, dass sie es mit Menschen zu tun haben, mit kranken, verunsicherten Menschen.«

Erik zwinkerte einmal. »Das habe ich gemerkt. Bleibt zu hoffen, dass die Jüngeren ihre Lektion gelernt haben. Ich bin froh darum. Es hat mir nicht gepasst, wie sie mit mir umgegangen sind.«

»Nein. Das war gut zu merken. Aber jeder ist anders, und alle stehen unter großem Zeitdruck. Da bleibt für individuelle Betreuung kaum Raum. Du hast Glück, dass du hier bei mir bist und nicht bei Fremden. Der Chef jedenfalls wird jetzt nicht mehr so gut auf dich zu sprechen sein.«

»Ja, das ist mir klar. Glaub mir, ich weiß zu schätzen, dass du dich um mich kümmerst, obwohl das nicht dein Fachgebiet ist. Und auch, dass dein Vater dich so viel freistellt. Sag ihm meinen Dank, ja?«

»Ich werde dich zu gegebener Zeit daran erinnern«, drohte Wolle mit hoch erhobenem Finger. »Was denkst du, fühlst du dich gewappnet, mit der Polizei zu reden? Dann kann ich Olsens Drängen endlich nachgeben. Der nervt echt.«

»Aber unbedingt. Ja, mach nur. Viel zu sagen habe ich eh nicht, hab ja kaum was gesehen«, erwiderte Erik. Den restlichen Abend brachte er damit zu, über jene wenigen Sekunden nachzudenken, die sein gesamtes Leben auf einen Schlag verändert hatten.

Für das Interview mit dem Polizeichef ließ sich Erik etwas herrichten. Einer der Pfleger putzte ihm die Zähne, rasierte ihn. Er hatte einen ganz schönen Bart bekommen, und jetzt, da er wieder Gefühl in der Mundpartie hatte, merkte er, dass dieser juckte. Seine Haare ließ er sich gleich mit abrasieren. Waschen konnten sie die ja nicht. So sah er wenigstens einigermaßen anständig aus. Als er sich anschließend im Spiegel erblickte, erkannte er sich das erste Mal halbwegs wieder. Wie dürr er geworden war, und diese Schatten unter den Augen!

»Wenn der Gips runterkommt, können wir Sie wieder richtig waschen«, sagte der Pfleger. »Da wird sich ganz schön was angesammelt haben.«

»Au ja. Und für den Mund hätte ich gerne einen schönen Schluck Whiskey in mein Zahnputzwasser, damit es besser schmeckt«, gab Erik zurück und zwinkerte.

Der Pfleger lachte. »Aber nur, wenn die Bezahlung stimmt und ich was abbekomme.« So flachsten sie noch ein wenig hin und her, bis Erik rundherum versorgt war.

Keine halbe Stunde später klopfte es dann an der Tür. Kommissar Olsen schaute herein, erst etwas zögernd, doch als er Erik wach sah, kam er rasch herein und schloss die Tür. So, als fürchte er, dass ihn jemand gleich wieder rauswerfen könnte.

»Hallo«, flüsterte Erik, diesmal mit dem Mund.

»Hallo Erik«, sagte Olsen und rückte sich einen Stuhl an sein Bett. Dabei betrachtete er die liegende Gestalt einmal von oben bis unten. Kaum mehr als der baumlange, kräftige Kerl zu erkennen, den er in der Druckerei getroffen hatte. Abgemagert, ein kahl rasierter Schädel, wie ein Skelett. Aber die Augen waren lebendig, und zwar sehr. Sie richteten sich jetzt auf den kleinen Monitor und zuckten. Olsen beobachtete es fasziniert, besonders, als der Computer dann die Worte ausspuckte.

»Nicht mehr viel los mit mir, ich weiß«, sagte Erik. Das überraschte Olsen. Er hielt sehr viel auf sein Pokerface und eine undurchschaubare Miene. Das war wichtig für jedwede Vernehmung. Waren seine Gedanken so gut zu sehen gewesen? Oder hatte sein Gegenüber einen sechsten Sinn dafür entwickelt, was die anderen verbergen wollten? So etwas in der Art musste es sein. Wenn einem fast alle Sinne abhandenkamen, konzentrierte sich alles auf die wenigen Verbliebenen.

»Ich will Sie nicht lange belästigen. Der Doktor hat klare Ansage gemacht, dass ich Sie nicht überanstrengen soll.«

»Pah!«, machte Erik, diesmal mit seinem Mund. Er rollte mit den Augen. Dann schrieb er: »Hier zu liegen und nicht zu wissen, was geschehen ist, das beunruhigt mich viel mehr. Also, was ist denn nun geschehen? Denn ich erinnere mich nicht mehr an viel.« Und so fand sich Olsen unvermittelt in der Rolle des Befragten wieder, so rasch, dass er sich hinterher förmlich die Augen rieb. Das gibt's doch nicht, dachte er, doch diesen Blicken konnte er einfach nichts entgegensetzen. Er mochte sich nicht vorstellen, wie es war, derart in seinem Körper eingesperrt zu sein. Dabei wusste er es ganz genau. Das wollte er Erik aber nicht preisgeben.

»Wir ermitteln in alle Richtungen«, sagte er und hob die Hände. »Ich weiß, ich weiß, das klingt wie ein Allgemeinplatz, ist aber so. Denn es will mir nicht in den Kopf, dass jemand von der Müllmafia Sie beide ausgerechnet dann angreift, als alles bereits in Sack und Tüten war. Das ergibt irgendwie keinen Sinn. Und ich als Durchschnittsverbrecher wäre auch nicht so dämlich gewesen und hätte diesen Transporter direkt nebenan geklaut. Das schreit geradezu nach einer Finte, verstehen Sie? Deshalb möchte ich Sie fragen, wissen Sie sonst noch jemanden, der Ihnen oder Sonja Schröder etwas Böses wollte? Hat Sie Ihnen etwas gesagt?«

Erik hatte die Stirn gerunzelt. Sunnys richtiger Name kam ihm wie ein Fremdkörper vor. »Nein. Sunny und ich waren erst sehr kurz zusammen, wenn auch schon sehr lange befreundet. Sie hat nie etwas dergleichen erwähnt. Und mir… außer meine Ex, die hoffentlich immer noch im Knast schmort, nein, niemand.«

Olsen hatte überlegend die Finger an die Lippen gelegt. »Ja, über die haben sich all Ihre Freunde bereits gründlich ausgelassen. Nein, Ihre Ex-Frau, so man sie denn derart bezeichnen kann, denn die Ehe war ja nie rechtsgültig, sitzt noch ein, und zwar bis Ende des Jahres. Deren Akte ist ganz schön lang, das muss ich schon sagen. Aber Sie haben sich mit Bravour aus dieser Falle manövriert. Dr. Lanzen hat mir die Unterlagen gezeigt. Das war ja richtige Detektivarbeit.«

»Oh ja, Timo hat die Hauptarbeit geleistet. Aber Abseiten von ihr wüsste ich niemanden, der mich derart auf dem Kieker haben könnte. Ich denke da eher an Sunny. Sie wurde verfolgt, das haben die anderen Ihnen berichtet, oder?«

»Haben sie, ja. Ist Ihnen sonst noch etwas aufgefallen, in den Tagen davor, meine ich? Irgendwelche unbekannten Personen, die sich in Ihrer Nähe herumgedrückt haben, so etwas in der Art?«

Erik dachte nach. Aber ihm fiel nichts ein. »Nein. Die Tage davor waren sehr trubelig, mein Umzug, die Einweihungsparty, es war ein ständiges Kommen und Gehen. Die Nachbarn, die alle reingeschaut haben. Nein. Wenn jemand geguckt hat, und das tut in unserer Straße eigentlich ständig jemand, Besucher, Touristen, Einheimische, dann fiel es jedenfalls nicht auf.«

Geduldig hatte Olsen den langsamen, abgehackten Sätzen gelauscht und sich Notizen gemacht. »Alles klar. Ich fasse das in einem Protokoll zusammen und maile es Ihnen rüber.

Sobald Sie wieder in der Lage sind, digitale Unterschrift zu leisten, schicken Sie es einfach zurück. Ihr Chef und Herr Hartmann sagten, dass Sie so etwas hätten.«

»Ja, in meinen Rechnern, Firma und privat. Geht bald los, endlich«, sagte Erik und grinste, was Olsen mit einem Lächeln erwiderte.

Er stand auf. »Nun, das war's für's Erste. Ich wünsche Ihnen alles Gute und dass es Ihnen schnell wieder besser geht. Und falls Ihnen etwas einfällt, melden Sie es uns umgehend, auch wenn es noch so unwichtig erscheint.«

»Danke, Kommissar. Es wäre schön, wenn Sie mich auf dem Laufenden halten könnten. Ich will wissen, wer Sunny umgebracht und mir dieses Gefängnis eingebrockt hat.«

Olsen seufzte. »Das ist Ihr gutes Recht. Ich werde es tun, sobald ich etwas Neues erfahre.« Mit einem unverbindlichen Nicken verabschiedete er sich und ging hinaus.

Erik starrte eine ganze Weile sinnierend ins Leere. Er glaubte nicht, dass Olsen ihn unterrichten würde. Nicht bei einer laufenden Ermittlung und auch nur, wenn Erik ihm neue Informationen liefern könnte. Das war so bei der Polizei, und er konnte nichts daran ändern.

Ungeduldig wartete Erik darauf, dass sich etwas tat. Zwei Wochen Lieferzeit für diesen dämlichen Computer. Ein paar Tage für das Korsett. Auf einmal kam ihm die Zeit so unendlich lang vor, wie er da im Zimmer lag und an die Decke starrte. Immer und immer wieder dieselben Übungen machte. Er trainierte jetzt hauptsächlich seine Lippen und die Zunge. Laute formen, schlucken. Das ging erst gar nicht, aber irgendwann merkte er, er bekam es wieder hin, und dann waren auf einmal auch seine Stimmbänder wieder da. Er lag im Bett und machte Laute, heimlich, sodass es keiner mitbekam, und freute sich diebisch, als es ihm gelang. Ha, da würde er eine Menge Leute erschrecken können, so viel stand fest!

Den Anfang machte Wolle. »Na, wie ist die Lage?«, fragte der und beugte sich über Erik.

»Huuuu!«, machte Erik mit aller Kraft und erschreckte Wolle damit derart, dass der zurückfuhr.

»Hey, was soll das!?« Doch dann lachte er, und Erik mit ihm. »Ja, sehr schön! Hast geübt, nicht?«

»Aber so was von. Wenn nur dieser dämliche Schlauch endlich weg wäre.« Das tippte Erik lieber, sonst wäre seine Stimme gleich wieder fort.

»Nana, das dauert noch eine Weile. Immer schön langsam, Kumpel. Aber das ist doch ein super Fortschritt, findest du nicht?«

»Finde ich auch.« Erik beobachtete, wie Wolle sich auf sein Bett setzte. Oh je. Das tat er nur, wenn er was Ernstes zu besprechen hatte.

»Den Besuch der Polizei heute Morgen hast du ja gut verkraftet. Ich habe eine gute – oder vielleicht auch schlechte – Nachricht für dich. Der Chef hat entschieden, dass wir derzeit derart überbelegt sind, dass wir keine Einzelzimmerunterbringungen mehr gewährleisten können. Das heißt, du wirst bald Gesellschaft bekommen. Ist das ein Problem für dich?«

»Kleine Rache, was?« Erik schnaubte. »Aber nein. Solange der nicht schnarcht… obwohl, ihr habt ja den Zaubertrank. Dann lasse ich mich wegbeamen. Nein, macht nur. Es war mir klar, dass es als Kassenpatient nicht ewig so weitergehen konnte…« Er rollte mit den Augen.

»Oh nein, du bist BG Patient. Ach, das hat Hardi noch gar nicht gesagt? Dein Chef hat das als Wegeunfall deklariert. Weil du ja auf dem Weg von der Arbeit nach Hause warst. Den kleinen Umweg halten wir schön unter dem Deckel, und wenn sie fragen, hast du dir halt ein Baugrundstück angesehen oder so, nicht? Das hat er gemacht, damit du besser versorgt wirst. Glaube mir, das ist gut so.«

»Wow.« Erik blies die Wangen auf. »Habe ich jetzt Goldimplantate im Rücken oder so?«

Wolle lachte. »Nein, aber das gute, hochwertige Zeug. Das ein Leben lang hält. Sonst hättest du das nur unter kräftigen Zuzahlungen bekommen. Die Berufsgenossenschaft lässt sich da wirklich nicht lumpen. Irgendwo zu müssen diese horrenden Gebühren ja gut sein.«

»Dann bekomme ich Gesellschaft. Das ist mal eine Abwechslung. Wann kommt denn der Neue?«

»Wahrscheinlich schon heute Abend. Genaues weiß ich noch nicht. Lass dich einfach überraschen und rechne mit einem ähnlich schweren Fall wie deinem. Das Equipment ist ja schon hier. Da kann man immer mehrere anschließen.« Er zeigte auf die Anschlüsse in der Wand.

Erik schnaubte. »Wie praktisch. Oh, da höre ich Hardi heranpoltern. Und wie es scheint, ist er nicht allein.« Maritas durchdringende Lache war selbst durch die Tür gut zu hören. Arm in Arm marschierten die beiden herein.

»Na, das ist ja ein Anblick«, gluckste Wolle erheitert und so leise, dass nur Erik es hörte.

»Was ist denn mit euch los? Aus der Deckung heraus?«, fragte Erik, und er merkte gar nicht, dass er es mit der normalen Stimme tat.

Da staunten die beiden erst einmal und gerieten dann völlig aus dem Häuschen. Erik wurde umarmt und bekam von Marita einen Kuss auf die Stirn. »Wir hätten doch einen Sekt einpacken sollen«, sagte sie zu Hardi und lächelte ihn derart an, da stellten sich den anderen beiden alle Ohren auf.

»Moment mal. Gibt es was zu feiern?«, fragte Wolle.

»Hmm..« Hardi wurde feuerrot, und Marita griff seine Hand.

»Diagnose, Doc«, krächzte Erik.

Wolle lachte. »Hmm… rote Birne und leuchtende Augen deuten entweder auf Zusammenzieheritis oder Verloberitis oder Schwangeritis hin. Also?« Er klopfte ungeduldig mit seinen Knöcheln auf das Klemmbrett.

Die beiden sahen sich an. »Richtig geraten. Zumindest bei den ersten beiden Sachen«, sagte Marita.

»Cool.« Erik seufzte zufrieden.

»Wir hatten gehofft, dass du das sagst. Wir wollten es dir als erstes sagen, weil du… nun ja…« Verlegen sah sie zur Seite.

»Weil du zur Familie gehörst«, kam es von Hardi, ein verdächtiges Krächzen in der Stimme.

»Fang bloß nicht an zu heulen, Mann!«, fuhr Wolle ihn an. »Na dann, Glückwunsch, Alter! Und dir natürlich auch«, sagte er zu Marita und umarmte sie.

»Danke. Wir haben dir etwas mitgebracht, Erik.«

»Ah, Bestechungsversuch, damit er euch seinen Segen gibt?«, spöttelte Wolle, was ihm von Hardi einen erbosten Stoß einbrachte.

»Lass dein schändliches Lästermaul stecken. Wir dachten, jetzt, da es dir wieder etwas besser geht, würdest du vielleicht gerne etwas haben. Schau mal.« Er zog einen Gegenstand aus einem Beutel hervor, den Erik von seiner Position aus nicht sehen konnte, aber er sah, wie Wolle die Augen aufriss.

»Daran habe ich gar nicht mehr gedacht«, kam es getroffen von ihm. Er warf Erik einen raschen Blick zu.

»Was ist es?«, fragte Erik. »Zeig es mir!«

»Ich weiß nicht…«

»Komm schon, Wolle. Irgendwann wird er sich damit beschäftigen müssen, und wenn nicht jetzt, wann dann?«

»Wolle…!!« Prompt ging Eriks Herzschlag hoch.

»Er soll sich nicht aufregen, verdammt!«, zischte Wolle Hardi an.

»Ich rege mich nur auf, weil du mir ständig Dinge vorenthältst, ***verdammt***!«, krächzte Erik.

»Ich zeige es dir. Lass es, Wolle!«, wies Hardi ihn harsch zurecht. Er hob den Gegenstand an. Es war ein Bild. Langsam drehte er es um. Erik riss die Augen auf, sein Herz setzte einen Moment aus, doch dann ging sein Pulsschlag steil nach oben. Nur kurz, doch es genügte, dass Wolles Hand sofort zu dem Fläschchen mit der Wegbeammedizin ging.

Erik bemerkte das gar nicht. Es war das Foto, das sie am Tag seines Einzuges aufgenommen hatten. Fröhlich lachten sie alle in die Kamera, Sunny und das Häuschen in der Mitte. »Sunny…« Er flüsterte es nur, und sein Blick verschwamm.

»Ich weiß, ich weiß…«, sagte Hardi mit brüchiger Stimme und rasch nach oben sehend. Doch es nützte alles nichts, gleich darauf flennten sie beide.

»Mann, er soll doch nicht…«, hob Wolle an, aber Marita unterbrach ihn. »Lass sie. Das hilft ihnen. Komm, wir gehen nach draußen, bis sie sich wieder beruhigt haben. Nun komm schon.« Sie griff nach seiner Hand und zog ihn sanft, aber bestimmt hinaus.

»Wir dachten uns, dass du es vielleicht gerne hättest«, schniefte Hardi schließlich.

»Richtig… stell es neben den Monitor. So, dass ich es immer sehen kann. Danke, Hardi. Danke euch, wirklich. Ich glaube…«, Erik blinzelte eine Träne fort, »ich wäre jetzt gern ein wenig allein. Lässt du mich, Hardi?«

»Aber ja. Gute Nacht, Kumpel.« Er umarmte Erik zum Abschied.

Dann lag Erik da und schaute nur noch. Dieses Bild war wie ein Stich ganz tief in sein Herz. Wie fröhlich sie alle aussahen! Keiner hatte geahnt, dass die Welt in nur wenigen Tagen ganz anders sein würde. Für sie alle. Das Bild brachte alles wieder zurück. Die Einrichtung, die Party, die schönen, sehr intensiven Stunden mit Sunny. Und ihr Tod. Es stürzte alles auf ihn ein, er konnte nichts dagegen tun außer sich zu ergeben, bis er vor lauter Erschöpfung eingeschlafen war.

Kapitel 6

Stimmen und ein metallisches Rattern weckten ihn spät in der Nacht wieder auf. Die Nachtschwester kam herein. »Sie bekommen Gesellschaft«, sagte sie zu Erik, als sie sah, dass er wach war.

»Oh. Wer?« Die Frage stellte er ganz spontan mit seiner normalen Stimme.

Prompt lächelte sie. »Sehr gut! Ich habe schon gelesen, dass Sie wieder sprechen lernen. Es ist ein Autofahrer, ein ganz junger Kerl. Keine zwanzig Jahre alt. Hat ihn übel erwischt, sein Beifahrer ist sogar tot und sein Unfallgegner auch und noch ein Unbeteiligter. Die Polizei sagt, es war ein illegales Rennen. Ah, da sind sie auch schon.«

Das, was jetzt folgte, gab Erik eine Vorstellung davon, wie es um ihn selber am Anfang bestellt gewesen war. Anscheinend kam der Junge direkt aus dem OP. Einige Gestalten in Masken und blauen Kitteln schoben das Bett hinein. Es folgten zahlreiche Handgriffe, geflüsterte Anweisungen. Bald piepsten beide Seiten im Accord, es klang wie ein Konzert, und ihr Zimmer sah aus wie die Schaltzentrale einer Raumstation. Da schlief Erik doch lieber ein, denn er ahnte, dass sein Zimmergenosse ziemlich viel Unruhe in sein Dasein bringen würde. Türkisch-kurdischer Abstammung, hatte er die Pfleger flüstern hören. Große Familie, also Unruhe, oh ja. Und damit sollte er recht behalten.

Den Anfang machte der Vater. Dann die Brüder, die Schwestern. Dann kam die Mutter mit ein paar Tanten. Viel Gejammere, Klagen, Tränen. Das eine oder andere Gebet. Es war ein ständiges Kommen und ganz wenig Gehen, der Raum wurde immer voller. Nach einem halben Tag war Erik beinahe am Durchdrehen, genauso wie seine Werte. Der Alarm ging los, diesmal ein richtiger. »Hey, was ist los?«, fragte Wolle, den Vorhang zwischen den beiden Betten zuziehend. »Dein Puls ist viel zu hoch.«

Erik flüsterte nur. »Lärm. Leute. Die machen mich irre. Ich kann einfach nicht…« Er schluckte trocken.

»Oh. Oh je. Ich rede mit der Stationsleitung. Das geht so nicht.«

Doch es half nichts. Bald hatten die Stationsärzte einen ganzen wie wild diskutierenden Kurdenclan vor der Tür. Schließlich kam der Sicherheitsdienst und die Polizei. Hausverbot wurde erteilt, eine Wache aufgestellt.

»Wie im Knast«, kommentierte Hardi abends. Wolle schnaubte nur.

»Ich will das nicht mehr. Kann ich nicht nach Hause, wenn der Gips runter ist? Was gibt es denn hier, was wir nicht auch dort tun können?« Erik hörte selbst, er jammerte. Aber er wollte hier weg.

»Nana, ein wenig brauchst du noch, immer mit der Ruhe. Wir haben strenge Besuchsregeln erlassen. Wenn alles nichts nützt, kommt der in die Besenkammer. Oder du. Ich lasse nicht zu, dass du in Gefahr gerätst, alles klar?«

»Wir lassen das nicht zu«, verbesserte Hardi und warf Wolle einen langen Blick zu, der daraufhin unmerklich nickte.

Die hatten etwas vor, das merkte Erik durchaus. Da war er doch sehr neugierig und gespannt.

Am frühen Morgen wurde Erik durch ein leises Stöhnen geweckt. Sein Nachbar wurde wach, es war gut zu hören, wie er erst ziemlich orientierungslos dalag und versuchte zu begreifen, was los war. Erik sagte erst einmal nichts, lauschte aber angespannt, den Computer angeschaltet und die Augen auf dem Klingelknopf. Hardi hatte ihm das eingerichtet, sollte er mal Hilfe benötigen.

Doch schließlich war sein Nachbar so wach, dass Erik laut und deutlich durch die Atemmaske hörte: »Oh Scheiße!«

»Das kannst du laut sagen«, erwiderte er.

»Was zum… ey, was ist das hier?«

»Du bist im Krankenhaus. Hast Scheiße gebaut, wie man sich erzählt. Dein Kumpel ist tot und noch zwei weitere Leute.« Erik hasste Raser aller Arten. Die Autoposer, Motorradjunkies, diese Typen mit den fahrenden Schwanzverlängerungen. Laut, aggressiv, rücksichtslos.

»Waaas?! Ey, Digger, willst du mich verarschen oder was?!«

»Nein«, erwiderte Erik knapp.

»Du lügst doch!«

»Mitnichten.«

»Ich kann mich nicht bewegen.« Das klang auf einmal sehr, sehr ängstlich und jammernd.

»Tja, willkommen im Club. Aber immerhin, dich haben sie nur fixiert. Du bist nur festgebunden, weil du frisch operiert bist und dich nicht bewegen darfst. Nicht gelähmt wie ich. Das war ein Scheiß Raser wie du, der mir das eingebrockt hat.« Und jetzt halt die Fresse, dachte Erik böse und schloss wieder die Augen.

Wie es schien, hatte er seinen Nachbar wirklich mundtot gemacht. Er lag nur da und flennte fast lautlos vor sich hin. Erik konnte sich nicht aufraffen, Mitleid mit dem jungen Kerl zu empfinden. Solche Typen waren ihm ein Dorn im Auge, die einfach aus Spaß und um ihr Ego zu polieren das Leben anderer Leute gefährdeten.

Die Frühschicht kam, versorgte sie. Seinem Bettnachbarn wurde knapp mitgeteilt, dass sie Besuchslimit hätten und gewisse Personen seiner Verwandtschaft Hausverbot hätten, weil sie die Gesundheit der anderen Patienten gefährden würden.

»Verdammt, verdammt, verdammt… was für eine verfluchte Scheiße«, kam es immer wieder unter der Maske hervor, als die Schwester weg war.

»Hör auf zu jammern!«, grollte Erik. »Das hast du dir selber eingebrockt.«

»Ich wollte das nicht… da ist was ganz schief gelaufen… und das war Abas Auto…«

Himmel, was für ein Weichei, dachte Erik, und mit nicht geringer Schadenfreude. »Du wolltest nicht?! Alter, du hast am Steuer gesessen! Du triffst die Entscheidung. Wenn's nur euch Arschlöcher erwischt hätte, dann wäre das fein. Ein paar Idioten weniger auf der Straße. Aber ihr habt einen Unbeteiligten umgebracht. So etwas nennt man Mord, kapiert?«

Keine Antwort mehr. Erik schloss zufrieden die Augen. Wie es schien, hatte er seinen Nachbarn erstmal mundtot gemacht. Er konnte sich einfach nicht helfen. Der Typ war frisch operiert und ziemlich hinüber, klar, aber sich in Selbstmitleid nach so einer Geschichte zu ertränken, das ging gar nicht. Aber so waren sie, und zwar fast alle. Er hatte viele arabisch-stämmige Arbeiter auf seinen Baustellen. Der überwiegende Teil war voll in Ordnung, aber eben auch echte Machos, die von ihren Müttern, Tanten und wer auch immer dort noch war als Kinder nach Strich und Faden verwöhnt worden waren. Keine Disziplin. Bis sie dann mit der harten Realität der Arbeitswelt konfrontiert wurden und auf die Schnauze fielen. Da war manchmal harte Ansage nötig und ein gehöriger Tritt in den Arsch, bis sie spurten. Doch dann ging es. Diese Lektion war an diesem hier offenbar vorübergegangen.

Er hieß Murat. Nach dem ersten Schock auf seiner Seite und nachdem sich Eriks Zorn ein wenig gelegt hatte, redeten sie miteinander. Was blieb ihnen auch anderes übrig? Sie konnten sich ja nicht die gesamte Zeit anschweigen.

»Und die waren wirklich alle hier? Alle?!«, ächzte Murat, als Erik ihm von der Invasion erzählte.

»Tja, Mann, was weiß ich, wie riesig deine Verwandtschaft ist. Aber der harte Kern bestimmt. Ich kann das noch nicht ab, diesen Lärm. Sinnesüberflutung, verstehst du? Meine

Werte sind total durchgedreht. Weshalb sie die wieder rausgeschmissen haben.«

»Krass, Alter, das mit deinen Werten. Ich erklär's ihnen, keine Sorge. Wenn sie mich nicht vorher erwürgen. Mein Vater tut's ganz bestimmt. Die Karre ist schrott. Das war sein Prachtstück, und ich sollte... Cem war's, er hat gesagt, los, lass uns fahren, ich weiß, wo die sich treffen heute Nacht, und dann machen wir die platt, das sind alles Wichser.«

Erik schnaubte. »Und dann hast du einfach auf's Gas getreten, weil du nicht als Weichei dastehen wolltest bei deinen Kumpels, Cousins, was auch immer?! Wie dämlich!«

»Naja... so in etwa.« Das kam ganz dünn unter der Maske hervor.

»Tja, eines steht jedenfalls fest, nach dieser Geschichte wird dir a) keiner mehr ein Auto leihen, und b) du auch nicht mehr eine Fahrerlaubnis bekommen. Wer weiß, vielleicht wanderst du sogar in den Knast. Es gibt ja neue strenge Gesetze bezüglich illegaler Rennen. Damit hast du dir ganz schön die Zukunft verbaut. Eines kann ich dir jedenfalls sagen: Auf unseren Baustellen stellen wir keine vorbestraften Leute ein. Schon allein wegen der Kunden nicht. Jetzt kannst du nur noch in ner Dönerbude stehen und Spieße drehen oder die Straße fegen oder so.«

Hach, tat das gut, dem eine zu verpassen! Erik ließ seinen ganzen Frust an dem armen Kerl aus, nicht im Geringsten Rücksicht darauf nehmend, dass dieser gerade erst operiert worden war. Er wusste, er war gemein, aber er konnte sich nicht helfen.

»Lass mich in Ruhe, du Arsch!«, kam es denn auch unter der Maske hervor, und den Rest des Tages schwiegen sie sich an.

»Hier.« Hardi hielt die Zeitung hoch, mit einer dicken Schlagzeile auf Seite Eins und einem Bild von der Unfallstelle. Raser tötet Familienvater, stand da. »Da hast du ja illustre Gesellschaft bekommen. Olsen meinte, er könnte glatt mit seinem Büro hier einziehen, denn er würde ja in deinem Fall und auch in dem anderen ermitteln.«

»Ach was.« Erik schnaubte. »Olsen soll ihn lieber mitnehmen. Der ist voll das Weichei, liegt da und ergießt sich in Selbstmitleid. Zum Kotzen!«

»Ey, halt's Maul, Digger!«, kam es unter der Maske hervor. »Sonst…«

Doch da hatte er die Rechnung ohne Hardi gemacht. Der stand auf, erhob sich auf seine beachtlichen massigen über 1,90 und beugte sich über Eriks Bettnachbarn. »Vorsicht. Trittst du meinem Kumpel zu nahe, wirst du richtig ein Problem bekommen, und zwar dergestalt, dass dir dein jetziges wie Kinderkacke vorkommt. Hast du verstanden?«

»Verpiss dich, Alter! Mit mir legst du dich nicht an, und wenn meine Cousins und alle da sind, dann machen wir dich platt. Wir sind eh mehr als ihr, viel mehr, und wir haben…«

»Ah.« Hardi wurde ganz leise. Das Alarmzeichen für jeden, der ihn gut kannte. »Höre ich da etwa den Hang zur Clankriminalität? Oder gar eine kleine Islamistenanwandlung? Du bedrohst meinen Freund, einen schwerkranken, gelähmten Mann? Ich wette, das würde den Kommissar, der deinen Fall untersucht, sehr interessieren, und die Presse auch. Wetten, dass es deiner Familie gar nicht recht wäre, so etwas in der Zeitung zu lesen? Ich glaube, du überschätzt ein wenig deine Lage, Freundchen.«

»Du Scheiß-Nazi!«

»Ach, und jetzt weißt du nicht mehr weiter und kommst mit diesem Gewäsch? Du machst dich gerade ziemlich lächerlich, Kollege! Das ist unterste Schublade.«

»Das denke ich auch«, sagte da eine andere, sehr strenge Stimme von der Tür her. Erik, der sich in den letzten beiden Minuten schon auf die Lippen beißen musste, um nicht in unpassendes Gelächter auszubrechen, wandte seinen Blick dorthin, und auch Hardi drehte sich um. Unter der Maske war ein leises Ächzen zu hören.

In der Tür stand ein älterer Mann, grauer Bart, das typische Gewand, und er sah streng aus. Ah, der Chef, dachte Erik sofort, und er erwiderte das Nicken des Mannes mit einem Zwinkern als Begrüßung. Der kam herein, auf einen Stock gestützt, begrüßte Hardi mit Handschlag und Namen, etwas, das Hardi erwiderte. Sie kannten sich, Kunde vermutlich, ging Erik auf.

Hardi kam zurück zu Erik. »Nun, da das geklärt ist, lasse ich dich allein. Ich gehe mal zu Wolle und guck, was wir bezüglich der Unterbringung regeln können. Die brauchen hier jedes Bett. Mach's gut, Erik.« Sie zwinkerten sich zum Abschied zu.

Der alte Mann zog den Vorhang zu, sodass Erik die Sicht versperrt war, aber die leisen, auf Kurdisch gesprochenen Worte des Alten und die krächzenden Antworten des anderen verstand er auch so. Der Junge bekam einen Einlauf, der sich gewaschen hatte, so dass er hinterher derart am Heulen war, dass Erik bald nach einem Feudel rufen wollte. Erik konnte es verstehen. Denn durch seine Dummheit waren ein Familienmitglied, ein weiterer Raser und ein Unschuldiger gestorben. Ein heikles Thema, denn bei Eingewanderten wurde dreimal hingeschaut, wie diese sich benahmen, und Familienehre ging ihnen über alles. Das war leider so und würde sich wohl auch nie ändern, obwohl sich genauso viele Deutschstämmige danebenbenahmen, wie der zweite Auto Poser, der war Deutscher gewesen. Der einzige Unterschied war, dass sie nicht in solch großen Familienverbänden eingebunden waren.

Um nicht allzu sehr zu lauschen, las Erik lieber den Artikel, den Hardi ihm über den Klapptisch ausgebreitet hatte. Das war übel, richtig übel. Die Szene war schon länger unter Beobachtung, stand da, und es wurde der Polizei angelastet, dieser nicht längst einen Riegel vorgelegt zu haben. Drei Tote, was der neue Polizeichef als Steilvorlage nahm, um eine ganz harte Linie gegen die Poser Szene zu fahren. Ha, da hatte Olsen ja richtig in die Vollen gegriffen, sich zu positionieren! Er hatte bei einem weit bis ins Umland bekannten Tuner angefangen, illegale Teile und Kundenlisten beschlagnahmen lassen, und ließ jetzt sämtliche Fahrzeuge daraufhin abschleppen und untersuchen. Ob das so rechtlich in Ordnung war, wurde im Artikel die Frage gestellt, doch er erhielt Rückendeckung sowohl von der örtlichen Politik als auch der Justiz. Da jedes der abgeschleppten Fahrzeuge prompt durch die Prüfung gefallen und zwangsstillgelegt worden war, erübrigte sich die Frage wohl. Mehr als zwei Dutzend Fahrzeuge, Strafverfahren, das volle Programm. Na, wenn das kein Erfolg war!

Schließlich war es nebenan still. Erik hatte gar nicht mitbekommen, dass der alte Mann gegangen war, und tatsächlich war er es auch nicht. Erst nach einer langen Zeit des Schweigens erhob er sich seufzend und zog den Vorhang zurück, dem jungen Mann noch einen kurzen Satz zuwerfend.

Als er ging, wandte er sich an Erik: »Wir haben mit Bedauern vom Tod von Frau Schröder erfahren. Sie hat sehr oft Artikel über unsere Gemeinschaft geschrieben«, sagte er.

Die türkisch-kurdische Gemeinde mit ihrer Moschee meinte er wohl. Erik lächelte, ein wenig traurig, das sah er an der Miene seines Gegenüber. »Sunny mochte diese interkulturellen Veranstaltungen, die Sie zusammen mit der Kirche organisiert haben, sie ist gerne dorthin gegangen, nicht nur wegen der Artikel, hat sie uns gesagt. Weil es dort immer so interessant und fröhlich zuging und sie eine Menge Dinge gelernt hat über Ihre Bräuche. Und es lecker zu essen gab.«

»Das freut mich zu hören. Wir hoffen, dass der Täter, der Ihnen das angetan hat, bald gefasst wird, und wir beten, dass Sie wieder gesund werden.«

»Ich danke Ihnen.« Mit einem Gruß verließ der alte Mann den Raum.

Erik lauschte auf das Schniefen nebenan. »Wer war das?«, fragte er schließlich.

Das Schniefen verstummte. Dann, sehr brüchig, kam unter der Maske hervor: »Das war der Imam.«

»Oh. Oh je. Kacke am Dampfen, und zwar richtig.« Keine Frage, eine Feststellung.

»Jaa… verdammt!« Und damit war sein Nachbar still und blieb es den gesamten restlichen Tag und Abend, bis die Nachtschwester kam und ihn mit einem Mittel in den Schlaf beamte.

Kapitel 7

Am nächsten Morgen begann für Erik ein neues Kapitel seines Daseins im Krankenhaus. Den Anfang machte die Schwester der Frühschicht. Sie kam herein mit einem breiten Lächeln und einer riesengroßen Schere in der Hand.

»Wow! Was soll das werden?«, krächzte Erik.

Murat spottete: »Die amputieren dir deinen Pimmel, Alter!«

Erik rollte mit den Augen. »Eher deine Zunge. Also?« Er sah die Schwester fragend an.

Sie schüttelte den Kopf in Richtung seines Bettnachbarn. »Hab schon gehört, hier war ja einiges los. Na, Ihr Gips kommt runter, schon vergessen? Das Gestell ist da, sie haben sich mächtig beeilt. Ich wollte Sie geistig schon mal darauf vorbereiten«, zwinkerte sie und legte die Schere außerhalb seiner Sicht auf einen der Besucherstühle. Dann zog sie den Vorhang vor und versorgte erst ihn, was ja immer schnell ging, dann seinen Bettnachbarn, der einiges mehr an Betreuung brauchte. Er bekam auch Frühstück, wurde aber gefüttert. Bei dem Geruch wünschte Erik sich, er würde wieder essen können.

Schließlich kam Wolle herein. Einen raschen Blick nach nebenan werfend, zog er den Vorhang wieder vor. »Bereit?«

»Aber so was von. Macht ihr das hier oder woanders?«

»Hier. Woanders ist kein Platz. Mach dich auf einen ganz schönen Gestank gefasst.« Und damit sollte Wolle recht behalten. Es war eine regelrechte Armada, die ihn betreute. Ganz, ganz vorsichtig wurde er aus seinem Gefängnis befreit. Erik spürte das nicht, nur die Erschütterungen an seinem Kopf, wie sich das Bett und die Matratze bewegten. Schmerzen hatte er keine, aber diese Geräusche, wie sie den Gips aufbrachen, teilweise flexten, da wurde ihm ganz anders.

Der Geruch, der sich bald darauf im Raum ausbreitete, war für ihn kaum zu ertragen. Puh, wie er stank! Wochenlang nicht gewaschen, wie ein alter Opa oder Penner. Ganz behutsam befreiten sie alle seine Körperglieder und wuschen sie auch. Sein Bett musste schwimmen, was es auch tat. Er würde danach ein neues bekommen, anders ging es nicht, sagten sie.

Erik lag da, lauschte auf ihre Worte, lauschte in sich und seinen Körper. An seinen Gliedmaßen und Oberkörper spürte er nichts. Aber seine Sprache blieb klar, das Gefühl in allen bisherigen Bereichen erhalten, was Wolle, der mit Argusaugen alles überwachte, als gutes Zeichen sah. Dabei stellte Erik sehr, sehr überrascht fest, dass er sich lieber von den Pflegern anfassen und waschen ließ denn von den Pflegerinnen. Warum, darüber mochte er jetzt nicht nachdenken. Könnte es ihm nicht egal sein? War es ihm aber nicht. Schon merkwürdig, befand er, und damit hatte er etwas, womit er sich von dem ganzen anderen Kram ablenken konnte. So blieben auch seine Werte unten, was Wolle zusätzlich beruhigte.

Schließlich legten sie ihm etwas an, das wie ein überdimensionaler Hartschalen-Strampler mit Halskrause für Erwachsene aussah. Mit einer Aussparung für die Wirbelsäule in der Mitte der Rückenpartie. Ein neues Bett kam, sie legten ihn darauf. Er wurde angezogen mit einem dieser offenen Krankenhaushemden. Immerhin.

»Die Aussparung hinten ist dazu da, damit deine OP Narben nicht wieder aufscheuern und du dich nicht wundliegst«, erklärte Wolle, als sie das alte Bett, das von oben bis unten vollgesaut war, hinaus rollten. »Und, wie fühlst du dich?«

»Keine Ahnung. Sauber. Ich stinke nicht mehr. Aber ansonsten… nichts. Es tut nichts weh.«

»Auch keine Kopfschmerzen?«

»Nein. Nichts.«

»Gut.« Wolle nahm seine Hand, hielt sie und den Arm vorsichtig hoch, sodass Erik sie sehen konnte. »Guck mal. Du hast fast sämtlichen Muskelaufbau verloren.«

»Uih, das ging schnell. Klapperdürr.« Fast wie ein Stock wirkte sein Arm, abgemagert und knochig und sehr, sehr bleich. Die Haut faltig, richtig eingefallen. Fast wie bei einer Leiche.

»Es wird jetzt Physiotherapie für dich geben. Dehnübungen, ein wenig Stimulation. Wenn du von den Medikamenten einigermaßen runter bist, kommst du in die Reha. Wir gucken, dass wir dich hier vor Ort unterbringen und nicht irgendwo anders. Dazu muss Timo dich sprechen, er kommt heute noch vorbei.« Denn die Klinik hatte ein angeschlossenes Rehazentrum ein Stückchen weiter die Straße runter, ihre Stadt war ein Kurort. Das war natürlich praktisch.

»Wäre gut, ja. Sonst kann mich ja keiner mehr besuchen und nerven«, meinte Erik und zwinkerte.

Als Wolle und die anderen hinaus waren, war es einen Moment still. Doch dann kam von nebenan: »Du kannst dich gar nicht mehr bewegen? Wirklich gar nicht? Boah ey, das ist voll krass!«

»Ja, ist so.« Erik strengte sich an, nicht hören zu lassen, dass er genervt war. »Am Anfang konnte ich nicht mal sprechen, nur die Augen bewegen. Mein Kumpel hat mir deshalb diesen Computer hier gebastelt, der lässt sich mit den Augen bedienen. Damit ich mich verständigen konnte. Aber die Sprache ist jetzt ja wieder da.«

»Geht das wieder weg? Wirst du wieder laufen können?«

Erik seufzte. »Sie wissen es nicht. Vielleicht. Mit viel Glück. Ansonsten… lebenslanges Gefängnis.«

Murat stieß einen leisen Fluch aus und sagte nichts mehr. Aber immerhin, die Jammerei von nebenan hatte damit ein Ende. Es musste dem Jungen wohl aufgegangen sein, dass er sich ziemlich anstellte. Erik war zufrieden damit. Er lag da und übte, nur dass die Übungen bald wieder unterbrochen wurden. Timo traf ein, und an seiner Miene sah Erik, er brachte ernste Neuigkeiten.

»Was ist los?«, fragte er sofort und ohne Begrüßung.

»Nagele mich nicht an die Wand und verrate mich bloß nicht an Wolle, ja? Ich habe jemanden mitgebracht«, sagte Timo und setzte sich zu ihm aufs Bett. Er hob ganz selbstverständlich die Bettdecke an, schaute darunter. »Ist ja alles noch dran«, sagte er und zwinkerte, doch Erik ging nicht auf seinen Scherz ein.

Er hatte die Stirn gerunzelt. »Wen mitgebracht?« Sein Puls stieg ein wenig höher.

»Ganz ruhig. Es gibt, wie wir schon vermutet haben, Probleme, weil du keine Vorsorgevollmacht erteilt hast. Die BG regelt für dich ja alles, was mit dem Krankenhaus und der Reha zu tun hat, aber wir müssen auch überlegen, wie es danach weitergehen soll. Ich nehme doch mal stark an, du willst in keine Pflegeeinrichtung, oder? Denn du brauchst Betreuung, und zwar permanent, wenigstens in der ersten Zeit.«

»Auf gar keinen Fall!« Das kam wie aus der Pistole geschossen.

»Dachte ich mir«, nickte Timo. »Da muss einiges organisiert werden, vor allem in deinem Haus. Conrad macht das, aber du musst Anträge stellen, für Pflegestufen, Pflegekräfte, Zuschüsse und so weiter und so weiter. Und weil der deutsche Amtsschimmel ein echt lahmer Gaul ist, akzeptieren die allermeisten keine digitale Unterschrift. Immer noch nicht. Das ist echt ätzend.«

Erik hatte die Augenbrauen hochgezogen. »Das heißt, ich brauche einen rechtlichen Vertreter. Einen Betreuer, der mir von Amtswegen übergeholfen wird?«

Timo kniff die Lippen zusammen. »Du hast ihn schon. Das konnte ich leider nicht abbiegen. Es ist derselbe, der auch Maik betreut. Horst Müller. Er sitzt draußen und will dich kennenlernen. Keine Angst, er ist okay«, fügte Timo mit einem schnellen Blick auf die Anzeige hinzu, denn Eriks Herzschlag hatte sich erheblich beschleunigt. »Ich hole ihn mal rein, damit ihr euch kennenlernt, ja?«

Erik schluckte trocken. Er fühlte einen Moment echter Panik. Er war bereits entmündigt?! Konnte das sein?! Das musste ihm wohl anzusehen sein, denn der ältere Herr, der gleich darauf in der Tür erschien, in Anzug und Krawatte, hob beschwichtigend die Hände.

»Ich grüße Sie, Herr Bahnstedt. Das muss alles sehr beunruhigend für Sie sein, was ich gut verstehen kann. Aber keine Sorge. Ich werde Ihnen alles erklären.« Er nahm sich einen Stuhl und setzte sich zu Erik ans Bett.

»Darfst du ein wenig hochgefahren werden?«, fragte Timo.

»Ja, darf ich. Mach ruhig«, erwiderte Erik. Gleich darauf konnte er beide richtig anschauen, und er beruhigte sich etwas, denn Horst Müller machte den Eindruck eines gutmütigen Beamten, ein Onkeltyp. »Sagen Sie Erik zu mir. Herr Bahnstedt klingt, als wäre ich uralt.«

»Gut, machen wir es so.« Horst Müller öffnete seine Aktentasche und holte ein paar Dokumente heraus. »Denken Sie bitte nicht, Sie seien jetzt entmündigt und ich würde alles über Sie bestimmen. Dem ist nicht so.«

Erik schluckte trocken. »Wie… wie läuft das stattdessen ab?«

»Nun, ich habe in der Vergangenheit schon öfter solche Fälle wie Sie zu betreuen gehabt. Die allermeisten konnte ich nach einigen Wochen oder Monaten, wenn sie wieder in der Lage waren, selbsttätig ihre Unterschriften zu leisten, aus diesem Status entlassen. Sie sind leichte Fälle für mich, da sie bei klarem Verstand sind und ihren Willen äußern können. Das ist bei geistig Behinderten oder Dementen sehr viel schwerer, da ich dort erstmal abwägen muss, ist das wirklich ihr Wille oder befinden sie sich gerade in einem Film? Schwierig manchmal. Sie dagegen, Erik, machen mir Ansage, und ich tue dann das, was Sie derzeit nicht leisten können, Ihr Wille ist für mich bindend. Betrachten Sie mich daher als Ihren Laufburschen, als Ersatz für Ihre nicht funktionierenden Arme und Beine. Für Maik bin ich das ganz sicher, der scheucht mich regelmäßig«, zwinkerte er, und es war dieses Zwinkern, das Erik zusätzlich beruhigte. Sein Herzschlag normalisiert sich, und er sah, wie Timo erleichtert aufatmete.

Horst Müller fuhr fort: »Ich bin vom Gesetz her verpflichtet, mich an Ihren Willen zu halten, und werde auch dahingehend kontrolliert. Das heißt, ab und an kommt ein Kontrolleur vorbei und befragt Sie. Ihr Freund und Anwalt wird es ebenfalls tun, er behält mich im Auge. Sie sagen, was Sie wollen, und ich regele das. Ich kann Ihnen auch Hilfestellung bei den Anträgen geben, welche Mittel Sie wo abschöpfen können, Sie beraten. Ich werde von Ihnen keine Bankvollmacht benötigen oder dergleichen, die haben ja schon Ihre beiden Freunde, Dr. Lanzen hier und Herr Hartmann, wie sie mir sagten. Das ist für mich in Ordnung so und erspart mir einiges an Lauferei. Erst einmal klar soweit? Bitte sagen

Sie mir, wenn es Ihnen zu viel wird, dann komme ich ein andermal wieder wegen der Details.«

Erik lauschte einen Moment in sich. »Nein. Nein, ist okay. Ich musste nur den Schreck erst einmal verdauen.«

Horst Müller schmunzelte. »Das kann ich mir vorstellen. Die wenigsten Menschen denken in Ihrem Alter über so etwas wie eine Vorsorgevollmacht nach. Dabei ist die so wichtig.«

»Sie können davon ausgehen, in unserem Freundeskreis haben jetzt alle eine«, sagte Timo trocken. »Ich habe sie samt und sonders geprüft und ins Register eintragen lassen.«

»Sehr gut, sehr gut«, sagte Müller, nickte und begann dann, Erik die Dinge auseinanderzusetzen, die in der nächsten Zeit geregelt werden mussten.

Eigentlich, so befand Erik hinterher, müsste ihm der Kopf nach alldem schwirren und er völlig fertig sein. War er aber nicht. Lag es an Müllers Fähigkeit, diese Dinge mit einfachen Worten klar und verständlich darzulegen?

Sein gerade fertig gewordenes Häuschen würde erneut umgebaut werden müssen. So viel war ihm auch schon klar, er war ja nicht doof. Woran er aber noch nicht gedacht hatte, war, dass er zumindest in der Anfangszeit eine permanente Betreuung würde haben müssen. Das Haus war eng, wo sollte sein Pflegebett stehen und die Betreuung schlafen? Er brauchte ein behindertengerechtes Bad. Das Denkmalamt musste seinen Segen dazu geben. Conrad wollte sich das anschauen. Außerdem einen vollelektrischen Rollstuhl, und, und, und… Die Mittel dafür würde Müller beantragen. Nicht, dass Erik sich den Umbau nicht selber hätte leisten können, aber warum Geld ausgeben, wenn es Zuschüsse gab? Da musste Erik ihm recht geben.

»Wow«, kam es von Murat nach einiger Zeit.

»Wow was?«, erwiderte Erik unwirsch.

»Das ist echt fies. Hast du keine Verwandten, die das regeln könnten?« Murat war sein Erstaunen anzuhören.

»Du meinst, eine Mama, die dir den Hintern abwischt?« Das konnte Erik sich nicht verkneifen. »Nein.« Erik wollte nichts mehr sagen, aber er spürte, das musste er erklären. »Sie sind bei einem Unglück gestorben. Sicherlich, da sind noch Tanten, Onkel, Cousins und Cousinen. Aber alle nicht in dieser Stadt, und sie zählen bei einer solchen Geschichte rechtlich auch nicht. Nur die Eltern und Geschwister. Aber meine Freunde kümmern sich. Das haben sie schon immer.«

Und wie! Erik konnte gar nicht ermessen, was sie da alles für ihn stemmten. Wolle mit seiner Betreuung, Timo mit dem Rechtskram, Hardi mit seinen täglichen Besuchen. Wie sollte er das jemals wieder gutmachen?

»Gutmachen?«, fragte Hardi verwundert, als Erik das am Abend ansprach, sein schlechtes Gewissen. »Spinnst du jetzt? Ein Anfall von Selbstmitleid? Wer hat mir denn mein Haus umgebaut, he? Jedes verdammte Wochenende? Wer hat Timo bei seiner Wohnung geholfen? Oder Wolle? Ernsthaft jetzt? Wir sind doch füreinander da, das waren wir schon immer. Mach dir keinen Kopf. Werde gesund, das ist das Wichtigste und Dank für uns genug!«

Diese Worte spukten Erik noch lange genug im Kopf herum. Ihre Freundschaft war schon etwas Besonderes, das war nichts Neues für ihn, seit der Geschichte mit Chrissy erst recht nicht. Aber so intensiv wie jetzt war sie ihm noch nie vorgekommen. Sicherlich, wenn er erst einmal wieder zuhause war, würde sich das ändern. Aber dennoch.

Mit Maik sprach er darüber, als der das nächste Mal vorbeikam. »Das ist für Menschen wie uns besonders wichtig«, erwiderte der ernst. »Solche, die keine Angehörigen haben, oder solche, deren Angehörige sich nicht kümmern, was meines Erachtens noch schlimmer ist. Dieses Weggesperrt-Werden. Für mich sind es die Leute in der Community. Du hast deine Kumpels, aber schau trotzdem mal bei uns rein, ja?«

»Auf jeden Fall. Ihr macht mich neugierig, und ich habe ein paar Fragen… nun, die möchte ich hier nicht diskutieren.« Er zuckte mit den Augen nach nebenan, und Maik verstand.

»Hab schon von deinem Bettnachbarn gehört. Wann kommt denn dein Computer?«

»Montag, sagt mein Kumpel. Ich kann's kaum erwarten. Dann bekomme ich auch einen Rollstuhl, einen vollautomatischen. Mit Mundsteuerung. Ich muss wohl nochmal einen Führerschein machen oder so«, zwinkerte Erik, und Maik lachte.

»Auf jeden Fall. Mach dich auf ein paar Anfahrschäden gefasst, das geht jedem so. Aber das ist doch schön. Und dann kommst du in die Reha? Hier?«

»Vielleicht. Sie wollen sehen, was sich wegen meiner Atmung tut und ob ich hier einen Platz bekommen kann, wegen meiner Betreuung. Ich will nicht auf Fremde angewiesen sein.«

Da seufzte Maik. »Das sind wir alle mehr oder weniger. Horst Müller war ja schon bei dir, habe ich vernommen. Er ist okay, nicht?«

»Ja, scheint so. Du hast ja gesagt, dass wir Glück mit ihm haben. Sind die anderen wirklich so schlimm?«, wollte Erik wissen.

»Manche. Es sind ein paar echte Arschlöcher darunter, und wir… naja. Das erzählen wir dir, wenn es soweit ist und du einer von uns bist.«

Erik merkte auf. »Jetzt machst du mich aber neugierig! Was ist los?« Aber Maik grinste nur, wendete sein Gefährt und fuhr wieder hinaus.

»Ey, was war das denn für'n Freak?!«, kam von Murat. Der hatte gerade Besuch von seinem ältesten Bruder, einer der Wenigen, der das noch durfte.

»Das«, Eriks Stimme wurde eine ganze Ecke schärfer, »ist einer der beeindruckendsten Menschen, der mir jemals begegnet ist, und ganz sicher kein Freak. Stellt euch vor, ihr müsst so durchs Leben kommen, und das ganz allein. Das ist hart, aber er meistert das mit Bravour. Anstatt in der Ecke zu liegen und zu jammern.«

»Sag ich doch«, kommentierte der Bruder, stand auf und verabschiedete sich von Murat mit einem angedeuteten Nackenschlag. Bei Erik jedoch blieb er stehen. »Mein Kumpel war an jenem Abend auf der Kreuzung dabei. Er hat den Fahrer von dem Transporter ganz kurz gesehen. Er sagt, der war ziemlich merkwürdig. Irgendwie dürr und gleichzeitig klotzig. Trug ein Käppi und ne Sonnenbrille. Mehr hat er aber auch nicht gesehen, das hat er der Polizei auch schon gesagt.«

»Oh? Gut. Sag ihm meinen Dank. Die Cops tappen echt im Dunkeln, sie haben nichts, aber auch gar nichts herausgefunden. Ich will wissen, wer meine Freundin umgebracht hat!«

»Mann, das würde wohl jeder. Wenn meiner so etwas passieren würde, ich wüsste nicht… ich würde wohl selber jemanden umbringen, um das herauszubekommen.«

Erik zog die Augenbrauen hoch. »Du hast eine Freundin? Ich dachte immer, ihr bekommt die Frauen von euren Eltern verpasst?«

Der andere grinste. »Stimmt. Aber bis dahin… und wenn ihre Familie passt… warum also nicht?«

Kaum war er hinaus, sagte Murat: »Seine ist die Enkeltochter vom Imam.«

Aha, dachte Erik. »Also noch mehr Kacke am Dampfen. Na, herzlichen Glückwunsch!«

»Ach, du kannst mich mal…«, grummelte Murat und drehte den Kopf weg.

Von jetzt an wurde Eriks Leben im Krankenhaus sehr viel abwechslungsreicher. Es war ja nicht nur ein Physiotherapeut, der zu ihm kam, nein, es war eine ganze Flotte. Die Azubis vor allem, die wurden immer wieder zu ihm geschickt und zu Murat auch, der sich notgedrungen einverstanden erklärt hatte.

Da er die ersten Übungen gut zu verkraften schien, entschied Wolle, dass er ruhig auch mal raus könne. Es war Samstag, und alle waren bei ihm, Hardi, Timo, Marita. Ein Rollstuhl wurde beschafft, ein solcher mit ausgestreckten Fußstützen, sodass er halb liegend gefahren werden konnte. Ein mobiles Atemgerät wurde dort angebaut, an dem seine Kanüle angestöpselt wurde. Dann hoben sie ihn vorsichtig rüber. Das mussten sie mit mehreren machen und anschließend seine Arme und Beine fixieren. Die Freunde schauten genau zu, wie das ging, und ließen sich von den Pflegern auch das eine oder andere erklären, denn irgendwann, das war klar, würden sie das selber erledigen müssen, wenn sie Erik mitnehmen wollten.

Erik war froh, dass er diesen Raum einmal verlassen konnte. Sie beschlossen, einfach vor die Tür zu fahren und dort eine Runde zu drehen. Als die Freunde ihn nach draußen schoben, musste Erik die Augen zusammenkneifen. »Boah, ist das hell. Ich brauche ne Sonnenbrille!«

»Als hätte ich es nicht geahnt«, sagte Timo und setzte ihm seine auf.

»Es ist warm«, sagte Erik und sah staunend um sich. Für ihn hatte sich die Welt auf einen Schlag verändert, in mehr als einer Hinsicht. Aus dem dunkelsten, ungemütlichsten Winterwetter direkt in die warmen, lichten Frühsommertage. Alle Bäume waren grün, und wie es roch! Er sog begierig die Luft ein, den Mund natürlich offen, denn die Luft strömte dort ja gleich wieder hinaus, weil sein Rachen von der Kanüle verschlossen war. Es hörte sich etwas röchelnd an, und die Freunde fragten sofort besorgt, was los sei.

Aber Erik grinste nur. »Frische Luft. Das ist los. Endlich mal kein Desinfektionsgeruch. Fahrt ihr mich ein Stück? Unter einen Baum? Dass ich die Blätter sehen kann?«, bat er.

»Aber nur kurz«, mahnte Wolle mit Blick auf die Anzeigen. Alles ein wenig höher, aber noch okay.

Dort lag Erik dann und schaute glücklich blinzelnd in die Blätterkrone hinauf. Wie schön das war! Früher hätte er daran keinen Gedanken verschwendet, ging ihm auf. Wie wichtig plötzlich die unbedeutendsten Dinge sein konnten! Die Freunde setzten sich um ihn, quatschten einfach drauflos, ganz belangloses, banales Zeug. Auch das hatte ihm gefehlt, dieser Klatsch und Tratsch ihrer kleinen Stadt. Erik fühlte sich wie im siebten Himmel.

Doch auf einmal merkte er, etwas wurde anders. Erst unmerklich, dann immer stärker ging ein leichtes Zittern durch sein Gefährt. »Hey, Leute, merkt ihr das auch? Was ist das?«

Die anderen sprangen auf. »Was ist los?«, fragte Wolle sofort. Er fasste Erik an, Stirn, Hals, Handgelenk. »Du zitterst ja. Ist dir kalt?«

»Keine Ahnung. Ich spüre es vibrieren. Ist es kalt?«, fragte Erik verwundert. Doch dann merkte er plötzlich, er fröstelte am Kopf.

»Naja…« Alle sahen sich um. Es waren so um die zwanzig Grad, es ging ein leichter Wind. Aber sie saßen im Schatten. »Wir haben dich nicht warm genug angezogen, wie es scheint. Los, rein mit dir. Nicht, dass du dich verkühlst, das fehlte noch!«, bestimmte Wolle.

Schade, dachte Erik, aber er nahm es als Zeichen, dass er wieder mehr zu sich fand, mehr spürte.

Am Abend hatte er einen Schnupfen, einen richtigen. Das war total ätzend, denn seine Nase lief und lief, und er konnte sie nicht putzen. Schließlich bat er die Nachtschwester, ihm ein großes Tuch dergestalt in die Halskrause zu stopfen, dass er wenigstens einen Radlergruß rausrotzen und seine Nase darin abreiben konnte. Zum Glück atmete er ja auf anderem Wege, dachte er und ließ sie die Schlafdosis etwas höher einstellen als gewöhnlich.

»Mist. Das war wohl ein wenig viel für dich«, seufzte Wolle am nächsten Morgen. Es war Sonntag, und Wolle hatte eigentlich frei, ließ es sich aber trotzdem nicht nehmen, kurz nach Erik zu sehen.

»Ach was«, schniefte Erik. »Mir hat es gutgetan. Es fühlt sich eher an wie… es juckt. Heuschnupfen oder so. Obwohl ich das noch nie hatte.«

»Naja«, meinte Wolle. »Dein Immunsystem ist gründlich im Keller. Kann schon sein. Brennen deine Augen auch?«

»Ein wenig«, musste Erik zugeben. »Aber guck mal…« Er bewegte seinen Kopf ganz leicht und bekam so seine Nase in dem Tuch abgewischt.

»Mach langsam«, mahnte Wolle sofort. »Nicht, dass du dir wieder was klemmst.«

»Nicht doch. Dasselbe haben die Physio Leute auch mit mir gemacht. Also, alles genehmigt«, zwinkerte Erik.

In der Tat, so dachte er später, als er wieder allein war, und zwar ganz allein, denn Murat durfte seit einiger Zeit in den Rollstuhl und war mit seiner Verwandtschaft in die Cafeteria umgezogen, hatten ihm die Übungen der Therapeuten eine ganze Reihe Vorlagen gegeben, die er jetzt in Teilen ständig wiederholte. Er wollte einfach nicht mehr an das Bett gefesselt sein, er wollte raus, verdammt! Er übte, bis er merkte, es begann wehzutun. Das war neu, und er erschrak ein wenig darüber. Also hörte er auf und machte erst weiter, wenn die nächste Runde Physio vorbei war und er keine Schmerzen hatte. Immer und immer wieder.

»Ach, das ist Muskelkater«, beruhigte ihn die Frühschwester am nächsten Morgen, »ganz bestimmt. Alle berichten das, nachdem sie so lange gelegen haben. Heute ist ein großer Tag, nicht? Ihr Rollstuhl kommt, und Ihr Computer auch. Hier, ich habe ein paar Sachen für Sie, einen Jogginganzug, extrawarm in XXL und warme Socken, damit Sie nicht mehr frieren, wenn wir Sie in Ihr neues Gefährt setzen.«

Ganz behutsam zog sie ihn an. Das war anstrengend für sie, beobachtete Erik, denn er lag da wie eine schlaffe Nudel, und sie war ein ganz zartes Persönchen. »Meine Güte, was machen Sie denn, wenn Ihr Patient richtig fett ist? An mir ist ja nichts dran.«

Sie schnaubte. »Das geht dann nur zu zweit oder zu dritt. Während Corona war das echt ein Problem. Es waren ja hauptsächlich die Übergewichtigen, die auf der Intensivstation gelandet waren. So, fertig. Wie fühlen Sie sich?«

Erik drehte ein wenig den Kopf. Es ging, kein Schmerz. »Alles noch da. Gut.«

»Na, dann kann es ja losgehen«, zwinkerte sie.

Hardi hatte sich extra den Nachmittag freigenommen, und auch Wolle und Timo kamen, als das Gefährt geliefert wurde. Der Computer war schon gegen Mittag gekommen, mit einem Paketdienst, und stand jetzt unausgepackt in der Ecke. Erik war ganz hibbelig, und das merkten auch die Sensoren.

»Alter, wenn das so weitergeht, bringe ich die Sachen wieder weg!«, schimpfte Wolle.

»Wenn er den Renner nicht bekommt, dann gebt ihn mir«, kam es von Murat.

»DU wirst von mir ums Verrecken kein Gefährt bekommen!«, grollte Erik und warf Wolle einen bösen Blick zu. »Nun macht schon. Packt aus. Mehr als anschauen kann ich es ja eh nicht. Zumindest erst einmal.«

Also wurde gemeinsam aufgebaut. Der Rollstuhl war ein richtig massiges Teil. »Wow, Gewicht über fünfzig Kilo«, pfiff Timo durch die Zähne. »Die Batterie vermutlich und die ganze Technik.«

»Warte es ab, bis wir das mobile Sauerstoffgerät und so weiter aufgeladen haben. Das wird noch mehr«, sagte Wolle, der die Rückenlehne so einstellte, dass Erik wieder in die halb liegende Position kommen würde. »Also, das Ding hat einen eigenen Rechner mit einer Mundsteuerung, hier, über diesen Sensor, siehst du? Du kannst das aber auch mit deinem Computer koppeln, sagt Maik. Er macht das so, weil er dann nur ein Gerät bedienen muss. Er steuert mit den Augen.«

»Der Kerl muss echt schielen, so schnell, wie er schreibt. Und dann noch gucken und fahren gleichzeitig? Nee, das lassen wir erstmal, denke ich«, entschied Erik. »Das kann ich später immer noch machen. Und, wie geht das mit der Steuerung?«

Timo hatte mit gerunzelter Stirn die Bedienungsanleitung gelesen. »Hier steht, blasen vorwärtsfahren, saugen bremsen und mit der Zunge die Richtung steuern. Ha, das musst du wirklich üben! Dann kann man noch die Geschwindigkeit einstellen, mit den Zähnen.«

»Uih, das lasse ich erstmal auf kleinster Stufe. Nicht, dass ich euch die Einrichtung schrotte«, grinste Erik. »Na los, hebt mich rüber. Ich will's ausprobieren!«

»Äh…« Alle sahen sich unsicher an. Doch dann hob Wolle die Schultern. »Irgendwann müssen wir es ja mal ausprobieren. Also los, schön vorsichtig.«

Von seinen Freunden getragen zu werden, war ein ganz komisches Gefühl, befand Erik. Wie er da hing, hilflos, und sich völlig auf sie verlassen musste. Doch das konnte er, sie hatten ihn bereits die gesamte Zeit getragen, ging ihm auf. So unvermittelt, dass er einen Moment blinzelnd in seinem Rollstuhl saß und mit den Tränen kämpfen musste.

»Alles klar?«, fragte Wolle besorgt.

»Jaaahh… ich bin nur überwältigt. Wow! Jetzt kann ich mich bewegen«, krächzte Erik. Er wartete, bis Hardi ihm die Mundsteuerung hingebogen hatte und Wolle seine Gliedmaßen fixiert. »Wie schalte ich es ein?«

»Gar nicht. Das muss derjenige machen, der dich dort reingehoben hat. Eine Sicherheitsmaßnahme, steht hier«, sagte Timo und blätterte die Bedienungsanleitung um. Mr. Paragraph, dachte Erik und rollte mit den Augen, worauf Hardi und Wolle grinsten.

»Naja, macht Sinn. Also, Schalter, wenn ich bitten darf!«, befahl Erik.

Nach einigem Suchen fanden sie ihn hinten am Motor. Es gab einen kurzen Piepton, und vor Eriks Nase leuchtete etwas grün auf. Ah, der Sensor, erkannte er. Er wartete, bis Wolle die mobilen Geräte an die Stromversorgung des Rollstuhles angeschlossen hatte und seine Sauerstoffversorgung wieder ging, dann umschloss er den Sensor mit dem Mund und blies einmal kurz hinein. Es gab ein kurzes Sirren, der Rollstuhl bewegte sich eine Winzigkeit vorwärts.

»Hier steht, dass der Akku in voller Stufe eine Stunde hält«, sagte Timo, der immer noch las.

»Na, das korrigieren wir mal nach unten, mindestens um die Hälfte«, meinte Erik. »Ist doch immer so.«

»Nee... sie haben hier wegen der - ach herrje - **Sensibilität der speziellen Kundschaft** die Angaben auf das Minimum reduziert. Das heißt, mit der kleinsten Stufe wirst du erheblich länger fahren können.«

»Na dann...« Erik blies, und das Gefährt setzte sich sehr, sehr langsam in Bewegung. Als die Tür näherkam, hielt Hardi sie auf. Erik bewegte die Zunge. Er spürte eine Art Ball, etwas, das sich drehte. Sogleich bewegte sich der Rollstuhl in die Richtung, aber viel, viel mehr als gedacht. Prompt krachte er in die Wand. »Mist!«

»Hey, immer langsam. Es ist noch kein Meister vom Himmel gefallen, und manche«, Hardi wandte den Kopf über die Schulter, »werden auch nie welche werden!«

»Klappe, Alter!«, rief Murat, aber er schaute interessiert zu, wie Erik in die andere Richtung wendete, vorsichtiger diesmal, und dann den Rollstuhl durch die Tür manövrierte.

Die Schwestern und Pfleger klatschen Applaus, als er den Gang hinunterkam, was Erik ein breites Grinsen entlockte, worauf sein Gefährt natürlich wieder stehenblieb. Er lachte das erste Mal lauthals heraus, seit er im Krankenhaus war, was rings herum erwidert wurde. Alle freuten sich riesig mit ihm, das war gut zu sehen, und es baute Erik auf, wie sehr, das konnte er gar nicht ermessen.

Erst drehte er in der niedrigsten Stufe eine Runde durch die Station, hinaus auf den Gang bis zu den Fahrstühlen und zurück. Dann entdeckte er, dass er mit den Lippen einen kleinen Knopf drücken konnte. Die grüne Leuchte sprang eine Stufe weiter. Er machte es nochmal, bis sie vier Stufen weitergesprungen war, dann ging sie wieder zurück auf Stufe Eins. Erik wählte erstmal die Zwei, besser war das. Doch als er einige Runden gedreht hatte, war er bereits bei Stufe Drei angekommen. Die gefiel ihm am besten. Stufe Vier und Fünf waren ihm zu heftig in der Enge, das war wohl eher was für draußen. Aber er kam klar, und das war ein tolles Gefühl.

Jetzt war er wie elektrisiert. War er ja auch, zumindest vom Untersatz her. »Weiter! Jetzt der Computer«, drängte Erik.

»Mach langsam«, mahnte Wolle mit besorgtem Blick auf die Monitore, wo die Linien muntere Purzelbäume schlugen, doch seine Worte verhallten ungehört. Die Freunde hoben Erik ins Bett zurück, packten den Laptop aus.

»Ich denke, den bauen wir lieber hier am Bett auf, oder?«, sagte Hardi. Es war ein etwas Dickerer als die gewöhnlichen Geräte, mit einer speziellen Kamera und Lautsprechern.

»Ja, besser ist das. Mach ihn mal an.« Erik starrte ungeduldig auf den Monitor. Das Windows Symbol erschien, ein

Ladebalken. Sein Herzschlag beschleunigte sich, so sehr, dass Wolle jetzt ernsthaft besorgt wurde. Hardi schaltete das Gepiepse stumm, was Wolle zu einem erbosten Zischen veranlasste, und er stellte das Piepsen wieder etwas leiser an, doch Erik achtete gar nicht darauf.

»Im Prinzip«, dozierte Timo, der schon wieder die Bedienungsanleitung wälzte, »funktioniert der wie dein anderer Monitor auch. Du aktivierst die Kamera, indem du sie lange anschaust, dann kannst du die Maus bewegen. Klicken einmal blinzeln, Doppelklick zweimal. Aber«, jetzt hob er den Finger, »er besitzt auch einen Retinascanner. Das heißt, nur du kannst ihn unlocken. Damit niemand in ihn reinschauen kann.«

»Na dann«, sagte Erik und starrte in die Kamera. Neben ihr erschien ein grünes Licht. **SCANNING** stand da. Dann erschien ein Feld **USER IDENTIFIED** mit einer Eingabemaske. Erik tippte seinen Namen ein und klickte den **ENTER** Button. Nur mit halbem Ohr hörte er, wie das Piepsen auf den Monitoren immer schneller wurde. Dann lud der Desktop, der jedoch gleich blau wurde. In großen Buchstaben erschien **TRAINING MODUS** auf dem Schirm. »What!? Willst du mich verarschen?! Kann man das nicht überspringen?«, rief Erik erbost.

Auf dem Überwachungsmonitor erschien ein roter Alarm. »Nein, kann man nicht, und du wirst jedes Modul einzeln durchgehen und mit langen Pausen, aber nicht mehr heute«, sagte Wolle, griff hinüber zum Tisch und klappte den

Monitor wieder zu. Gleichzeitig schob seine andere Hand den Regler des kleinen Fläschchens nach oben, und zwar weit.

»Hey! Was soll das…« Doch Erik merkte schon, wie ihm schwummrig wurde. »Du verdammter Bastard!«, nuschelte er noch, dann war er weg. Der Alarm ging aus, die Werte normalisierten sich.

»Danke, gleichfalls«, grollte Wolle und warf den anderen einen wütenden Blick zu. »Er ist völlig überanstrengt, merkt ihr das denn nicht? Das kann ich nicht weiter zulassen. Genug der Lehrstunde, Leute, sonst bekommt er einen Anfall, einen richtigen diesmal. Das kann alles gefährden.«

Hardi und Timo schlossen die zum Protest geöffneten Münder wieder und schluckten. »Alter, wie fies!«, kam es von Murat, doch niemand erwiderte etwas. Gedrückt packten die Freunde ihre Sachen zusammen und schlichen hinaus.

Kapitel 8

»Sie stellen die Ermittlungen ein?!« Freya warf innerlich kochend die knappe Mitteilung in Briefform auf ihren Schreibtisch. »Sind die verrückt?! Nach so wenigen Wochen schon?! Was ist in sie gefahren??«

Freyas Kollegin Sandra hob den Blick vom Monitor, wo sie gerade einen Bericht Korrektur las. »Beruhige dich. Das war doch zu erwarten. Bei der dünnen Zeugenlage… Gerüchten nach hat Olsen in seinem Beritt alle Hände voll zu tun und immer noch viel zu wenig Leute. Der Vorgänger hat da wohl einiges versäumt. Ich will nicht sagen, dass ich seine Entscheidung gutheiße, beileibe nicht«, sie hob die Hände, denn Freya hatte wütend die Stirn gerunzelt, »aber es deutet doch alles auf die Müll-Mafia hin. Wozu noch großen Aufwand in eine Ermittlung stecken, wenn die Täter sehr wahrscheinlich gerade in den Knast gewandert sind?«

»Das reicht mir nicht, und das weißt du!«, fauchte Freya, böse in Richtung des Briefes starrend.

»Natürlich nicht. Aber Freya, wo es nichts mehr zu ermitteln gibt, kann man auch nichts finden. Weißt du das nicht genau?«

Freya wusste, worauf sie anspielte. Auf ihren letzten Fall. Einen besonders Schlimmen. Alles hatte sie getan, um die Frau mit ihren beiden Kindern vor dem gewalttätigen Ehemann in Sicherheit zu bringen, und es war ihr beinahe gelungen, da hatte die Richterin - unfassbar, eine Frau! – das Urteil gefällt, dass sie einer Scheidung vor dem Ende des Trennungsjahres nicht stattgegeben würde und der Mann in die gemeinsame Wohnung zurückkehren dürfte. Begründung: Er hätte die Frau ja nicht nachweisbar geschlagen. Und das Erste, was der Mann getan hatte, kaum dass er wieder in der Wohnung gewesen war: Er hatte seine Frau und die jüngere Tochter derart krankenhausreif geschlagen, dass sie beide an den Folgen ihrer Verletzungen gestorben waren. Das war ein Justizskandal ohnegleichen und ein Debakel für die Polizei obendrein, obwohl Freya alles, wirklich alles richtig gemacht hatte.

Prompt überkam sie wieder das heulende Elend. Sie schlug die Hände vor das Gesicht und stöhnte. »Mist!«

»Hey, ist schon gut.« Sandra sprang auf, kam um den Schreibtisch herum und nahm sie in die Arme. »Ich finde, du brauchst mal eine Pause, Freya-Schatz. Du läufst ziemlich am äußersten Ende der Nervenbahn, nicht? Erst das Ding mit deiner Schwester, dann der Fall… nimm doch einfach mal frei.«

»Und dann?«, schniefte Freya. »Sitze ich in meiner Bude und starre die Decke an und habe nichts zum Ablenken?« Genau deshalb nahm sie fast nie Urlaub. Ließ ihn stets auszahlen. Nur, dass der Chef das diesmal nicht tun wollte, sondern sie eher zwangsbeurlauben würde.

»Hmm…«, machte Sandra, und es war diese Hmm, das Freya aufmerken ließ.

»Spuck's aus, Sandi, du hast doch eine Idee, oder?« Sie ließ los und sah zu ihrer Kollegin und Freundin auf.

»Du sollst Urlaub nehmen und Überstunden abbauen, hat der Chef verordnet, und zwar bald und am Stück. Lange lässt er sich nicht mehr vertrösten und die Amtsärztin auch nicht, das weißt du. Wer hindert dich denn daran, in einem ganz bestimmten Kurort Urlaub zu machen und dort die Gegend zu erkunden, und zwar sehr, sehr intensiv? Und mit den Leuten zu reden? Einheimische soll man ja immer kennenlernen, heißt es nicht so?« Sandra zwinkerte und grinste.

»Du meinst…« Freya riss die Augen auf.

»Gewiss würde sich Olsen über ein wenig Unterstützung freuen, nicht? Außerdem sollst du doch die Sachen deiner Schwester durchsehen. Das schiebst du schon die ganze Zeit vor dir her. Also mach endlich!«

Keine drei Tage später saß Freya im Zug. Es war ja nicht weit, nur etwa anderthalb Stunden Fahrt bis in die Universitätsstadt und Kurort, wo Sunny einst ihre neue Heimat gefunden hatte. Sunny… obwohl sie sich in den letzten Jahren nicht oft gesehen hatten, versetzte Freya der Gedanke an sie einen schmerzhaften Stich. Sicherlich, sie hatten oft telefoniert, manchmal mehrmals die Woche. Was bei Geschwistern, Halbschwestern waren sie, mehr als ungewöhnlich war. Aber die Ereignisse in ihrer Vergangenheit hatten sie zusammengeschweißt, und wenn das nicht an einem Wohnort ging, dann halt über Handy, WhatsApp zumeist oder Videochat. Nur an jenem letzten Wochenende hatte Sunny ihre Anrufversuche konsequent ignoriert. Und Freya fragte sich, warum.

Die Beerdigung an einem kalten, stürmischen Februartag kam Freya wie eine halbe Ewigkeit her vor. Diese Massen an Menschen hatten sie ehrlich überrascht. Besonders die Gruppe, die sich als Sunnys engste Freunde bezeichneten. Die meisten kannte sie vom Namen her, aus Sunnys Erzählungen. Eine fröhliche Truppe, Männer zumeist, diese Typen, die gerne feierten und nichts anbrennen ließen. Nur dass Sunny einen Freund gehabt haben soll, das war Freya neu gewesen, so neu, dass sie vor Erstaunen einen winzigen Moment ihre Trauer und ihr Entsetzen vergessen hatte. Auch jetzt starrte sie in die Landschaft und dachte darüber nach. Sollte das wirklich wahr sein und Sunny letztendlich doch jemanden in ihr Leben gelassen haben? Konnte das sein? Und warum hatte Sunny ihr nichts gesagt? Das verletzte Freya, gestand sie sich ein. Vielleicht war es ja ein ganz besonderer Mensch. Einer, der schwerstverletzt im Krankenhaus lag und von dem sie nicht wussten, ob er das überleben würde, so viel hatte sie aus den Gesprächen der Anwesenden erlauscht. Sie hatte sich nicht getraut, Fragen zu stellen, das war ihr unpassend erschienen. Denn Sunny wäre es gewiss nicht recht gewesen, wenn Details aus ihrer Vergangenheit die Runde gemacht hätten.

Eine Stunde später ging Freya langsam vom Bahnhof in die Innenstadt. Sie hatte sich über ein Onlineportal ein kleines Zimmer mit Küchenzeile und Bad bei einer Frau gemietet, die bereit war, ihr für die acht Wochen, in denen sie Urlaub hatte, einen gehörigen Rabatt einzuräumen. Das Gehalt einer Polizistin, selbst das einer spezialisierten Kommissarin wie sie, war nicht allzu üppig, und Freya hatte schon immer sparsam gelebt, nie viel Geld ausgegeben. Von daher hatte sie kein Hotel gebucht, sondern die Sparvariante. Sie hatte Glück gehabt, das Zimmer war kurzfristig frei geworden, der ursprüngliche Mieter erkrankt. Sonst hätte sie sehr viel tiefer in die Tasche greifen müssen, in der Touristensaison allemal.

Den hübschen Häusern, an denen sie vorbeikam, schenkte sie kaum Beachtung, sie ging im Geiste bereits ihre ToDo-Liste durch. Als allererstes würde sie Olsen einen Besuch abstatten, das gehörte sich einfach, wenn man sich halb offiziell in seinem Beritt betätigen wollte. Sie würden die Grenzen abstecken, und dann würde sie weitersehen.

Auch ganz oben auf ihrer Liste stand ein Besuch bei Sunnys Freund, falls der denn noch lebte. Sie hoffte es, denn er war der Einzige, der den Anschlag hautnah miterlebt hatte.

Das würde schwer werden, das war ihr von vorne herein klar, und sie würde sich darauf vorbereiten müssen wie auf ein Gespräch mit einem ihr Gewaltopfer.

Das Zimmer, das die Vermieterin Freya zeigte, war sehr okay. Im Dachgeschoss einer kleinen Garage untergebracht, die in einem Hinterhof mit Blick auf andere Fachwerkhäuser stand. Sogar eine kleine Dachterrasse hatte sie für sich. Das würde gehen, seufzte Freya innerlich erleichtert und packte ihre Sachen aus. Das Zimmerchen hatte eine Vollschräge, nur in der Mitte konnte sie stehen. Das Bett stand an der Stirnseite unter einem Bullaugenfenster, die Küchenzeile war an der anderen neben die Tür gequetscht. Das Bad winzig. Alles schlicht und sehr einfach, aber sauber. Es passte zu ihr, fand Freya und räumte zufrieden ihre Sachen ins Bad. Mit der Vermieterin hatte sie keine Zimmerreinigung vereinbart, das würde sie selber erledigen. Einmal in der Woche neue Handtücher, einmal über die Zeit neue Bettwäsche. So, wie sie das in ihrer eigenen Wohnung auch tat. Was der Vermieterin ganz recht war, denn die arbeitete in einem Hotel und hatte mitten in der Touristensaison alle Hände voll zu tun.

Eine halbe Stunde später betrat Freya die Polizeiwache am Rande der Innenstadt. Die war in einem hässlichen Neubau der 70er Jahre untergebracht, einer von jenen Bauten, mit denen man damals die Baulücken aus Kriegszeiten aufgefüllt hatte, ohne Sinn und Verstand für die historische Bausubstanz rings herum. Innen allerdings wirkte alles hochmodern, automatische Türen, Sprechanlagen, Sicherheitssystem und Zugangskontrolle, alles vorhanden. Da hatte die Stadt oder der Landkreis erheblich investiert, befand Freya und musste an ihre schäbige Wache in der Großstadt denken. Die war so löchrig wie ein Schweizer Käse. Total kaputt und völlig verwarzt. Der Kiez nicht weit entfernt, genauso wie die diversen Brennpunktviertel in Sachen Drogen- und Bandenkriminalität. Dass die Verbrecher im Gebäude in ihren Zellen blieben und nicht abhauten, grenzte manchmal an ein Wunder. Genauso, wie sie etliche Male ihre Arbeitsplätze nach Hause hatten verlagern müssen wegen Wasserschäden und nicht funktionierender Heizung.

Dirk Olsen begrüßte sie mit Handschlag. Sie kannten sich aus seiner Dienstzeit in der Stadt, hatten manchmal Fälle gemeinsam betreut, in denen man Freya als Beraterin hinzugezogen hatte. Freya hatte ihn vorher angerufen und ihr Kommen angekündigt und einen Termin mit ihm vereinbart.

»Für mich ist dieser Fall mitnichten abgeschlossen«, gab Olsen ganz offen zu, nachdem er ihnen beiden Kaffee eingeschenkt und sie seine Frage nach Milch und Zucker dankend abgelehnt hatte. Er setzte sich und rückte ein Schälchen Kekse mehr in die Mitte des runden Tisches in dem Besprechungsraum, wo sie sich niedergelassen hatten. »Aber ich hoffte, dass sich gewisse Leute wieder aus ihrer Deckung wagen werden, wenn wir offiziell an die große Glocke hängen, dass die Ermittlungen eingestellt werden. Karl Drießen, der Chef Ihrer Schwester, deckt mich. Er hat einen schönen Artikel geschrieben über den Personalmangel bei der Polizei und wie das sein könne et cetera et cetera. Von daher kommt mir Ihre Ankunft ganz gelegen, Frau von Sievers.«

»Freya, bitte«, sagte sie, die Hand hebend.

»Freya. Dann nennen Sie mich Dirk, okay? Ihre speziellen Kenntnisse werden uns ganz gut von Nutzen sein, denke ich. Sie finden ganz anders Zugang zu den Menschen, als wenn einer meiner Leute dort mit der Dienstmütze auftaucht und Fragen stellt. Ich habe Ihnen hier alles ausdrucken lassen, was sich über die Zeit angesammelt hat. Gehe ich recht in der Annahme, dass Ihr Chef Sie ans Kreuz nagelt, wenn Sie Ihren Dienstrechner im Urlaub benutzen?«

Freya musste schmunzeln, trotz allem. Sie mochte Olsen, der als harter Knochen verschrien war, der auch gerne einmal die Grenzen des Erlaubten etwas dehnte. Er eierte nicht viel herum, sondern machte lieber Nägel mit Köpfen, und das war genau ihr Ding. »Ganz recht. Von daher ist es gut, wenn ich eine schriftliche Kopie von allem habe. Ist ja ganz schön was zusammengekommen«, sagte sie mit Blick auf den Stapel Papier.

»Hm, aber nicht viel Konkretes, fürchte ich. Aber vielleicht sehen Sie ja etwas, das wir nicht sehen, als Verwandte und Außenstehende. Lesen Sie, und wenn Sie Fragen haben, rufen Sie mich jederzeit an. Sie haben ja meine Nummer und meine E-Mail-Adresse.«

Freya klappte den Deckel der Akte wieder zu. Das hob sie sich für später auf. »Wie geht es dem Freund meiner Schwester? Kann man mit ihm reden?«

»Nicht gut, fürchte ich«, seufzte Olsen. »Er lag lange im Krankenhaus und ist jetzt in der Reha. Anfangs konnte er nicht einmal sprechen, und jetzt ist er immer noch vom Hals abwärts gelähmt. Die beiden hat es wirklich übelst erwischt.

Sein Doktor sagt, er habe nur überlebt, weil er einen Helm getragen hat.«

»Und Sunny hat das nicht«, sagte Freya und schluckte hart. Sich zusammenreißend, erklärte sie: »Sie hasste die Dinger, mochte nie einen aufsetzen, schon als Kind nicht.« Und sie wusste auch genau, warum.

»Verstehe«, sagte Olsen. »Sie können mit ihm reden, aber Sie sollten sich vorher anmelden, am besten bei seinem Doktor, der auch gleichzeitig sein Kumpel ist. Auch einer von Sunnys Freunden. Ich schreibe Ihnen seine Nummer auf.«

»Ah, einer von der Gang«, rutschte es Freya heraus.

Olsen grinste. »So hätte ich sie vielleicht vor zehn, fünfzehn Jahren bezeichnet, aber ja. Ein ziemlich eingeschworener Freundeskreis, allesamt hier geboren und aufgewachsen und stadtbekannt in der Kneipen- und Partyszene. Da hat Ihre Schwester auch munter mitgemischt. Die sind bzw. waren keine Kinder von Traurigkeit, wenn Sie verstehen, was ich meine. Aber alles im Rahmen, soweit ich beurteilen kann. Machen Sie sich ruhig selber ein Bild, ich sage Ihnen, wo Sie die für gewöhnlich finden können.«

»Vielen Dank, das werde ich tun. Was geschieht denn mit dem Gelände der Müll Mafia? Das wurde doch beschlagnahmt, oder?«

»Oh ja. Es wird in Kürze zwangsversteigert, sagte mir der Stadtrat.«

»Hmm…«, machte Freya und hob den Deckel der Aktenmappe sachte an. »Wäre doch interessant, dort zu erscheinen und zu gucken, wer alles mitbietet. Wetten, es gäbe ein paar neue Notizen für diese Akte?«

»Interessante Idee, finde ich«, sagte Olsen dergestalt, dass Freya erkannte, er hatte diesen Gedanken auch bereits gehabt.

Doch zunächst einmal machte sie Hausaufgaben. Sie holte sich etwas zu Essen aus einer Bäckerei am Markt – diese Kuchen sahen einfach fantastisch aus! – und zog sich dann auf die Dachterrasse ihrer Wohnung zurück. Die saß auf einem Anbau der Garage und war gerade so groß, dass zwei Stühle und ein Tisch dort drauf passten. Es war genau richtig für Freya, ihre Aktenmappe sowie eine Kanne Tee und die leckeren Plunderteilchen, die sie sich zur Feier des Tages gegönnt hatte. Genüsslich kauend, begann sie zu lesen und sich gelegentlich Notizen zu machen.

Die Ermittlungen waren gründlich gewesen, stellte sie fest. Genaue Tatortprofile, Spurensicherung, die Zeichnungen des Ablaufes. Zeugenbefragungen in den Straßen ringsherum, keine Bewohner ausgelassen, auch nicht auf den möglichen Fluchtrouten des Täters. Die Befragungen der Mitglieder der Müll-Mafia, so sie derer noch habhaft werden konnten. Ausländische Protokolle, säuberlich übersetzt. Aber alle von denen bestritten, etwas mit dem Mord zu tun zu haben, und zwar vehement. Sie las und las und las und fand kaum einen Punkt, an dem sie angreifen konnte. Es war frustrierend.

Freya merkte gar nicht, wie die Sonne langsam tiefer sank, es dämmerte. Erst als sie nichts mehr erkennen konnte, ging ihr auf, dass sie stundenlang die Akte gewälzt hatte. Sie hatte Hunger und musste mal, weshalb sie jetzt rasch die Blätter zusammenlegte und alles nach drinnen brachte. Einen kurzen Moment stand sie anschließend im Bad und schaute in den Spiegel. Sie sah blass aus, müde. Wie schon seit Monaten. Keine sehr guten Voraussetzungen, sich Sunnys Freundeskreis anzunähern. Sollte sie das nicht lieber morgen…? Aber da war noch der Hunger, und wo konnte man den besser stillen als in der Kneipenmeile, wo es auch etliche Restaurants gab?

Also zog Freya los. Ganz langsam und die schöne Stimmung in der Stadt in sich aufnehmend. Fiepend rasten die Schwalben durch die Abenddämmerung, immer auf der Jagd nach der nächsten Mahlzeit. Auch die eine oder andere Fledermaus sah sie. Überall waren Menschen auf der Straße. Die Bewohner der Häuser hockten auf den Stufen ihrer Hauseingänge oder saßen auf Gartenstühlen davor. Teilweise waren die Innenhöfe geöffnet. Hoch über allem thronte das Schloss, jetzt in der untergehenden Abendsonne förmlich glühend. Nachts würde es bestimmt angestrahlt werden, dachte sie. Die Altstadt lag wie ein Ring um den Berg herum, sodass man das Schloss von überall sah. Zahlreiche Treppenstiegen, teils offen, teils sehr versteckt, führten hinauf auf die nächsten Straßenring um den Berg. Viele Häuser, die direkt in den Hang hinein gebaut worden waren, hatten zwei Ausgänge. Einen unten im Erdgeschoss, einen im Dachgeschoss des Hauses, der direkt auf die nächste Straßenebene mündete. Es war eine wunderschöne, niedliche Altstadt mit einer Stadtmauer ringsherum, umgeben von hohen Hügeln und einem breiten Fluss, und Freya konnte nicht anders, den Anblick ein wenig zu genießen, trotz allem.

Die Außenterrassen der Restaurants waren voll, Kerzen auf den Tischen, sehr romantisch. Aber Freya ignorierte diese und die leckeren Düfte, die daraus hervorkamen. Sie steuerte auf eine ganz bestimmte Kneipe zu, den Irish Pub, von dem sie wusste, dass es dort immer an diesem Wochentag Live Musik gab und dass die Freunde dort meistens zu finden waren.

Olsen hatte ein kurzes Dossier von Sunnys Freundes- und Kollegenkreis angelegt. Das las sich ein wenig wie das Who-is-Who dieser kleinen Stadt, fand Freya. Doktor sowieso und Leiter von dies und das. Alles Söhne von bekannten Größen der Stadt, eines Arztes, eines Unternehmers, eines Direktors. Denen war die Gewinnerspur von Anfang an in die Wiege gelegt worden, und so hatten sich diese bestimmt auch aufgeführt. Sie dachte an das Foto, das Olsen ihr in die Akte gelegt hatte. Es war drei Tage vor Sunnys Tod entstanden. Drei gutaussehende Männer, schon fast zu gutaussehend, und Sunny in der Mitte. Ihr Freund, halblange, blonde Haare und ein kräftiges, eckiges Gesicht mit einem breiten Grinsen darin, hatte ihr den Arm um die Schultern gelegt.

Eigentlich war so ein Kreis gar nicht Sunnys Ding, die ja eher in der alternativen Szene unterwegs gewesen war. Es waren lauter Bekanntschaften noch aus Studientagen, stand im Bericht, deshalb wohl. Eine illustre Gesellschaft, hatte Freya befunden, und war sehr gespannt, diese nun in Natura zu erleben. Denn auf der Beerdigung waren alle dermaßen unter Schock gewesen, dass sie sich gewiss nicht natürlich gegeben hatten.

Doch jetzt hallten ihr lautes Gelächter und Stimmen aus dem Pub entgegen. Die Band machte offenbar gerade Pause, es kam leise Musik aus dem Lautsprecher zu ihren Köpfen. Freya quetschte sich auf einen Barhocker in einer freien Nische. Die Bedienung kam, sie bestellte einen Cider und ein paar Chips, das dürfte als Abendessen genügen. Dann schaute sie sich aufmerksam um.

Das Publikum war größtenteils mittleren und älteren Datums und der Pub nicht voll, denn die Masse genoss draußen das schöne Wetter. Von daher war es für Freya nicht allzu schwer, ihre Zielpersonen zu finden. Sie standen in einer größeren Gruppe in der Nähe der Bühne, kein Tisch. Augenblicklich begann Freya, ihnen Namen zuzuordnen. Der große, etwas dicklich wirkende Typ mit dem Pausbäckchen und den verwuschelten Haaren und der eckigen schwarzen Schlaumeier-Brille war Thorsten Hartmann. Er hielt eine üppige Frau im Arm, eine, die Freya vage bekannt vorkam. Dann machte es klick, und sie erkannte die Bedienung aus der Bäckerei am Markt wieder. Ha, offenbar fütterte sie ihren Freund gut, sogar sehr gut. Beinahe hätte Freya gegrinst und nahm lieber noch einen Schluck von ihrem Cider.

Die beiden Männer daneben überging sie, deren Gesichter sagten ihr nichts, aber der Typ daneben, der ein wenig wie ein italienischer Romeo mit seinen schwarz gelockten kurzen Haaren aussah, war Dr. Timo Lanzen, der Anwalt. Und daneben mit schon leicht angegrauten braunen Haaren und Geheimratsecken Dr. Wolfgang Teuschner, der Arzt, der Sunnys Freund behandelte. Den würde sie sich heute Abend noch schnappen, beschloss Freya, doch zunächst einmal beobachtete sie nur.

Romeo fanden die Frauen rings um die Gruppe offenbar sehr attraktiv, denn kaum setzte die Musik wieder ein, wurde er auch auf die Tanzfläche geschleppt, erst von einer langbeinigen Blondine und dann von einer rassigen Rothaarigen, die offenbar nicht die beste Freundin von Blondchen war, denn sie sahen sich richtig giftig an. Mal sehen, ob da noch die Nägel flogen, amüsierte sich Freya und nahm den nächsten Schluck. Solche Spielchen waren ihr höchst suspekt. Für gewöhnlich ging sie auch nicht allein in Kneipen, es sei denn, sie ermittelte, so wie jetzt. Im Vergleich zu den beiden mit ihren Wallewallemähnen, der vielen Schminke und den lackierten Nägeln kam Freya sich mit ihrem Pagenschnitt regelrecht bieder vor, trug schwarze Jeans, weißes Shirt und ein Sakko anstatt der engen Minikleider. Da Blondchen jetzt leer ausgegangen war, schnappte diese sich anstatt Romeo den Doktor, der daraufhin grinste, was ausgesprochen gut aussah, und sich auch nicht lange bitten ließ, sondern mit ihr kräftig das Tanzbein schwang. Auch der Dritte im Bunde und seine Angebetete waren jetzt auf der Tanzfläche und legten los. Sie hatten Spaß, ein wenig neidisch sah Freya zu. So hatte sie selber sich nie gehen lassen, zu keinem Zeitpunkt. Sie konnte einfach nicht, nicht auf Feiern, nicht mit den Kollegen. Was ihr einen ziemlich verschrobenen Ruf eingebracht hatte, das wusste sie wohl. Nur ihr Chef und ihre Kollegin Sandra wussten, weshalb das so war, und sie hielten ihr bei solchen Gelegenheiten den Rücken frei. Nur, hier ging das nicht, und das war Freya mehr als unangenehm bewusst. Sie hasste es, allein in Kneipen und Bars zu gehen. In Hotels zu übernachten und dann dort einsam beim Frühstück zu sitzen. Weshalb sie es für gewöhnlich nicht tat, und auch jetzt zeigte sich mal wieder, warum.

Sie erhielt einen unangenehmen Stoß an die Schulter. Gleich darauf hauchte ihr ein Typ mit hochrotem Gesicht seinen alkoholgeschwängerten Atem entgegen.

»Na, Süße, warum so allein hier?«, lallte er.

Freya wich unwillkürlich ein wenig zurück, sonst wäre sie wohl den Dünsten erlegen. »Mitnichten. Ich warte auf meinen Freund.« Sie sah, wie sich ein paar Köpfe in ihre Richtung wandten, und glitt von ihrem Hocker herunter.

»Wassiss, willste ne Runde tanzen, bis der kommt?«, fragte der Saufbruder.

»Nein. Ich will nicht tanzen«, erwiderte Freya kühl und schob sich um ihren Tisch herum. Doch zu spät.

»Ich finde, du brauchst mal nen richtigen Kerl zum Abtanzen, also zier dich nicht so…«, lallte er und packte zu. Er erwischte Freya, die zurückgezuckt war, nur am Shirt, das jedoch mit einem Knirschen am Kragen einriss.

»Hey!«, rief sie und fackelte nicht lange, denn er wollte sie jetzt richtig packen. Gleich darauf lag er mit dem Gesicht nach unten auf dem Boden, und Freya drückte ihm die Hände auf dem Rücken zusammen. Der Typ brüllte los, dass es durch den ganzen Laden zu hören war. Scheiße, dachte Freya, doch dann sah sie den Security Mann herbeihasten. Sie griff mit der freien Hand in ihre Handtasche, zückte ihren Dienstausweis. »Rufen Sie die Kollegen. Der gehört in eine Ausnüchterungszelle.«

»Wird gemacht. Alles okay mit Ihnen?«, fragte der Security Mann.

»Jaja, alles gut.« Sie stand auf und wischte sich die Hände in ihrer Hose ab. Auf einmal ging ihr auf, dass es still war, die Musik verstummt. Alle starrten sie an. Was zum…, dachte sie und sah rasch an sich herunter, aber das war nichts Peinliches zu sehen. Dann wurde die Musik wieder eingeschaltet, Lautsprecher diesmal, und die Gäste wandten sich kopfschüttelnd ab. Gemurmel erhob sich, der eine oder andere verstohlene Blick in ihre Richtung. Verdammt, dachte Freya und setzte sich wieder in das Halbdunkel der Nische. Doch da sah sie mit leisem Erschrecken, wie die Gruppe vor der Bühne sie immer noch beobachtete. Die beiden Turteltäubchen vor allem. Sie flüsterte auf ihn ein, er runzelte die Stirn, sie fragend ansehend. Sie hob die Schultern. Bist du sicher? Woher soll ich das wissen?, sollte das wohl heißen. Auch die anderen starrten immer wieder zu ihr herüber.

Verdammt! Innerlich grollend, glitt Freya wieder vom Hocker und nahm ihr Glas mit sich. Ihr war klar, irgendwie hatte die Frau sie erkannt, woher auch immer. Denn auf der Beerdigung hatte Freya sich abseits gehalten, hatte ein Kostüm mit Hut und Schleier getragen. Unmöglich, dass jemand ihr Gesicht richtig gesehen hatte. Und dennoch, sie wusste einfach, dass sie recht hatte, denn jetzt starrten alle sie an, wie sie quer durch den Raum auf die Gruppe zuging. Weil sie ihrer Schwester so ähnlichsah.

»Hallo«, sagte sie, als sie dort ankam. »Ich bin Freya, Sunnys Schwester. Ich hatte gehofft, euch heute Abend hier treffen zu können«, sagte sie.

»Himmel«, kam es von dem Doktor, und er schluckte hart.

»Das kannst du laut sagen, Mann«, sagte Romeo. »Ich dachte gerade, ein Geist kommt auf uns zu. Du siehst ihr ähnlich, und wie!«

»Naja«, machte Freya und sah auf ihre schlichte Kleidung herab. In Sunnys Begleitung war sie sich immer wie das personifizierte Mauerblümchen vorgekommen mit ihrem schlichten Stil und der braven Bobfrisur. Aber er hatte recht, denn sie hatten beide die Gesichtszüge ihrer Mutter geerbt. Ihrer geisteskranken, völlig irren Rabenmutter.

»Wusste ich es doch!«, sagte die Frau und hielt ihr mit einem Lächeln die Hand hin. »Hallo. Ich bin Marita. Wir haben uns heute in der Bäckerei schon gesehen. Da hatte ich aber zu viel zu tun, um es zu begreifen.«

Freya lächelte zurück und gab ihr die Hand. »Das kann ich mir vorstellen, der Laden ist toll, das habe ich selber probieren dürfen. Echt lecker, was ihr backt.«

»Das findet Hardi ganz besonders, und…«

»Hey, Timo-Schätzchen, was stehst du hier so rum, komm, lass uns tanzen«, wurden sie vom Blondchen unterbrochen. Das kam auf sie zu und versuchte, Romeo mit sich zu zerren.

Doch der schob sie zurück. »Nicht jetzt, Süße. Ich glaube, wir sollten uns draußen hinsetzen, wo es etwas ruhiger ist, nicht?« Und er nahm Freya so selbstverständlich beim Arm und führte sie durch die Menge zu einem Seitenausgang nach draußen auf die Terrasse, dass Freya nur staunte und es willenlos mit sich geschehen ließ. »Komm, da ist ein freier Tisch. Setz dich. Hast du noch genug zu trinken? Möchtest du etwas anderes?«, fragte er mit genau der richtigen Dosis

Aufmerksamkeit und Fürsorge, dass Freya schlagartig begriff, warum die Frauen so auf ihn standen. Sie war ja drauf und dran, ihm auch auf den Leim zu gehen!

Himmel, dachte sie, und ihr stellten sich alle Nackenhaare auf. »Nein, danke, ich bleibe bei meinem Glas«, sagte sie und befreite sachte ihren Arm. Demonstrativ ans andere Ende vom Tisch setzte sie sich hin. Das entlockte Romeo ein Zucken der Augenbraue, aber er sagte nichts dazu.

Jetzt kamen auch die anderen herbei, ein wenig zögerlich, abwartend. Nicht so aufdringlich wie Romeo, was Freya ganz gut fand. »Setzt euch doch«, bat sie. Was die anderen auch taten. Sie stellten sich vor. Hardi und Wolle, soso, dachte Freya. Irgendwie niedlich, diese Namen. Aber sie machte sich nichts vor. In Sachen Frauen waren die Freunde mit Sicherheit mit allen Wassern gewaschen. Obwohl, Hardi schien mit der Bäckereigöttin in festen Sphären zu schweben, und die machte den Eindruck, als würde sie ihn auch nicht so schnell wieder hergeben. Mit Argusaugen überwacht. Sie würde schon wissen, warum, und endlich hatte sie einen Ansatzpunkt, wie sie etwas mehr Einsicht in diese Gang bekommen konnte. Denn aus dem Dossier ging nur hervor, dass die Freunde alle stadtbekannte Singles waren. Dem war offenbar nicht mehr so.

»Warum bist du hier?«, fragte Hardi.

»Ist das nicht offensichtlich?«, erwiderte Freya, griff in die Handtasche und zog den Zeitungsartikel über die Einstellung der Ermittlungen heraus, faltete ihn auseinander und legte ihn auf den Tisch. »Ich will herausfinden, wer meine Schwester ermordet hat.«

»Oh, viel Glück«, schnaubte Timo mit hochgezogenen Augenbrauen. Auf einmal war der Romeo verschwunden, und sie fand sich einem Analytiker reinsten Wassers gegenüber, bei dem sie sich gut vorstellen könnte, wie er vor Gericht seinen Gegner auseinandernahm. »Hat Olsen dich auf uns angesetzt? Ist es das, was er vorhat? Will er gewisse Leute in Sicherheit wiegen?«

»Oh Scheiße, wenn Erik das hört und dich erst recht sieht, dann bekommt er einen Anfall«, stöhnte Hardi. »Du willst bestimmt mit ihm reden. Sogar deine Stimme klingt wie ihre.«

»Das halte ich für keine gute Idee«, erwiderte der Doktor.

»Wolle…«, hoben beide Freunde gleichzeitig an, und Marita schnalzte mit der Zunge.

»Schon gut, schon gut! Er ist ja nicht mehr mein Patient.« Wolle hob die Hände. Auf Freyas fragenden Blick erklärte er: »Seit er in der Reha ist, verweigert Erik eine Behandlung von mir. Er hat mich quasi entlassen. Weil wir uns gestritten haben.« Da klang so bitter, dass Freya aufmerkte. Doch Wolle sagte nichts mehr, sondern starrte nur düster in sein Glas.

»Kannst du mich trotzdem zu ihm bringen?«, fragte Freya vorsichtig. »Ich würde ihn wirklich gerne kennenlernen. Alleine schon wegen Sunny, weil er ihr Freund gewesen ist.«

»Das kann ich übernehmen«, sagte Hardi, doch Wolle schüttelte den Kopf.

»Nein, ich komme mit. Wenn es schief geht, dann bin ich der Einzige, der wirklich weiß, was ihm hilft. Die unterschätzen das immer noch, habe ich den Eindruck. Nein, lass mich mitkommen. Auch wenn er mir gleich wieder ins Gesicht spucken wird.« Denn das hatte Erik, als er das nächste Mal wach geworden war, zumindest verbal. Er war stinksauer gewesen, dass Wolle ihn einfach so betäubt hatte, gegen seinen Willen. Da half auch nicht die Erkenntnis, dass er einen Anfall bekommen hätte, einen richtigen. Kein Wort hatte Erik mit ihm seitdem mehr gesprochen.

Freya spürte, dass ihm dies sehr wehtat. »Vielleicht eine Gelegenheit, wieder miteinander klarzukommen, nicht?«, sagte sie vorsichtig. Wolle verzog bitter die Mundwinkel, was ihn eine ganze Ecke älter wirken ließ. Himmel, konnte das sein?, dachte sie. Der litt ja wie ein geprügelter Hund darunter. Entsprechend waren die Mienen der anderen. Ratlos, hilflos, ein wenig grimmig. Da klaffte ein Riss, merkte sie deutlich, obschon sie die Gruppe gerade mal ein paar Minuten kannte. Alle Fröhlichkeit war verschwunden. Für Fremde kaum zu spüren, aber es war ihr Job, Dinge zu spüren, die andere nicht sagen wollten. Sie hatte Antennen dafür. Oh je, das würde noch Probleme geben, so viel war ihr klar.

Ihr Erscheinen hatte der Stimmung an diesem Abend einen Dämpfer versetzt, weshalb die Freunde beschlossen, es für heute gut sein zu lassen und nach Hause zu gehen. Für Freya war das okay, sie hatte ihr Ziel erreicht, einen ersten Kontakt hergestellt und einen Eindruck von dem Gespann gewonnen. Sie verabredeten sich für den morgigen Tag am späten Vormittag vor der Kurklinik, aber Freya beschloss, dass dies nicht ihr erster Termin sein würde.

Die Bäckerei machte bereits frühmorgens auf, jedoch war Freya klar, dass Marita als Konditorin mit Sicherheit nicht so früh Dienst haben würde. Von daher ging Freya erst gegen neun Uhr nach einem gemütlichen Morgen mit der Akte im Bett hinüber zum Markt, setzte sich an einen freien Tisch im gerade öffnenden Café und bestellte sich ein Frühstück. Es waren nicht viele Tische besetzt, um diese Zeit war mehr Laufkundschaft zugegen, die Coffee-to-go oder belegte Brötchen mitnahmen. Weshalb das Café wohl erst später öffnete als die eigentliche Bäckerei.

Freya hatte richtig gelegen. Gegen halb zehn erschien Marita, und sie entdeckte Freya sofort. »Oh, hallo. Das ist ja eine Überraschung«, sagte sie und kam zu Freya an den Tisch, sie abwartend musternd.

»Ich dachte mir, ich probiere mal euer Frühstück aus. Ich hatte bisher noch nicht wirklich die Gelegenheit, einkaufen zu gehen«, sagte Freya, hob ihre Kaffeetasse und nahm noch einen Schluck. »Hast du vielleicht ein paar Minuten Zeit für mich? Ich würde mich gerne mit dir unterhalten.«

Das war keine Bitte, erkannte Marita. Da saß die Polizistin vor ihr, und nicht die Schwester von Sunny. »Bestimmt. Lass mich eben meine Sachen nach hinten bringen und mit der Chefin reden. Ist ja nicht viel los im Moment.«

Keine zehn Minuten später war Marita wieder da mit einem Becher Cappuccino in der Hand und in der anderen einen Teller voll mit fluffig aussehenden Teigstückchen. Den stellte sie zwischen sie beide und setzte sich. »Hier. Verunglückt. Probiere mal.« Sie legte zwei Gabeln dazu.

Freya griff sich eine Gabel und nahm einen Bissen. »Hmm… lecker. Kaiserschmarrn, richtig?«

Marita lächelte. »Ja, in Cup Cake Form. Wir probieren gerade damit herum, aber irgendwie wollen sie sich noch nicht aus der Form lösen. Idee von Petra, meiner Chefin.« Sie piekte sich selber ein Stück auf und schob es sich in den Mund, Freya forschend musternd. »Also schön. Was willst du wissen?«

Sie redete nicht lange um den heißen Brei herum, das gefiel Freya. »Ich möchte ein wenig mehr Einblick in Sunnys Freundeskreis erhalten. Nicht, dass ich euch verdächtige, beileibe nicht. Ich bin nur so davon überrascht worden, dass sie plötzlich einen Freund hatte.«

»Wie wir alle«, sagte Marita und seufzte. »Da steht bestimmt einiges zu uns allen drin, richtig?«, meinte sie und deutete auf die Akte. Freya hob die Schultern, nickte dann aber. »Dachte ich mir. Dann wirst du sicherlich wissen, dass die Jungs in der Stadt bekannt wie bunte Hunde sind. Die Götter der Partyszene, so hat sie mal jemand genannt. Mir war das immer suspekt, wie die reihenweise die Mädchen und Frauen abgeschleppt haben. Versteh mich nicht falsch, ich finde sie alle total nett, teilweise sogar umwerfend«, jetzt wurde sie ein wenig rot, und Freya war klar, von wem sie sprach, »aber in Bezug auf Frauen waren sie totale Arschlöcher und sind es teilweise noch. Du hast es bestimmt gestern Abend bemerkt, nicht? Man kann mit ihnen super abfeiern, aber ich habe ihnen gesagt, sie sollen ihre Finger von mir lassen, sonst würden sie beim nächsten Besuch eine fliegende Torte ins Gesicht bekommen. Wortwörtlich.« Marita drehte grinsend den Finger in der Luft, und Freya schmunzelte. »Das dort drüben in der Ecke ist ihr Mittagstisch, das heißt, wenn du sie informell treffen willst, sind sie in der Woche meistens zwischen zwölf und eins hier.«

»Sunny hat das ähnlich wie ich gehandhabt«, fuhr Marita fort. »Ist mit ihnen ab und an mittags essen gegangen und mit ihnen feiern, abends, am Wochenende, sie waren einfach ihre Kumpels. Aber herangelassen hat sie keinen von denen, und das war auch gut so. Das wäre für uns nur übel geendet, denn die haben die Frauen gewechselt wie die Handtücher. Tja, bis Chrissy kam. Sie hat alles verändert.«

Freya dachte an die Akten. »Das ist die Ex-Frau von Erik, nicht? Ach, nein, seine richtige Frau war die ja gar nicht.«

»Nein.« Marita schnaubte. »Sonst waren die Jungs ja immer die Jäger, aber diesmal wurden sie zu Gejagten. Chrissy hat sie genau begutachtet und sich dann den fettesten Brocken herausgesucht, und das war Erik. Hat versucht, ihn wie eine Weihnachtsgans auszunehmen. Wir Mädels haben uns nur die Augen gerieben und uns gewundert, dass die das gar nicht merken. Aber sie wären wohl kaum auf die Idee gekommen, dass so etwas geschieht. Bis es zu spät war. Wir haben hier gesessen, Sunny, noch ein paar andere und ich, und diskutiert am Abend vor Eriks Hochzeit, ob wir zu ihm gehen und ihm das sagen sollen. Wir haben es nicht getan. Tja, und dann war es zu spät. Kaum ein paar Monate später saß Erik auf der Straße, mit nichts als seinen Klamotten am Leib. Sie hat ihn rausgeworfen, einfach vor die Tür. Hat der Polizei was vorgeheult von wegen Gewalt in der Ehe und so. Hat Anzeige erstattet, die Scheidung eingereicht. Hat seine

Sachen zerstört, und zwar alles. Erik ist dann bei Hardi untergekrochen. Sie haben angefangen zu recherchieren, Timo vor allem, und sie haben herausgefunden, dass dies nicht Chrissys erste Scheidung war.«

»Das steht auch in der Akte. Und dass die Frau immer noch gültig verheiratet war, und zwar mit einem Mann aus allererster Ehe. Der nun als ihr Komplize gesucht wird. Alle anderen, die danach kamen, waren nur Betrugsopfer. Eine Heiratsschwindlerin, wie sie im Buche steht.«

»Ganz genau, und Erik sollte ihr Meisterstück werden. Nur, dass sie sich da verrechnet hat. Timo verdankt er, dass er mit heiler Haut dort herausgekommen ist, jedoch mit angeknackster Seele. Er hat sich sehr verändert seitdem. Vorbei die zügellose Feierei. Vorbei mit Mr. Nice Guy.« Marita nahm noch einen Schluck und starrte einen Augenblick durchs Fenster nach draußen auf die vorbeieilenden Passanten. »Versteh mich nicht falsch, Erik ist total nett, ein guter Kumpel. Mit dem kann man Pferde stehlen gehen. Aber er konnte auch ein echter Angeber und Aufschneider sein, besonders mit seinen Frauengeschichten. Der Strahlemann, Typ kerniger Handwerker. Wenn ich eine Hitliste aufstellen sollte, würde ich sagen, dass er derjenige war, der die allermeisten abgeschleppt hat. Nicht angezogen, aber abgeschleppt.«

»Ach? Nicht Romeo?«, rutschte es Freya heraus. Interessant.

»Romeo… oh.« Marita kicherte. »Doch, der auch, aber er war derjenige, der sie angeschleppt hat, und zwar fast immer. Er und Hardi. Erik dagegen, der hat so eine Art… er legt es nicht darauf an. Deshalb vermutlich. Kein Gräber, aber irgendwie… hach, keine Ahnung. Naja, auf jeden Fall hat diese Sache sie alle verändert. Sie sind irgendwie anders geworden, ernster, erwachsener. Anders kann ich es nicht beschreiben. Sie haben Erik geholfen, ein neues Leben aufzubauen. Er ist ihr Dreh- und Angelpunkt, das war er schon immer.« Sie seufzte.

»Das Alpha-Tier?«, fragte Freya. Das kam ihr merkwürdig vor. Solche Typen hatte Sunny eigentlich immer gemieden. Aber wenn er wirklich *nice* war…

Marita hob die Schultern. »Nein, nicht wirklich, denn ein wenig alpha sind sie alle. Nein, sie sind aber derart eng befreundet, dass sie voneinander abhängig sind. Weshalb sie wohl nie wirklich jemanden an sich herangelassen hatten. Eriks Fall hat das verändert. Oder auch nicht wirklich. Sie haben wohl gemerkt, dass sie verwundbar sind, und halten jetzt wesentlich mehr Abstand zu den Frauen. Das, was du gestern Abend beobachten konntest, ist seitdem normal. Oberflächliches Geplänkel. Vorher ging das wesentlich heftiger ab.«

Oha, dachte Freya, das gestern war also die harmlose Variante? Sie sagte nichts dazu, sondern nahm noch einen Bissen von dem Kuchen.

Marita fuhr fort: »Naja, jedenfalls ist seit seiner Einweihungsparty wirklich alles anders. Das war ein Fest, das kann ich dir sagen! Wir haben alle gehörig über den Durst hinaus getrunken, auch Sunny. Ich bin am nächsten Morgen mit Hardi im Bett aufgewacht. Himmel, habe ich mich erschrocken! Das darf doch nicht wahr sein!, dachte ich, was hast du dir dabei gedacht, du blöde Kuh?! Ich bin geflüchtet, und später am Vormittag stand dann Sunny vor meiner Tür. Sie wirkte völlig verstört.«

Freya stellten sich die Ohren auf bei diesen Worten. Abrupt legte sie die Gabel fort, runzelte die Stirn, und das sah Marita. Sie hob beschwichtigend die Hand. »Ich bin fast umgefallen, als sie mir gestand, dass sie und Erik… tja. Wir haben uns ausgesprochen und einen Prosecco zusammen gekippt. Dann ging es, wir haben uns wieder beruhigt und konnten am Ende schon darüber herziehen, über unsere Blödheit. Es war wohl so, dass wir beide ein gehörig schlechtes Gewissen hatten, nichts gesagt zu haben wegen Chrissy, und sie irgendwie… tja, sie trösten mussten. Weiß auch nicht. Wir merkten beide, dass wir das klären mussten, und sind deshalb am Nachmittag wieder zu ihnen hin, sie zu Erik und ich zu Hardi. Und prompt bin ich wieder mit ihm im Bett gelandet. Wie Sunny und Erik auch. Tja. Und nun sind wir verlobt.« Sie streckte die Hand aus, betrachtete den Ring an ihrer linken Hand mit einem Lächeln. »Wer hätte das gedacht?«

Freya musste schmunzeln. »Das ist doch schön. Aber Sunny und Erik…«

Seufzend sah Marita auf. »Keine Ahnung, wie das weitergegangen wäre. Sie wirkte, wie gesagt, irgendwie… verstört. Aber nicht, weil er… sondern weil sie sich hat gehen lassen hat, war mein Eindruck. Hardi meinte nur, dass sie beide sich wohl gehörig aneinander verausgabt hätten. Sie waren nur ein Wochenende zusammen, bevor der Anschlag passiert ist.«

Ah, deshalb also, dachte Freya und war ein wenig erleichtert. Marita fuhr fort: »Verdammte Sache! Du kannst dir vorstellen, seitdem ist nichts mehr, wie es einmal war. Und seit Wolle und Erik sich zerstritten haben, ist es ganz düster.«

»Ja, das hat man gemerkt. Er leidet wie ein geprügelter Hund.«

Marita kniff die Lippen zusammen. »Das ist Eriks Rache. Anders kann er sich nicht wehren. Wolle hat ihn ganz schön bevormundet die gesamte Zeit, das ging ihm gegen den Strich. Dieses eine Mal ist er dann zu weit gegangen, aber das war wohl auch nötig, die Jungs haben es wirklich übertrieben. Erik ist noch nicht so stabil, wie er sich meistens gibt. Aber das kannst du ja nachher selber beurteilen. Du bist Polizistin, richtig? Und bearbeitest spezielle Fälle?« Marita war die Neugier anzuhören.

Innerlich versteifte sich Freya, doch sie war Profi genug, sich das nicht anmerken zu lassen. Es war ihr klar, dass alles, was sie hier preisgab, umgehend die Runde machen würde. »Ah, Kleinstadtfunk?« Marita lächelte nur spöttisch, hob die Schultern und zeigte um sich. »Es stimmt«, gab Freya offen zu. »Ich kümmere mich in unserem Dezernat um Gewaltopfer. Special Victims Unit heißt diese in den Krimiserien. Ich habe einen Abschluss in Psychologie und Verhaltensforschung und befasse mich hauptsächlich mit Missbrauchsopfern. Kinder und Frauen, selten auch Männer.«

»Oh je. Das ist bestimmt hart manchmal«, sagte Marita mitfühlend.

»Ja, das ist es. Ich brauchte mal eine Pause von alldem, und da ist mir diese Sache hier ganz recht. Wir werden sehen.

Danke, Marita, das hat mir schon sehr geholfen, sie alle etwas besser einschätzen zu können, vor allem Erik.«

Kapitel 9

Erik schwebte. Das tat er gerne, so unter Wasser. Stundenlang hätte er hierbleiben können, er genoss es jedes Mal. Da seine Lunge immer noch an das Atemgerät angeschlossen war, konnte er endlos unter Wasser bleiben, sie mussten nur aufpassen, dass der Schlauch sich nicht löste, dann wäre er in ernsthaften Schwierigkeiten. Es ließ ihn alles andere vergessen, Sunnys Tod, seine Krankheit, seinen Streit mit Wolle, einfach alles. Er war dann wie schwerelos. Nur zog seine Therapeutin ihn jedes Mal viel zu früh wieder nach oben. »Nicht, dass du noch eine Fischhaut bekommst«, scherzte sie dann.

Regina war lustig, Erik mochte sie. Etwa sechzig, resolut und ließ sich von ihm nichts vormachen. Streng auch. Wie eine Mutti, und so nannten die Patienten sie auch hinter vorgehaltener Hand. Erik und sie kamen bestens miteinander klar, denn sie kannten sich von früher, Erik hatte einmal ein Bauprojekt in der Firma ihres Mannes betreut.

»So, Schluss für heute, sonst wachsen dir noch Schwimmhäute«, sagte sie und zog ihn zurück auf die Liege, die unter Wasser auf der Fahrrampe stand.

Erik spuckte eine Fontäne Wasser aus. »Ach, schade«, schnaufte er und bewegte ein wenig seinen Kopf, damit das Wasser auch aus den Ohren und der Nase lief, als sie die

Rampe wieder aus dem Wasser fuhr. Da sein Rachen immer noch durch den Atemschlauch verschlossen war, konnte er es nicht richtig aushusten und schnauben. Regina half ihm, saugte auch mit einem kleinen Schlauch die Wasserreste aus seinem Rachen, Nase und Ohren.

Erik war jetzt kalt, er spürte es immer besser. So langsam kam das Gefühl für seinen Körper zurück, er glaubte sogar, manchmal ein Kribbeln im Nacken und Schulterbereich zu spüren. Wäre schön, wenn es so wäre! Regina half ihm, rubbelte ihn tüchtig ab und zog ihn dann auch an. Das Korsett trug er seit einiger Zeit nicht mehr, sondern normale Kleidung. Die Therapeuten hatten entschieden, es wegzulassen. Weshalb er wie ein kleines Kind an- und ausgezogen werden musste, jedes Mal. Bei Regina machte es Erik nichts aus, dass sie ihn anfasste und versorgte, und mittlerweile wusste er auch, warum. Seine neuen Freunde in der Community hatten es ihm erklärt.

<***Na, du bist halt ein Kerl, und zwar ein strammer Hetero***>, hatte Maik geschrieben. Bei den Schwulen sei es genau anders herum, sie mochten nicht von Männern versorgt werden. Weil sie Angst hatten, dass die Berührungen irgendwelche Reaktionen bei ihnen auslösen würden und man ihnen das ansehen könnte. Erregung, solcherart Dinge, die sie nicht kontrollieren konnten. Keiner wollte von seinem Pfleger oder seiner Pflegerin mit einem amtlichen Ständer erwischt werden. Erik war völlig von den Socken gewesen, vor allem darüber, dass dies wohl häufiger Thema zwischen ihnen war. Teilweise konnte er gar nicht fassen, was er da las, in einer deftigen Sprache, da bekam er regelrecht rote Ohren,

und das sollte etwas heißen, denn er war ja selber kein Kind von Traurigkeit. Aber nun verstand er seine eigene Reaktion sehr viel besser, und deshalb kam er auch mit Regina so wunderbar klar. Sie war halt wie eine Mutti.

»Hey, alles klar?«, fragte Erik, als er wieder in sein Zimmer rollte. Wie auch immer es gekommen war, Murat war mit ihm in die Reha Klinik gewandert. Dem ging es schon sehr viel besser, er konnte bereits wieder laufen, wenn auch nur kurz an Krücken.

»Jaa, Basti hat mich ganz schön rangenommen.« Basti war Murats Physiotherapeut, betreuender Pfleger und Aufpasser in Personalunion. Er arbeitete bei einem ganz speziellen Kranken- und Pflegedienst, der auf die Betreuung von Strafgefangenen spezialisiert war. Murat hatte ihn als Rundumbetreuung zugewiesen bekommen von den Behörden, denn er sollte überwacht werden und nach Genesung in Untersuchungshaft. Das war ihnen allen klar, und Basti sprach auch ganz offen darüber. Er sollte aufpassen, dass Murat keine Dummheiten machte. Für Murat war das okay, und weil er so pflegeleicht war, half Basti auch bei Erik aus, denn die Personalsituation war wie in allen Kliniken äußerst angespannt. Erik war es gleich, wer ihn versorgte, solange es nur ein Kerl war. Irgendeiner musste das ja machen, also warum nicht er? Außerdem war Basti in Eriks Alter und ganz okay.

Murat gähnte jetzt und dehnte dabei seine Arme. »Dein Kumpel hat übrigens kurz hereingeschaut.«

»Wer, Hardi? Timo? Was wollte er?«, fragte Erik. Regina kam herein, zwei Pfleger im Schlepptau, die ihn wieder in sein Bett hoben.

»Nein, der Doktor, auf den du sauer bist. Er kommt nachher wieder, hat er gesagt.«

»Wolle?« Erik runzelte die Stirn. Was mochte der von ihm wollen? Er dankte Regina und den Pflegern und schaltete seinen Computer ein. Das tat er immer als erstes, es war wie eine Sucht geworden. Schaute in seine E-Mails, in die Foren der Community. In Facebook und andere Apps, wo er in den letzten Monaten eine Fülle neuer Follower bekommen hatte. Wahnsinn, was sich da alles getan hatte. Nur, dort hielt er sich nach wie vor zurück, postete nichts. Er wollte nicht an die Öffentlichkeit gezerrt werden, und das verstanden auch seine Freunde, vor allem die neuen. Ihnen erging es ähnlich. Manch einer hatte schon unter Hass und Mobbing zu leiden gehabt. ***Euch Behinderte sollte man alle vergasen, ihr kostet nur Geld und blockiert wertvolle Therapieplätze***, war eines der schlimmsten Dinge gewesen, die Erik da gelesen hatte. Unfassbar, was manche Nutzer so von sich gaben!

Nur in dem abgeschotteten Raum konnten sie sich absolut sicher sein, was Erik verstehen konnte. Er chattete viel, mit Maik und anderen, hauptsächlich auf Englisch, denn viele saßen im Ausland. Mit Maik und drei anderen hatte er eine private Gruppe gegründet, denn sie wohnten alle in der Nähe und kannten sich sogar persönlich. Erik wollte sie auf jeden Fall mal besuchen fahren, wenn das wieder möglich war. Maik kam regelmäßig vorbei, er hatte öfter Termine im Rehazentrum. Mittlerweile verstand sich auch Murat mit ihm, sie scherzten oft miteinander herum. Überhaupt hatte sich Murat sehr verändert, fand Erik, der unwirsche, teilweise pampige und maulende Teenager war sehr viel ernster und erwachsener geworden. Das Ey Alter Gehabe trat immer seltener zutage. Murat bekam jetzt öfter Besuch von seinem Anwalt, einem Cousin, natürlich. Um wieviel Ecken verwandt auch immer er mit dem war. Sie wollten ihm auf jeden Fall das Gefängnis ersparen. Er würde Entschädigung an die Witwe mit den beiden Kindern zahlen müssen, so viel war schon klar. Die Familie und die Gemeinde würde das Geld irgendwie zusammenbringen. Das bedeutete für Murat lebenslange Schuld gegenüber seinen Leuten, und das machte ihn sehr, sehr nachdenklich. Sobald die Reha vorbei war, würde der Prozess gegen ihn starten. Erik wünschte ihm dennoch, obwohl er anfangs so genervt von ihm gewesen war, dass es glimpflich für ihn ausging.

<***Hey, wie war der Schwimmkurs?***>, schrieb Maik, als er ihn online sah. Nicht viel los, erkannte Erik mit Blick auf die Anwesenheitsliste. Die meisten schliefen wohl noch oder hatten wie er Therapie.

<***Schön, wie immer. Wann ist es endlich soweit?***> Denn seine neuen Freunde hatten etwas mit ihm vor. Was, darüber schwiegen sie sich aus, machten nur hier und da Andeutungen. Dass sie in Schwierigkeiten steckten und seine Hilfe benötigten. Es war genau die richtige Dosis aus Desinformation und kleinen Bröckchen, um Erik sehr, sehr neugierig zu machen.

<***Bald, hab noch ein wenig Geduld, wir sind noch nicht soweit. Uns fehlen noch ein paar Informationen. Du kannst eh erst etwas für uns tun, wenn du aus der Reha raus bist.***>

Erik schnaubte. So, wie es voranging, würde er noch ewig hier feststecken. <***Oh Mann, ihr macht mich fertig***>, schrieb er und schickte den Smiley mit der ausgestreckten Zunge zurück. Er klickte den Chat weg, bevor noch ein Stinkefinger oder Ähnliches zurückkam, und widmete sich seinen anderen E-Mails.

In der Firma war einiges los, und er konnte sogar ein paar Dinge, die sein Chef fragte, beantworten. Sicherlich, er war krankgeschrieben, aber für Stellungnahmen oder Ähnliches zu diversen Projekten reichten seine Konzentration und seine Schreibgeschwindigkeit durchaus aus. Und wenn er zu müde war, stellte er auf Sprachmodus um und diktierte es einfach. Das ging noch besser. Im Prinzip bewegte er sich beinahe so sicher im Netz wie vorher. Nur Zeichnen, das konnte er nicht mehr, und er bedauerte es ein wenig.

Als das erledigt war, war er angenehm müde und dämmerte etwas weg. Es kam ganz von selbst, durch die Anstrengung. Von seinen Medikamenten war er fast vollständig runter, er erhielt nur noch Flüssigkeit und Nahrung über die Schläuche. Ungeduldig warteten alle darauf, dass sich mehr tat, dass er wieder schlucken konnte, selbsttätig atmen. Aber das gelang ihm nicht, so sehr er sich auch anstrengte. So langsam wurde Erik darüber richtig verzweifelt, und es gab eigentlich nur einen, mit dem er darüber reden konnte. Jedenfalls nicht mit der Psychotante, die ihn regelmäßig mit ihrer Aufmerksamkeit beglückte. Die war eine von jenen ehemaligen Studentinnen, die in der Vergangenheit in den Clubs um sie herumgeschwärmt waren. Erik meinte sich sogar zu erinnern, dass Timo einmal etwas mit ihr gehabt hatte.

Eine Nacht oder so. Weshalb er sich grundlegend weigerte, mit ihr zu kooperieren. Es ging sie einfach nichts an, was er fühlte. Auch wenn er Wolle am liebsten in den Orkus verwunschen hätte, manchmal sehnte er ihn sich regelrecht herbei. Aber er würde ums Verrecken nicht als erstes nachgeben, nein, das würde er nicht!

Erik war beinahe tief und fest eingeschlafen, als ein Geräusch an der Tür ihn wieder aufweckte. Wolle stand da und schaute ihn an. Abwartend, vorsichtig. Der Blick kühl. Erik wollte ihn gerade anfahren, was das sollte, da merkte er plötzlich, etwas stimmte nicht. Sie hatten das Fenster auf Kipp, um die warme Sommerluft hereinzulassen. Es zog ein wenig, und vom Gang her wehte ein leichter Duft herein. Erik wurde auf einmal ganz kalt, und das lag nicht an der Zugluft. Seine Nackenhaare stellten sich förmlich auf, als seine Nase, empfindlicher denn je, ihm etwas vermeldete. Dich kenne ich, hieß das, und er ächzte leise. »Was zum…« Sein Herzschlag beschleunigte sich, und zwar rasant.

»Ganz ruhig«, sagte Wolle und sah auf jemanden, der neben ihm stand, den Erik aber nicht sehen konnte. »Hier ist jemand, der dich einmal kennenlernen möchte.« Er streckte die Hand aus und zog eine Gestalt zu sich in die Tür. Erik sah nur einen kastanienbraunen Haarschopf, helle, beinahe weiße Haut und große, durchdringend grüne Augen. Sunny, dachte er noch, doch dann war es ihm, als würde sein Gehirn auskippen und direkt vor seinen Füßen auf dem Boden landen. Ihm wurde schwarz vor Augen, und nur noch von Ferne hörte er den erschrockenen Aufschrei der anderen.

Sie sahen, wie Erik plötzlich den Kopf nach hinten riss und sich durchdrückte wie eine angespannte Feder, so sehr, dass Wolle beinahe die Implantate knacken hören konnte. Ein Alarm schrillte los, ein richtiger diesmal, höchste Stufe. Erik begann zu zittern, am ganzen Körper wurde er von Krämpfen geschüttelt. Es wurden ein richtiger epileptischer Anfall, es rüttelte ihn wie verrückt.

»Verflucht nochmal!«, rief Wolle aus und drückte den Alarmknopf. Gleichzeitig versuchte er, Erik festzuhalten, damit er nicht aus dem Bett fiel.

»Erik? Erik!!!«, rief Murat erschrocken, und gleich darauf war die Hölle los. Die Schwestern und Pfleger stürzten herein, ein Arzt kam. Sie spritzten Erik etwas, doch es hörte einfach nicht mehr auf. Schließlich riefen sie drüben in der Klinik an und orderten ein Notfallteam. Alles erschrocken beobachtet von Freya, die sich gegenüber an die Wand presste und die Hände vor das Gesicht geschlagen hatte. Sanitäter kamen mit einer Trage herein, Erik wurde umgelagert, und dann waren sie auch schon hinaus, eine völlig entsetzte Freya zurücklassend.

»…es ist ein echter Rückfall«, hörte Erik Wolle sagen, als er wieder zu sich kam. »Am besten geht nach Hause. Ich rufe euch, wenn sich etwas ändert.«

»Na schön«, seufzte Hardi. »Komm, Schatz. Gehen wir.« Gleich darauf war es draußen still.

Erik lag da, flach, und starrte an die graue Decke. Krankenhaus. Mist! Wie war das gekommen? Er wollte sie hereinrufen, sagen, dass alles in Ordnung war, und stellte entsetzt fest, dass er es nicht konnte. Er konnte seinen Mund nicht bewegen! Ihm wurde ganz kalt vor lauter Furcht, er war außer sich, und das merkten die Monitore. Wieder ging ein Alarm los, und Wolle kam hereingehastet.

»Gott sei Dank, du bist wieder wach! Wie geht es dir? Alles okay?« Wolle setzte sich zu ihm, leuchtete ihm in die Augen. »Sag doch was, ich bitte dich. So sauer kannst du gar nicht sein…«

Erik strengte sich an, aber es kam nichts. Sein Puls wurde immer hektischer, doch schließlich brach seine Kraft zusammen, er konnte einfach nicht mehr. Tränen stiegen ihm in die Augen, sie begannen zu laufen und hörten nicht mehr auf.

»Nein… oh nein, das darf doch nicht… verdammt, Erik! Das wollte ich doch unbedingt verhindern, dass es soweit kommt, weißt du das denn nicht? Verdammt… verdammt…« Die letzten Worte flüsterte Wolle nur noch, den Kopf an seine Schulter gelehnt und ihn vorsichtig umarmend. Er flennte nicht so drauflos wie Hardi, er schluckte das mehr herunter, aber Erik merkte es dennoch. Und so lagen sie da und heulten und konnten sich nichts sagen, weil sie beide an ihrer Furcht förmlich erstickten.

Doch schließlich beruhigte sich Wolle etwas und richtete sich auf, sich hastig die Augen in seinem Ärmel abwischend. »Das kriegen wir schon wieder hin. Es gibt doch ein Wir, nicht?«

Ja, du Blödmann! Erik blinzelte einmal.

»Ich werde mich nicht entschuldigen.«

Nein. Zweimal Blinzeln. Ich ganz sicher auch nicht, dachte Erik und rollte mit den Augen, was Wolle durchaus verstand.

»Schön.« Er sah, wie Erik seine Augen in Richtung Klapptisch rollte. Dann wieder ihn ansah, dann nochmal zum Klapptisch. Er wollte seinen Computer haben. Erst zögerte Wolle, was ihm einen giftigen Blick von Erik einbrachte. »Na schön. Ich hole ihn dir. Und dein Bild auch. Schlaf ein wenig, das muss ich erstmal drüben abbauen. Bin so schnell es geht wieder da.«

Die wenigen Meter runter in die Eingangshalle verbrachte er mit allerlei Telefonaten, seine aufgeregten Freunde zu beruhigen. Und Freya, die ihn unten in der Halle abfing. Sie wirkte blass wie ein Leintuch, richtig zerbrechlich, beobachtete Wolle besorgt und konnte in diesem Moment gar nicht glauben, was Marita ihnen erzählt hatte, womit sie sich beruflich befasste. Noch mehr erschrak er allerdings über sich selber. Er hätte sie am liebsten in die Arme geschlossen, getröstet und dann weggebracht. Irgendwohin, wo kein Schrecken an sie herankam. War er denn völlig weggetreten?!

»Wie geht es ihm?«, fragte sie hörbar angespannt.

»Schlecht. Er kann nicht sprechen, seine Lähmung ist wieder da. Ich hole seinen Computer, damit er sich wenigstens einigermaßen verständigen kann.«

»Kann ich was helfen?«, fragte sie, unruhig die Hände drehend. Vermutlich war ihr das gar nicht bewusst, dachte Wolle. Eine sehr mädchenhafte Geste. Sie musste sehr aufgewühlt sein, denn das passte gar nicht zu der taffen Polizistin, die sie gestern erlebt hatten.

»Nein, es gibt nichts, was du tun kannst. Er muss sich ausruhen, dann mag es wieder werden. Geh nach Hause, Freya. Ich sage dir Bescheid, wenn sich etwas ändert.«

Und damit wurde sie vor die Tür geschoben, sie merkte es wohl. Misch dich nicht ein. Er wollte sie nicht dabeihaben, war vermutlich seinem Freund gerade wieder nahegekommen, das spürte sie. Nun, im Grunde hatte er recht, sie kannte Erik gar nicht und hatte vorhin kaum einen Blick auf ihn erhaschen können. Hatte nur ein mageres, bleiches Gesicht mit einem beinahe kahl rasierten Schädel und stechend blauen Augen gesehen. Mehr nicht, dann war der Anfall losgegangen. Also ging sie gedrückt nach draußen.

Dort angekommen atmete Freya erst einmal tief durch. Das war ja gründlich schief gegangen! Was sollte sie jetzt tun? Einerlei, es war nicht ihre Art, die Hände in den Schoß zu legen und zu jammern. Sie beschloss, einen Spaziergang zu machen hin zu jener Kreuzung, wo es geschehen war, und sich vor Ort selber ein Bild zu machen.

Stunden später wanderte sie langsam eine Wohnstraße entlang. Viele Durchgänge, versteckte Hinterhöfe, Architektur der letzten Jahrhundertwende. Richtig hübsch, befand sie, und wesentlich großzügiger angelegt als die enge Altstadt. Die Menschen damals hatten Luft und Platz gewollt, das merkte man. Dieses Gebiet war mit seinen vielen Ecken und Nischen und den Durchgängen ideal, um abzutauchen. Freya sah sich um, scrollte mit ihrem Handy auf dem Stadtplan, wo sie sich die Gebiete, in denen die Anwohner befragt worden waren, farbig markiert hatte. Und erkannte, dass die

Kollegen den Bereich bei weitem nicht groß genug gefasst hatten. Irgendjemand musste doch etwas gesehen haben, verdammt, bei Feierabend, wo alle nach Hause kamen. Sie beschloss, sich einmal gründlicher umzusehen.

Erik hatte tatsächlich einige Stunden völlig erschöpft geschlafen. Als er aufwachte, standen sein Monitor und das Bild vor ihm. Gut! Das schaute er eine ganze Weile an, wie er es immer anschaute, mit dieser Mischung aus Trauer und Sehnsucht. Doch dann ging er ins Netz und suchte Trost bei seinen neuen Freunden.

<***Wo bist du gewesen?***>, fragte Maik prompt. <***Wir haben dich seit Stunden versucht zu erreichen, keine Reaktion.***>

<***Konnte nicht. So ein Mist! Ich hatte einen Rückfall. Liege im Krankenhaus. Kann nicht mehr sprechen***>

<***Waas?!***> Der Chatroom explodierte förmlich. Alle wollten wissen, wie es ihm ging, was los war. Geschichten wurden geteilt, denn mit diesem Schicksal stand er nicht alleine. Rückschläge, Fortschritte, die Depressionen, wenn es nicht weiterging. Es bestärkte Erik, und wie! Als er den Chat zu klickte, fühlte er sich besser, viel besser. Und das war auch nötig, denn er entdeckte Wolle in der Tür, die Arme verschränkt und die Miene finster.

»Als hätte ich es nicht geahnt. Du wirst ja richtig zum Computerjunkie.«

»Was bleibt mir auch anderes übrig?«, schrieb Erik und ließ die Stimme das übersetzen.

»Mach langsam! Wie oft soll ich dir das noch sagen?!« Er kam jetzt herein und setzte sich.

»Das hätte mich auch nicht davor bewahrt. Ich weiß, was das ausgelöst hat. Wer war das?«, fragte Erik.

Wolle rang sichtlich mit sich, doch dann gab er zu: »Sunnys Schwester Freya. Ich habe echt gezögert, sie zu dir zu bringen, und ich hatte recht. Das war zu viel für dich.«

»Nein.« Erik plinkerte wie wild. »Nein, war es nicht! Ich habe mich… ich weiß, was das ausgelöst hat. Und ich weiß auch, wie ich das umgehen kann. Ich will sie sehen. Bring sie her.«

»Waas?! Bist du völlig verrückt? Du wärest uns fast verreckt, und jetzt willst du.. nein. Das werde ich nicht zulassen.« Wolle hatte böse die Arme verschränkt, und genauso böse starrte Erik ihn an.

»Du wirst nicht mehr meinen Gefängniswärter spielen! Das will ich nicht, klar? Tu mir das nicht an, mich quasi zu entmündigen! Ich will sie sehen und ihr das erklären. Sie kennenlernen. Sie muss sich erschrocken haben.«

»Und wie!« Wolle kniff die Lippen zusammen. »Also schön. Wenn es dir denn hilft…«

»Ja. Sehr. Und sag ihr, was auch immer sie da bei sich trägt, sie soll es mitbringen«, schrieb Erik noch und schloss dann erschöpft die Augen.

»Was meinst du damit?«, fragte Wolle verwundert, doch Erik war bereits eingeschlafen.

Freya hatte sich langsam durch die vielen, vielen Gärten vorgearbeitet. Jetzt, am frühen Nachmittag, waren kaum

Anwohner zuhause, es sei denn alte Leute und Eltern mit ihren Kleinkindern. Sie hatte sich vorgestellt, mit etlichen gesprochen. Viele hatten von dem Unfall gehört, waren bereit zu helfen. Nur hatte keiner etwas gesehen oder gehört. Frustriert wandte sich Freya dem letzten Durchgang in dem Häuserblock zu, der in einen sehr viel größeren Innenhof mündete. Anhand der gleichförmigen Fenster und Vorhänge rings herum sah sie gleich, das war eine Pflegeeinrichtung. Ein Altenheim, wie sie gleich darauf auf dem Schild am Eingang lesen konnte. Elisabethenstift. Klang edel, fand Freya. Vielleicht eine etwas bessere Unterkunft als die üblichen Verwahranstalten.

Ein paar Bewohner saßen draußen im Schatten mächtiger Bäume. Freya ließ ihren Blick über sie schweifen. Gehwagen, Krücken, Rollstühle allenthalben. Doch dann bleib sie an einem Gesicht hängen, das kam ihr vage bekannt vor. Die alte Frau hatte ebenfalls den Kopf gehoben, schaute sie stirnrunzelnd an, und etwas an diesem Stirnrunzeln brachte Freya auf die richtige Spur. »Ja, du meine Güte, Frau Wagner, sind Sie das wirklich?«, rief sie und ging auf die Gruppe zu.

Die Miene der alten Dame hatte sich freudig aufgehellt. »Freya von Sievers, natürlich! Wusste ich es doch! Immer noch so gut in Mathe unterwegs?« Sie streckte die Hand aus, und Freya ergriff sie und drückte sie freudig.

»Ich hoffe es doch, Frau Wagner, ich hoffe es doch. Dank Ihnen ist mir die Lust an den Zahlen jedenfalls nicht abhandengekommen. Aber, was machen Sie denn hier?«

Frau Wagner lachte. »Ach, mein Sohn und meine Schwiegertochter leben mit den Enkeln in dieser Stadt, da habe ich mir hier eine Bleibe gesucht. So kann ich sie besuchen und sie mich, ohne dass wir weit fahren müssen, nicht? Und Sie, mein Kind? Was führt Sie hierher? Immer noch bei der Polizei?« Sie machte etwas Platz und lachte wieder auf Freyas erstaunte Miene. »Jaja, ich habe den Werdegang all meiner Schützlinge verfolgt. LinkedIn, Facebook, da findet man so einiges«, zwinkerte sie.

»Oh. Na, da brauche ich ja nichts zu erklären«, schmunzelte Freya, wurde dann aber ernst. Alle schauten sie neugierig an. »Von dem schweren Unfall vor ein paar Monaten haben Sie sicherlich gehört…« Oh ja, hatten sie. Die Runde wurde ganz aufgeregt, besonders, als sie erfuhr, dass die getötete junge Frau Freyas Schwester gewesen war.

»Oh Gott, nein, wie furchtbar, mein Kind!«, rief Frau Wagner aus. »Das wusste ich gar nicht. Für uns war der Unfall auch schlimm zu erfahren, denn wir müssen immer über diese Kreuzung rüber, wenn wir in die Innenstadt wollen, da ist so viel Verkehr, und die Ampelphasen sind so kurz… Gertrud hier, die hat richtige Albträume seitdem, nicht wahr, Getrud?!«, brüllte sie der alten Dame ins Ohr.

»Waas? Jaja«, brüllte die genauso laut zurück und winkte ab. Die Runde lachte gutmütig.

Frau Wagner wandte sich wieder an Freya. »Seitdem erzählt sie immer wieder von Batmine.«

»Batmine?«, wunderte sich Freya.

»Na, wie Batman, nur als Frau. An dem Abend ging es los, daran erinnere ich mich noch genau. Nach den vielen Sirenen.« Die Runde nickte dazu, mit allerlei Gebrumm. »Das lässt sie nicht mehr los.«

»Batmine.« Freya schnaubte verblüfft. »Die weibliche Form von Batman ist Catwoman…«

»Nein, nein, keine Katze, ein Panzer!«, schrie Gertrud und verfiel in selbstvergessenes Gebrabbel.

Als Freya nach etlichen Tassen Kaffee und Kuchen, zu denen die alten Damen sie eingeladen hatten, wieder vor der Tür stand, kam sie sich vor wie in einem falschen Film. »Batmine«, murmelte sie kopfschüttelnd und beschloss, es für heute gut sein zu lassen und sich einen entspannten Abend zu gönnen und mit Sandra zu telefonieren. Mal sehen, was die zu dem skurrilen Kleinstadtklatsch und Tratsch sagte.

Doch ihr Handy machte diesen Plan zunichte. Sie schaute aufs Display und sah Wolles Nummer. Da ging sie doch lieber gleich ran. »Wie geht es ihm?«, fragte sie ohne eine Begrüßung.

»Unverändert. Er ist wach. Er will dich sehen.«

»Oh?« Freya blieb stehen.

»Ja, und er hat mir…«, Wolle räusperte sich, »… eine ganz merkwürdige Botschaft für dich mitgegeben. Er sagte, du sollst mitbringen, was du bei dir trägst. Sagt dir das was?«

»Ich soll… oh. Oooh!« Freya durchfuhr ein schmerzhafter Stich. »Ja, natürlich! Wie dumm von mir! Ist gut, mach ich. Keine Sorge, das hilft ihm, ganz bestimmt.« Und sie legte einfach auf, denn jetzt kamen die Tränen, sie konnte es nicht verhindern. Sie ließ sich auf die nächstbeste Sitzgelegenheit fallen und weinte los.

Bis sie in der Klinik ankam, mit einem Umweg über einen Laden, wo sie ein kleines Döschen erstand, und ihrer Ferienwohnung, hatte sie sich wieder im Griff.

Auf leisen Sohlen schlich sie sich auf die Station, doch da hätte sie sich keine Mühe zu machen brauchen. Der Raum war voll. Alle vier Freunde waren da und wandten die Köpfe, als sie in der Tür erschien.

»Hi«, sagte sie und beachtete die Übrigen gar nicht. Ihr Blick richtete sich sofort auf die Gestalt im Krankenbett. Regungslos war sie, nur das Atemgerät machte leise Geräusche, und die Augen schnellten sofort zu ihr. Zögernd trat Freya näher. Ein mageres Gesicht, kantig. Blaue Augen, wie Gletschereis. Nicht kalt, aber von der Farbe her. Dieser Blick bohrte sich beinahe in sie, wie aufgespießt kam sie sich vor oder verschlungen. Alles in ihr sträubte sich, näher zu treten, doch sie zwang sich dazu. »Hallo Erik.« An seinem Bett blieb sie stehen. Sein Blick ging zur Seite, zum Monitor. Das Piepsen in den Geräten wurde schneller.

Es folgte ein Moment der Stille, dann kam: »Wow. Du hörst dich sogar an wie sie.« Eine Computerstimme, natürlich.

Freya musste schlucken. »Ich weiß. Am Telefon konnte man uns früher nicht auseinanderhalten. Ich…« Es tut mir leid, dass dir das wegen mir geschehen ist. Ich weiß nicht, wie ich mit dir umgehen soll. Wegen Sunny. Ich weiß nicht, ob du gut zu ihr gewesen bist. All dies und noch vieles mehr schwirrte durch ihren Kopf, aber sie brachte es nicht heraus. Daher sagte sie nur: »Ich habe dir mitgebracht, worum du gebeten hast.« Sie öffnete die Handtasche, schaute hinein und förderte das kleine Döschen zutage.

»Danke. Das hilft, ganz bestimmt«, schrieb Erik. Er merkte es jetzt schon, wie seine Sinne sich auf sie ausrichteten, wie seine Nase bebte. Oh oh, das war nicht gut. Die Frau konnte schließlich nichts dafür. »Mach es auf.«

»Erik…«, hob Wolle warnend an, besorgt seine Werte beobachtend.

»Mach schon. Und hör nicht auf den Blödmann!«

»Hey!«, grollte Wolle erbost.

Freya zögerte, doch dieser Blick schlug sie derart in den Bann, dass sie gar nicht anders konnte. Sie öffnete das Döschen und stellte es neben den Monitor. Augenblicklich erfüllte ein intensiver Geruch den Raum. Sie sah, wie Eriks Augen zugingen, wie seine Nasenflügel bebten. Das Gepiepse wurde schneller.

»Wow, was ist das?«, fragte Marita. »Es riecht gut.«

Freya hatte sich zu Erik aufs Bett gesetzt und griff jetzt nach seiner Hand, die zu zittern begonnen hatte. Dabei entdeckte sie die Fesseln. Himmel, dachte sie, und ihr wurde ganz elend. Behutsam nahm sie seine Hand in ihre, streichelte sie. Obschon sie das doch gar nicht wollte. »Patschuliseife. Herstellt aus Mandelöl und noch ein paar anderen Zutaten. Eine Freundin von uns stellt sie her, einhundert Prozent Bio. Sunny und ich verwenden – haben verwendet – nichts anderes.« Bei dem Gedanken musste sie schlucken, und sie merkte, wie ihr Blick verschwamm. Das Zittern in ihren Händen wurde stärker, aber diesmal ging kein Alarm los. Sie hörte Erik ein paar Mal heftig durch die Nase die Luft einziehen, dann lag er plötzlich ruhig, das Zittern hörte auf, und auch die Werte auf den Monitoren normalisierten sich wieder.

»Er ist eingeschlafen«, sagte Wolle und seufzte erleichtert.

Freya wollte Eriks Hand loslassen und stellte überrascht fest, dass sie es nicht konnte, denn seine hatte fest zugepackt, hielt ihre beinahe umklammert. Konnte das sein? Nein, entschied sie und befreite ihre mit sachtem Ruck. Das war bestimmt nur ein Krampf. Sie legte die nun schlaffe Hand behutsam aufs Bett und stand auf. »So kann er sich daran gewöhnen. Es… es tut mir leid. Daran habe ich gar nicht mehr gedacht. Dass das eine solch durchschlagende Wirkung hat…«

»Keiner konnte das wissen«, sagte Hardi bitter. Gedrückt sahen sie auf Erik herab und blieben bei ihm, bis die Nachtschwester kam und sagte, es sei Zeit zu gehen.

Als Erik am Morgen aufwachte, hatte er Schmerzen, und das heftige. Sein Schädel dröhnte, er hatte einen sauren Geschmack im Mund, als müsse er sich gleich übergeben. Was er prompt auch tat, er würgte und spuckte die spärliche Magensäure heraus, die sich im Laufe der Zeit gebildet hatte. Dabei schoss der Schmerz durch ihn hindurch wie eine lange, fiese Nadel. Genau wie an seinem Unfalltag, ging ihm auf, da hatte es sich auch so angefühlt. Es tat weh, so sehr, dass er irgendwann lauthals stöhnte. Und da merkte er, dass das Gefühl in seinem Mund und seine Stimme plötzlich wieder da waren, und ein wenig mehr. Es kribbelte wie tausend Ameisen, überall rings um seine Halspartie.

Wolle war hellauf begeistert. »Spürst du das?« Er zwickte ihn leicht in die Schulter.

»Ein… ein wenig«, krächzte Erik mit Tränen in den Augen. Er hatte flirrende Kreise vor sich, so sehr hämmerte sein

Kopf. »Kannst du mir was gegen die Schmerzen geben? Boah, mir ist schlecht.«

»Jaja, keine Sorge. Geht gleich los. Scheint, als hätte sich was verschoben, was jetzt richtig Alarm macht. Deine Hände zittern, siehst du das?«

»Mann, mir zittert alles vor den Augen«, stöhnte Erik und musste schon wieder würgen. Gott, ging es ihm dreckig! Da ließ er sich doch lieber betäuben.

Weil es ihm so schlecht ging, wollte er niemanden sehen. Es war ihm peinlich, wenn die anderen ihn so sahen, dieses Zittern. Wolle konnte es verstehen und erließ ein Besuchsverbot für alle. Eriks Entscheidung, das machte er seinen Freunden klar.

Es ging Erik sehr schlecht, doch nach zwei Tagen wurde es schlagartig besser, und er entließ sich selber nach kurzer Beratung mit Wolle und einer erneuten Runde im CT und zog wieder um ins Rehazentrum.

Dort wurde er von Murat und Basti freudig begrüßt. »Mann, ich dachte schon, das wär's mit dir!«, freute Murat sich.

»Ich auch, das kann ich dir sagen!« Erik sah sich erleichtert seufzend um. Einen Unterschied machte das schon, die kahle Intensivstation zu ihrem schlichten Zweibettzimmer, das aber immerhin über eine Besucherecke verfügte mit Tisch und Stühlen. Bilder an der Wand, Vorhänge an den Fenstern. »Meine Schultern fangen an zu kribbeln, und mein Hals tut weh. Ich habe gekotzt, stell dir vor!«

»Uih, das ist doch super«, lachte Murat. »Aber… he, warum bindet ihr ihn denn am Bett fest?«, fragte er alarmiert, denn die Pfleger hatten Eriks Arme und Beine mit Manschetten fixiert. Basti lehnte an der Fensterbank, das Ganze aufmerksam beobachtend.

»Beruhige dich. Meine Nerven spielen verrückt, sie werden irgendwie wieder lebendig und lassen meine Arme und Beine permanent irgendwo gegenschlagen. Das ist erstmal besser so«, sagte Erik.

»Jaja, und ab sofort gibt es richtige Reha für dich und nicht so ein Luschenprogramm wie schweben im Wasser und so«, sagte Basti, dehnte auffordernd ein Terraband in seinen Händen und lachte. »Mal sehen, ob ich denen nicht helfen kann. Mir wird's langsam zu langweilig mit dem Kid hier.«

»Jaaaahhh… zum Kotzen«, gluckste Erik und musste selber loslachen.

Es tat ihm gut, wieder hier zu sein. Die Übungen, die Therapeuten, die nun, da es wirklich Fortschritte zu vermelden gab, ein ganz anderes Programm mit ihm auflegten, kräftig unterstützt von Basti. Die Schonfrist war vorbei, und so sagte Wolle das auch. »Wir trainieren dich jetzt. Bevor du entlassen wirst, wollen wir, dass deine Atmung wieder stabil funktioniert, sonst wird das pflegerisch eine ganz andere Nummer. Und vor allem, wenn du mal raus willst. Also, volles Programm. Anscheinend kannst du es jetzt ganz gut vertragen.«

Nach und nach kamen seine Freunde ihn alle wieder regelmäßig besuchen und noch ein paar mehr, die Kollegen, Karl und viele andere, sodass ihm nicht langweilig wurde. Freya dagegen kam nur noch ein einziges Mal. Wollte schauen, wie er sie oder vielmehr ihren Geruch und Anblick ertrug, wie sie sagte, und ihn fragen, ob er sich an etwas erinnerte von dem Moment des Unfalls. Was Erik verneinte. Dann verabschiedete sie sich wieder brüsk und ward nicht mehr gesehen.

Ihr Verhalten wunderte Erik ein wenig. Für diese Frage hätte sie nur in die Akten schauen müssen. Was also wollte sie von ihm? Und warum kam sie nicht öfter? Denn sie war ja gleich am zweiten Tag in der Stadt bei ihm aufgeschlagen, so, als dränge sie etwas. Warum jetzt nicht mehr? Er fragte Wolle, er fragte Hardi, aber bekam von beiden ein Schulterzucken.

»Auch bei uns macht sie sich rar. Keine Ahnung, was da vor sich geht. Sie ermittelt, so viel haben wir mitbekommen«, sagte Hardi. Denn Freya frühstückte manchmal in der Bäckerei oder kam so vorbei, vornehmlich, um mit Marita zu sprechen.

Um sie auszuhorchen, zwinkerte Marita. »Ich glaube, sie hat sich erschrocken, als du deinen Anfall hattest. Sie hat versucht, euch einzuschätzen, besonders dich, denn du hattest etwas mit ihrer kleinen Schwester. Sie kommt schon noch, und zwar früher und mit mehr Fragen, als du denkst. Polizistin, schon vergessen?«

Da begann Erik zu ahnen, dass sie ihn allein zufassen bekommen wollte und es nicht konnte, weil ja permanent jemand bei ihm war, entweder Murat, das Klinikpersonal oder seine Freunde. Sie wollte nicht, dass die anderen es mitbekamen. Das machte ihn ganz unruhig, und es spukte beständig durch seinen Hinterkopf, während er sich langsam aber sicher wieder in eine stabilere Fassung zurückkämpfte.

Bald war das Gefühl in den Schultern wieder da, im Nacken. Er konnte den Kopf drehen, schlucken. Sie fingen an, ihm wieder richtige Nahrung zuzuführen, auch wenn das bedeutete, dass er wie ein alter Opa Windeln tragen und gesäubert werden musste. Bald machte er die ersten Atemversuche. Es ging plötzlich so schnell, dass er sich manchmal sprichwörtlich die Augen rieb. Sicherlich, er konnte noch nichts selber. Aber die Entwicklung machte Hoffnung.

Kapitel 10

Freya schob Frust. »Es gibt einfach nichts, gar nichts Konkretes, wo ich ansetzen kann!«, ließ sie sich am Telefon bei Sandra aus. Ihr Urlaub war halb vorbei, und sie hatte nichts vorzuweisen.

»Tst, glaubst du, Olsen hat seinen Job nicht gemacht? Da kennst du ihn aber schlecht! Der ist wie ein Terrier, der beißt sich richtig fest.«

»Ich habe mit so vielen Leuten gesprochen, dass ich ein ganzes Buch darüber schreiben kann. Mir die Videoaufzeichnungen von der Firma nochmal angeschaut, wo der Transporter geklaut worden ist, und auch von denen ringsherum. Die gesamte Straße rauf und runter. Habe Sunnys Artikel und Recherchen gelesen, tagelang. Mir das Personal angeschaut, im Verlag, die Praktikanten. Nichts, einfach nichts. Das Einzige, was wirklich interessant ist neben der

Müllmafia, ist die Geschichte mit Eriks Ex. Da gibt es noch einiges auszugraben. Hast du was zu schreiben?«

Freya ging von ihrer Dachterrasse zurück in der das winzige, von der Sommerhitze sehr stickige Zimmer. Dort hatte sie mehrere Stapel auf dem Fußboden ausgebreitet, woanders war kein Platz. Sie hockte sich im Schneidersitz vor einen sehr flachen Stapel. Das waren Kopien von Gerichtsakten. Romeo… nein, Timo, verbesserte sie sich rasch, hatte ihr die besorgt. Erik hatte von ihr eine gehörige Summe zugesprochen bekommen, sechsstellig als Schadensersatz für seine zerstörten Sachen. Sicherlich, den materiellen Wert ersetzte das, aber den immateriellen würde es niemals ausgleichen. Die Summe war zwangsvollstreckt worden, in ihr Vermögen und in das ihres ersten Mannes, denn die hatten keine Gütertrennung vereinbart. Das Haus, in dem sie gelebt hatten, war zwangsversteigert worden, der Mann abgetaucht. Konten – nicht auffindbar. Vermutlich über einen anderen Namen angelegt. Die Ermittlungen waren im Sande verlaufen, wie hier auch. Es war frustrierend. Aber, und das ließ Freya an dem Fall dranbleiben, das ergab ein erstklassiges Rachemotiv.

»Geh mal bitte zu Tick und lass ihn graben, ja? Eine gewisse Christina Narsten, mit CH, geborene Brokhaus, nur mit K, verheiratet mit Tobias Narsten, zuletzt gemeldet unter folgender Adresse… ja, genau. Ich will alles über sie wissen, was es zu wissen gibt. Vielleicht irre ich mich, aber es könnte ja sein, dass gar nicht Sunny das Ziel des Anschlages war, sondern Erik. Denn ich muss Olsen recht geben, als Mafioso wäre ich wohl kaum so blöde gewesen und hätte den Transporter direkt nebenan von dem Gelände geklaut, wo ich illegale Geschäfte am Laufen habe. Machst du das?«

»Geht klar. Tick will eine Bezahlung, das weißt du, denn so ohne Gerichtsbeschluss…«

Freya seufzte. Natürlich wusste sie das, und sie wusste auch, worin die bestand. Denn Tick grub beständig an ihr herum, wenn sie sich mal über den Weg liefen. Das tat er bei allen Frauen im Revier, wirklich bei allen. »Sag ihm, ich lade ihn zum Essen ein, wenn er etwas Interessantes findet.«

Sandra lachte. »Der Knochen, immer ein Stückchen außer Reichweite gehalten. Ha, richtig so! Ich melde mich. Und schau, dass du mal Pause machst, Süße! Mach ne Radtour, geh schwimmen, klar?«

»Jaja«, erwiderte Freya und legte auf. Das tat sie bereits. Sie war in diesen Wochen so viel Fahrrad gefahren wie noch nie in ihrem Leben zuvor. In dieser Stadt waren die Ziele einfach viel schneller mit dem Rad als mit dem Auto oder Taxi zu erreichen. Sie hatte Gefallen daran gefunden und fuhr auch größere Touren ins Umland, um ihren Kopf frei zu bekommen. Hatte sich auch das eine oder andere angeschaut, das Schloss oben auf dem Berg, Burgruinen und vieles mehr. Schließlich hatte sie Urlaub. Aber vornehmlich, um ihre Unruhe zu betäuben. Sie schlief schlecht, besonders, nachdem sie Sunnys Sachen durchgesehen und entsorgt hatte, größtenteils gespendet. Auch Sunnys Erspartes hatte Freya gespendet, an die Organisationen, die sie in Sunnys Kontoauszügen gefunden hatte. Sie selber wollte das Geld nicht haben, und es war auch nicht sehr viel. Eine Redakteurin verdiente, wie alle in der schreibenden Zunft, nur mäßig. Nur eine kleine Schachtel Fotos, Schmuck und ihr Handy und Laptop waren übriggeblieben, das war alles aus einem ganzen Leben. Es hatte Freya echte Überwindung gekostet, die Dinge auf dem Laptop und dem Handy zu lesen. Sie hatte nichts darin gefunden, was ihr eine Spur gab. Nur jede Menge traurige Erinnerungen.

Aber auch die Ereignisse im Krankenhaus kamen immer wieder hoch. Die Begegnung mit Erik hatte sie sehr aufgewühlt. Sie wollte sich einreden, dass dies der gemeinsamen Trauer geschuldet war, der Erinnerung an Sunny und seinem schlimmen Anfall. Doch das war es nicht nur. Er hatte sie irgendwie berührt, sich mit ihr verbunden und sämtliche Schutzschilde einfach so durchbrochen, die sie sich im Laufe der Jahre gebaut hatte.

Es hatte sie erschrocken, verängstigt. Sie begann zu ahnen, dass dies auch mit Sunny geschehen war. Wie, zum Teufel, hatte er das gemacht?! Der Mann war beinahe todkrank. Das konnte doch gar nicht sein. Aber ihr war klar, sie musste einfach wissen, was da zwischen ihm und Sunny passiert war und zwischen ihnen beiden auch, nur konnte sie ihn das nur fragen, wenn sie allein waren und er einigermaßen stabil.

Doch nun sah es so aus, als würde es ihm endlich besser gehen, hatte sie von Marita erfahren. Er würde nach Hause entlassen werden. Sicherlich, ein Vollpflegefall, aber er konnte wieder selber atmen. Noch nicht die Arme bewegen, aber sie arbeiteten daran. Freya mochte sich gar nicht vorstellen, wie das war, so eingesperrt in seinem Körper zu sein, vor allem ein Handwerkertyp wie Erik. Das musste furchtbar sein. Also würde sie sich in Geduld fassen und den rechten Zeitpunkt abpassen, um wieder mit ihm zu reden.

Ein paar Tage später war es soweit. Erik war überwältigt, als die Türen des Krankenwagens aufgingen und er von lautem Jubel und Klatschen begrüßt wurde. Alle waren da, die Freunde, die Nachbarn, sie standen Spalier vor seinem Haus. Einen Moment lang musste er tatsächlich mit den Tränen kämpfen, als er aus dem Krankenwagen gehoben wurde und dann mit der Trage zum Haus geschoben, mühsam über das holprige Kopfsteinpflaster. Sein kleines Häuschen. Es sah aus wie immer, stellte er fest, nur dass das seitliche Tor einen anderen Durchgang bekommen hatte. Eine glatte Fläche statt durchgehender Balken. Behindertengerecht.

Conrad stand neben dem Tor und lachte. »Ich sehe, deine Augen haben es bereits erspäht. Wir durften das Eingangsportal nicht verändern, da war nichts zu machen beim Denkmalamt. Also haben wir dir einen rollstuhlgerechten Durchgang gebaut nach hinten zu deiner Terrasse, und die Terrassentür als Eingang umfunktioniert. Willst du es gleich ausprobieren?«

»Aber so was von«, erwiderte Erik und rief: »Ich danke euch, Leute. Lasst mich erstmal ankommen, ja?« Denn er merkte bereits, es wurde ihm etwas zu viel, diese Massen an Menschen, und das verstanden auch die anderen. Alle verabschiedeten sich, nur seine engsten Freunde und sein Chef blieben und die Sanitäter, die ihn jetzt in den Rollstuhl hoben und diesen einschalteten. Ohne Überwachungsmonitore und Atemgerät, das brauchte Erik nicht mehr. Sie schnallten seine Arme und Hände fest, denn die machten nach wie vor Ärger, begannen manchmal unkontrolliert zu zittern. So auch jetzt, denn Erik vibrierte geradezu vor Ungeduld, endlich sein Haus anschauen zu können.

Viel hatte Conrad ihm nicht verraten und die anderen auch nicht. Er solle sich überraschen lassen, hatten sie immer wieder gesagt. Weshalb Erik umso härter an seiner Genesung gearbeitet hatte, mit Erfolg.

Er legte die Lippen um die Mundsteuerung des Rollstuhls und trieb ihn an. Hinein in den Torgang, wo sie ihm in der Mitte eine ebene gepflasterte Spur geschaffen hatten. Sie ging einmal um das Nebengelass mit der Gästetoilette herum und führte nach hinten in den Garten. Kaum kam der in Sicht, ließ Erik das Mundstück los. Der Rollstuhl blieb stehen. »Wow! Ihr habt ihn gebaut!«, rief er aus.

»Hmm... ja«, sagte Conrad. »Die Pläne hattest du ja schon fertig. Das ist ein Geschenk von den Jungs und mir. Sie hatten richtig Spaß daran, als Galabauer zu arbeiten. Die Pflanzen hat Marita ausgesucht.«

»Ich dachte mir, Küchenkräuter, Salat, Gemüse und ein wenig Obst wären ganz praktisch. Hardi hat ja keinen Garten, und weil ich für dich kochen will...«, sagte sie verlegen.

Erik musste schlucken. Es sah wunderschön aus, und er lauschte fasziniert dem leisen Plätschern eines kleinen Wasserspiels. Ein Teufelchen, das Wasser pinkelte mit einem amtlichen Prengel und in etwas hinein, das verdächtig nach... uih. Er zuckte mit den Augenbrauen. Furchtbar kitschig, ein Bisschen pervers und mit Sicherheit von den Jungs ausgesucht. Ein Männerwitz. »Och Leute, das wäre doch nicht nötig... Himmel, ich fange gleich an zu heulen! Tu mir einen Gefallen, Marita, ja? Komm mal her und drück mich, ganz feste.« Was sie prompt tat, und er gab ihr einen Kuss auf die Wange. »Danke«, flüsterte er ihr ins Ohr, und er spürte, wie sie an seiner Schulter nickte. Gerührt sahen alle anderen zu.

»Gern geschehen. Wir sind froh, dass du jetzt wieder hier bist. Los, rein mit dir, schau es dir an, ja?« Lächelnd ließ sie ihn wieder los.

Da hielt Erik nichts mehr. Er rollte auf seine Terrassentür zu. Es gab einen automatischen Türöffner mit Lichtschranke, sodass er sie geöffnet bekam. Sie schwang auf, und er schaute voller Erwartung in den Wohnraum. Doch dort, erkannte er verblüfft, sah alles beinahe aus wie immer. Sicherlich, das Sofa und der Tisch waren jetzt dicht an die Wand gerückt, damit er mit dem Rollstuhl hindurch passte, und die Barhocker am Küchentresen waren fort, weil es sonst zu eng war. Aber alles andere... selbst die Treppe war unverändert. Er hatte sich schon gefragt, wie um Himmels Willen sie dort einen Treppenlift einbauen sollten, auf den sein Rollstuhl passte.

»Hmmm...«, machte er. »Und wo soll ich schlafen?«, fragte er verblüfft. »Draußen?«

Alle anderen lachten. »Finde es heraus«, rief Hardi.

Erik rollte langsam hinein. Er sah sich um. Als allererstes fiel ihm ein Bedienpanel an einem der Stützbalken auf. »He, das sieht ja fast aus wie...« Er sah nach oben und entdeckte in der Decke zwischen den offenen Balken etwas Neues.

Einen stabilen Metallrahmen. »Nein, sagt nicht, ihr habt mir einen Aufzug eingebaut?!«, rief er.

Wieder lachten alle. »Naja, nicht so ganz. Das ist eine Eigenkonstruktion, der Abstand zwischen den Balken reicht genau aus«, sagte Conrad. »Die Metallbau-Azubis aus der Berufsschule haben es gebaut. Wir haben einfach keinen Treppenlift gefunden, der deinen Rollstuhl um die engen Kehren bewegt bekommt. Also haben wir die Decke aufgemacht. Probiere es mal aus. Du kannst dich per Bluetooth mit der Steuerung verbinden. Genauso wie mit der von der Tür.«

»Erfindung von Seb«, sagte Timo, der zufrieden grinsend am Küchentresen lehnte.

Das bekam Erik doch hin, und gleich darauf ertönte das Surren eines Motors. Die Platte kam herab, passgenau zwischen den Trägerbalken waren die Dielen herausgesägt worden und dienten nun als Bodenbelag für die Aufzugsplatte. Es gab einen Rahmen rings um die Platte herum, damit er nicht herunterfuhr, und ein Geländer. »Wow«, sagte Erik, als das Ding unten stand. Sogar an die Anschrägung für die Auffahrt hatten sie gedacht. Ganz, ganz vorsichtig manövrierte er sein unhandliches Gefährt dort hinauf. Es ging, sogar sehr gut, denn sie hatten ihm quasi Schienen vorgefertigt, damit er den Rollstuhl nicht verkantete. »Geht super.«

»Na dann, hoch mit dir. Bist gleich«, sagte Conrad und wandte sich der Treppe zu.

Erik freute sich wie ein kleines Kind über dieses Geschenk. Denn es hatte ihm schon erheblich Kopfzerbrechen bereitet, wie er das alles in seinem engen Haus unterbringen sollte. Aber Hardi und Conrad hatten gesagt, sie würden sich kümmern, und das hatten sie. Oben angekommen, fand er sein Bett vor wie immer, jedoch hatten sie eine Hebevorrichtung an den Deckenbalken angebracht. Klar, erkannte er, denn es waren ja nicht mehr mehrere Pfleger bei ihm, sondern nur einer, wenn es hochkam.

»Die Hebevorrichtung wirst du erst bedienen können, wenn du deine Arme wieder bewegen kannst. Da ist unweigerlich Schluss, viel zu gefährlich für dich alleine«, sagte Wolle, der hinter Hardi und Marita die Treppe hochkam.

»Schon klar«, sagte Erik. Er lenkte sein Gefährt ins Bad. Sie hatten die Tür verbreitert, sah er, und die Schwelle herausgenommen. Innen waren die ursprüngliche Badewanne und separate Dusche verschwunden und durch eine komplett ebenerdige und rollstuhlgerechte Dusche ersetzt. Das Klo mit Griffen und allem Drum und Dran, die Hebevorrichtung wiederum an die Deckenbalken geschraubt. »Wer hätte gedacht, dass offene Deckenbalken mal von solchem Nutzen sind«, merkte er an.

»Jaa, die haben uns einiges erleichtert«, sagte Conrad. »Ins nächste Stockwerk bekommen wir dich nicht hoch. Wir haben oben ausgebaut, ein Schlafraum mit einem separaten Bad für deine Pflegekraft.« Denn zumindest in der Anfangszeit musste permanent jemand bei ihm wachen. Sicherlich, Hardi und Marita waren auch noch da und einige ältere Nachbarn, die tagsüber zuhause waren. Sie konnte Erik jederzeit anrufen, sollte er Hilfe benötigen. Aber die eigentliche Pflege würden sie nicht übernehmen können. Irgendwie würde das funktionieren, ohne dass er allen zu sehr zur Last fiel, hoffte er. »Danke, Conrad. Es ist spitzenmäßig geworden, wie ihr das gelöst habt«, seufzte er zufrieden. Er war wieder zuhause und könnte heulen, so sehr freute er sich. Stattdessen fuhr er zur Plattform und mit ihr nach unten. Und erlebte prompt die nächste Überraschung, denn er bekam Besuch.

Horst Müller erschien im Garten, in den Armen einen großen Karton, und an seiner Seite schob sich ein Rollstuhl durch den Durchgang. »Hallo Maik!«, rief Erik erfreut, und sein Freund lachte.

»Hab meine Gehhilfe als Einkäufer missbraucht«, kam es aus dem Lautsprecher.

Horst Müller winkte gutmütig ab. »Hier, das ist für Sie, Erik«, sagte er und gab Hardi das Paket. »Damit Sie wieder ein wenig mehr auf die Rippen bekommen. Nervennahrung für lange Chatnächte«, zwinkerte er.

»Mit vielen Grüßen von der Community«, ergänzte Maik.

Mit hochgezogenen Augenbrauen förderten die Freunde Chips, Popcorn, Gummibärchen und eine ganze Menge anderes ungesundes Zeug zutage.

»Oh, keine Sorge, ab sofort koche ich für Erik«, rief Marita und tätschelte Hardis Bäuchlein, das irgendwie, oh Wunder, etwas mehr geworden war in den letzten Monaten.

»Dein Haus ist toll, richtig hübsch«, sagte Maik und rollte zu Erik in den Wohnraum. Der war mit ihren beiden Gefährten plötzlich gestopft voll. »Hast du das alles selber umgebaut?«

Erik lachte, er konnte gar nicht anders. »Nein. Das waren meine Freunde. Aber die Restaurierung, die habe ich gemacht, ja. Und guck mal, ich habe einen Fahrstuhl. Haben die Azubis von der Berufsschule für mich gebaut. Willst du ihn mal ausprobieren?«

Was Maik auch gleich tat. Die beiden hatten einen Heidenspaß, erkannten die anderen und ließen sie machen, sie setzten sich in den Garten und quatschten derweil, während sich Maik und Erik das Obergeschoss ansahen.

Abnahme vom Profi, wie Horst Müller zwinkerte. Er sah sich seufzend um. »Könnte es doch nur allen so gehen«, sagte er zu den anderen. »Es ist ein ständiger Kampf mit den Ämtern. Maik zum Beispiel wohnt in einer echten Absteige, im Erdgeschoss, weil kein Fahrstuhl vorhanden. Jemand muss ihm immer aus der Tür helfen, weil das Amt keinen rollstuhlgerechten Eingang bezahlt. Das schränkt ihn echt ein.«

»Wirklich?«, fragte Conrad. »Ich kann es mir ja mal ansehen. Vielleicht finden wir da eine sehr einfache Lösung, die nicht die Welt kostet«, bot er an.

»Das wäre sehr nett, vielen Dank«, sagte Horst Müller und lauschte auf das Gelächter von oben. Er nahm Wolle und Timo ein wenig beiseite, sodass die anderen nicht lauschen konnten. »Sobald Erik seine Arme wieder gebrauchen kann, kann ich ihn aus dem Status des Betreuten entlassen. Das dauert gewiss nicht mehr lange, richtig?«

»Wir hoffen es«, sagte Wolle, und Timo nickte. »Das Gefühl darin kommt langsam zurück, aber es dauert.«

»Die BG bezahlt die Pflegekräfte, das ist gesichert, nur ist es so unendlich schwierig, welche zu finden, zumal er männliche bevorzugt. Wir haben die nächsten Wochen organisiert. Doch danach… alles noch offen. Bastian Stroen hat angefragt, ob er nicht teilweise mit einspringen könne. Er hat ja immer noch Murat als Klient, doch da der jetzt im Untersuchungsgefängnis ist und nur noch wenige Stunden am Tag Physio bekommt, würde Herr Stroen sich gerne etwas dazuverdienen. Die BG könnte ihn als Interimslösung von seinem Dienstleister ausleihen. Die andere Option wäre, jemanden aus dem Ausland einzukaufen. Von einem osteuropäischen Dienstleister.«

»Das wäre dann wieder eine Frau«, sagte Wolle prompt und schüttelte den Kopf. »Ich habe viele Patienten, die haben es versucht. Einige haben gute Erfahrungen gemacht, sehr viele aber auch schlechte. Auch die muss man permanent überwachen, dass sie nichts falsch machen oder nur faul vor dem Fernseher hocken. Oder heimlich Sachen mitgehen lassen. Nein, ich glaube, das wäre Erik gar nicht recht. Lassen Sie uns gleich mit ihm sprechen.«

Damit behielt Wolle recht, Erik fand die Lösung mit Basti nicht schlecht. Horst Müller versprach, das alles zu regeln. »Dann hast du den Peitschentreiber ja gleich im Haus«, unkte Maik. Er sah Horst Müller an: »Ich würde gerne noch ein wenig hierbleiben. Geht das?«

»Ja klar. Ich gehe rüber ins Amt und komme nach Dienstschluss wieder her, so gegen fünf Uhr, okay?«

Da wurde Erik hellhörig. Es kam ihm vor, als würde Maik vor Ungeduld beinahe platzen, das hatte er oben schon gemerkt. Auch die Freunde verabschiedeten sich jetzt, nur Wolle blieb, er wollte auf das Eintreffen der Leiterin des Pflegedienstes warten, die Erik seine neuen Betreuer und Betreuerinnen vorstellen wollte.

Bald darauf klingelte es an der Tür, und es kamen drei Frauen und ein Mann herein, alle älteren Datums. Sie waren eine fröhliche Truppe, kannten sich schon lange. »Wir sind die Feuerwehr«, scherzten sie und nahmen Erik ein wenig seine Bedenken, fremde Leute in sein Leben zu lassen.

Die Leiterin erklärte es Erik. »Meine Leute sind alle im Rentenalter und verdienen sich etwas dazu. Sie haben mehrere Jahrzehnte Berufserfahrung und springen ein, wenn Not am Mann ist, und wenn es einigermaßen läuft, kann man die Anwesenheit langsam aber sicher reduzieren. Ich habe Ihr Krankenblatt gelesen. Sie machen gute Fortschritte. Allzu lange sollten Sie uns nicht benötigen, denke ich.«

»Immerhin, Sie können sich verständigen und liegen nicht komatös oder sabbernd in der Ecke«, ergänzte eine der Frauen resolut, Rosi hieß sie und wohnte ganz in der Nähe. Sie würde heute Abend als erstes bei ihm bleiben.

»Na, da bin ich aber froh«, schnaubte Erik und erntete von Maik ein meckerndes Lachen.

»Wir haben hier einen Schichtplan aufgestellt, wer wann bei Ihnen bleibt. Handynummern inklusive, falls etwas sein sollte. Wir pinnen den hier an, auch einen oben an Ihrem Bett und im Bad, damit Sie notfalls immer dorthin schauen können. Für Ihre Freunde haben wir auch ein paar Kopien. Sie haben Glück«, sagte ergänzte die Leiterin, hielt einen Moment inne und seufzte dann. »Die allermeisten haben das nicht.« Ihr Blick ging ganz kurz zu Maik, was der durchaus bemerkte. Erik sah, wie seine Augen zu zucken begannen.

»Das weiß ich, glauben Sie mir«, sagte er rasch. »Ich weiß es zu schätzen, betreut zu werden. Von daher werde ich

Ihnen nicht allzu viel Ärger bereiten, das verspreche ich Ihnen.«

»Ich werde sie zu gegebener Zeit daran erinnern«, drohte Rosi mit dem Finger und lachte. »Nun, dann hole ich mal meine Sachen«, sagte sie und stand auf.

Maik plinkerte Erik an. »Ah, Rosie, Sie brauchen erst so gegen fünf kommen, wir sind hier noch eine Weile beschäftigt«, sagte Erik.

»Na, ist doch prima, dann reicht die Zeit ja für einen Kaffee und ein wenig Gartenarbeit. Ist gut, bis später dann. Was ist, kommt ihr mit? Ich habe noch Kuchen von gestern übrig«, sagte sie zu den anderen, die sich nicht lange bitten ließen.

Kaum waren sie zur Tür hinaus, ging Maiks Blick zu Wolle, der es sich auf dem Sofa gemütlich gemacht hatte, eine neue Tasse Cappuccino in der Hand. Erik wusste genau, was er meinte. »Ich fürchte, mit Wolle wirst du leben müssen. Er lässt uns ganz sicher nicht allein«, sagte er.

Wolle sah auf. »Moment mal. Was habt ihr vor?«

»Maik will mit mir reden, und zwar allein. Scheint dringend zu sein, nicht?«

»Oh ja«, sagte Maik. »Kann ich mich auf deine Verschwiegenheit verlassen? So als Arzt, dass nichts diesen Raum verlässt?«

Wolle setzte sich sofort aufrechter hin. »Huch, das klingt ja ernst. Aber ja, kannst du. Spuck's aus, worum geht's?«

»Okay…« Es war gut zu sehen, wie Maik mit sich rang, seine Hände und Füße begannen zu zucken. Doch dann gab er sich einen Ruck. Er rief eine ganz bestimmte Datei auf, er hatte sie vorgetippt, wie Erik erkannte, der sein Display einsehen konnte. »Ich wollte eigentlich die anderen per Onlinekonferenz dazu holen. Aber das verschieben wir lieber auf später. Ich erkläre es euch so. Hm… mal sehen, wo anfangen?« Er las den Text und klickte ihn dann wieder zu. »Nein. Passt nicht. Also schön. Ich habe dir doch erzählt, dass die allermeisten von uns sich schon sehr lange kennen, einige praktisch das gesamte Internetzeitalter lang, nicht?«

»Ja, hast du. Warum?«

Maik fuhr fort: »Und dass wir nur ganz wenige Mitglieder haben, die so wie du durch einen Unfall gehandicapt sind, und dass zwei von ihnen gestorben sind?«

Wolle merkte auf. »Worauf willst du hinaus?«

Maik tippte wieder. »Wir fanden, dass etwas an ihrem Tod merkwürdig war. Besonders an dem von Daniel, dem zweiten. Es ging ihm eigentlich schon wieder sehr gut, als es ihm plötzlich schlagartig schlechter ging, und zwar so schnell, dass wir kaum noch ein paar Sätze mit ihm wechseln konnten, dann war Funkstille. Als nächstes erfuhren wir dann aus der Zeitung, dass Daniel gestorben war. Multiples Organversagen, fanden wir heraus. Wir sind vor allem deshalb stutzig geworden, weil Daniel uns schrieb, dass er seit Kurzem einen neuen Pfleger hätte und dieser Typ irgendwie merkwürdig sei. Er mochte ihn nicht. Nun, das geht vielen von uns so, denn unsere Pfleger können wir uns meistens nicht aussuchen. Aber gleich danach meldete er sich nicht mehr. Also haben wir angefangen, Nachforschungen anzustellen. Einer der Jungs, einer der Admins, ist in der IT… nun, unterwegs. Er hat wiederum Kumpel, und die haben sich in diverse

Datenbanken eingeklinkt und auch in den Rechner unseres Freundes, der zu dem Zeitpunkt noch online war, als er sich nicht mehr meldete.«

»Du meinst, gehackt«, sagte Wolle stirnrunzelnd.

»Hm…hm…« Maik brummte, mit seiner richtigen Stimme diesmal. Dann schrieb er: »Vermutlich. Wir haben das nicht hinterfragt, sicher ist sicher. Wir waren in Sorge, verstehst du, und wir haben einiges herausgefunden. Zum Beispiel, dass beide keine Familienangehörigen mehr hatten und dass sie unter Betreuung standen. Dass sie einiges an Vermögen besaßen, jedenfalls im Vergleich zu dem Rest der Gruppe. Die allermeisten von uns sind Sozialhilfeempfänger«, erklärte er Wolle, der verstehend nickte. »Aber richtig stutzig wurden wir, als auf den Kontoauszügen von beiden ein Mitgliedsbeitrag auftauchte von einem Verein, der sich **Way to Life** nennt. Eine Onlineselbsthilfegruppe. Eigentlich nichts Verwerfliches, aber dieser hat ihnen beiden einen bestimmten Pflegedienst empfohlen, weswegen sie den auch engagiert hatten.«

»Moment mal!« Jetzt sprang Wolle auf, die Arme verschränkt. »Willst du damit sagen, die hat absichtlich jemand um die Ecke gebracht?«

»Das gibt es doch nicht!«, entfuhr es Erik.

»Oh ja. Die Kontoauszüge endeten ziemlich abrupt, kurz vor ihrem Tod wurden die Konten liquidiert und alle Vermögenswerte, was so ging, zusammengezogen. Nur, dass bei Testamentseröffnung von dem Geld nichts mehr da war. Aufgegangen in der Pflege, angeblich. Ha! Wir haben das mal durchgerechnet. Die hätten schon vergoldete Rollstühle haben und ständig Champagner und Kaviar futtern müssen, damit das alles aufgebraucht worden wäre.«

»Wenn das wahr wäre, dann wäre das ein Riesenskandal. Dann hätte da nicht nur eine Instanz gepennt. Normalerweise müssen ungeklärte Todesfälle untersucht werden, vom Amt allemal«, erklärte Wolle den beiden. Er tigerte mittlerweile unruhig im Wohnraum auf und ab. »Wart ihr damit bei der Polizei?«

Maik knurrte. Es klang abfällig. Dann schrieb er: »Mit all dem? Damit unser Kumpel wegen Hackerei im Knast landet? Nicht doch! Wer würde uns schon glauben? Das klingt völlig irre. Dafür halten uns die allermeisten doch. Für Bekloppte.«

»So leid mir das tut, aber er hat Recht, Wolle. Aber was wollt ihr, dass ich für euch tue? Du hast gesagt, du benötigst meine Hilfe. Wobei?«

»Na, ist das nicht offensichtlich? Du passt in ihr Opferprofil. Keine Angehörigen, einiges auf der hohen Kante und auf Pflege angewiesen… wir hatten gedacht, nun, dass du…«

»Seid ihr wahnsinnig?!«, fauchte Wolle los, so plötzlich, dass Erik zusammenzuckte. »Ihr wollt, dass Erik den Lockvogel für diese Typen spielt?! Also, jetzt seid ihr ehrlich bekloppt! Sorry, dass ich das als Arzt sagen muss.«

»Immerhin«, erwiderte Maik schlau, »stellst du nicht in Abrede, dass an unserer Geschichte etwas dran sein könnte. Ganz anders als die Polizei. Wir sind nur mit den oberflächlichen Fakten zu denen und wurden mit einem Kopfschütteln wieder weggeschickt. Virtuell, meine ich. Wir hatten gehofft… dass du, Erik, uns helfen kannst. Mit deinem Freundeskreis hier, so überwacht, wie du bist…«

»Das heißt, ihr wollt, dass ich mich in dieser Gruppe anmelde und mich dann überwachen lasse?«

»Erik…«, hob Wolle warnend an, doch der schüttelte den Kopf.

»Was bleibt ihnen anderes übrig? Ich gebe zu, so, wie du das darstellst, klingt das durchaus plausibel. Aber das sollte sich zunächst einmal ein Profi ansehen, jemand, der Ahnung von so etwas hat. Und da ihr nicht offiziell zur Polizei könnt, fällt mir eigentlich nur eine Person ein, die sich das einmal anschauen könnte.«

»Freya.« Das war für Wolle keine Frage. »Miss Special Victims Unit. Hm… das ist keine schlechte Idee. Die wird hier aufschlagen, und zwar eher früher als später, das möchte ich wetten. Sobald sie dich allein zufassen bekommt.« Wolle zwinkerte Erik zu, und der grinste.

Maiks Glieder zuckten, er war ziemlich aufgeregt. »Darauf hätten wir auch kommen können! Ja, lasst uns das tun.«

Diese Idee versetzte die Chatrunde in helle Aufregung. Diese fand auf Englisch statt, denn die Admins oder Gründer der Gruppe waren international. Nachdem Maik und Wolle fort waren und er nur noch Rosi als Gesellschaft hatte, die es sich vor dem Fernseher gemütlich gemacht hatte, stimmte Erik sich mit den anderen ab und ließ sich alles schicken. Dann tauchte er in die Welt der Akten ab. Sie waren wirklich, wirklich gründlich gewesen, konnte Erik sehen. Kontoauszüge, E-Mails, letztere allerdings nur von Daniel, denn an den anderen Rechner waren sie nicht mehr herangekommen. Klar, der war abgeschaltet worden, bevor sie ihn hatten hacken können. Erik las und las und las. Besonders stutzig wurde er, als er kurz vor Auflösen der Konten eine Krankmeldung des amtlichen Betreuers sah. Zufall? Oder hatte da jemand nachgeholfen? Jemand anderes hatte die Kontovollmachten bekommen. Nicht der Pfleger, sondern ein Dritter. Hm… er begann, sich im Geiste Fragen zu notieren.

Plötzlich stand Rosi neben ihm. Er war so vertieft gewesen, dass er sie gar nicht hatte kommen hören. »Und, Umzug in die obere Etage? Mal nachsehen, ob wir etwas wechseln müssen?«

»Okay… wie spät ist es denn? Oh, schon zehn Uhr? Ja, klar.« Er sicherte seinen Rechner. Diese Sachen waren so brisant, dass er nicht wollte, dass jemand Dritter diese sah, auch wenn er noch so nett wie Rosi war.

Vollzeitpflege war neu für Erik, und das sagte er Rosi auch. Sich anfassen, säubern und waschen zu lassen, das war im Krankenhaus immer eine Hauruckaktion gewesen, schnell gemacht, ein wenig Smalltalk, das war's. Doch hier, in seinem eigenen Heim, war dies eine ganz andere Sache. Sehr viel enger und… intimer. Er konnte ja nicht spüren, wenn er mal musste und sich einmachte, das merkte er nur am Geruch, aber dann war es schon zu spät. Das hasste er, doch es war nicht zu ändern vorerst.

Aber Rosi kannte das schon, und sie nahm ihm auch seine Scheu. »Wir gucken einfach, wie Sie sich einleben, mit dem Rhythmus, meine ich. Finden heraus, was Sie essenstechnisch am besten vertragen, und stellen Ihre Ernährung darauf ein. Dieser Krankenhausfraß ist ja nicht wirklich ein Maßstab, schon gar nicht diese Flüssignahrung, bäh! Ihre Freundin will kochen, hat sie gesagt.«

»Jaaa, da werde ich aufgehen wie ein Hefekloß, wie Hardi«, gluckste Erik und grinste. Sie lachte, und so verging diese Wasch- und Säuberungsaktion mit einer fröhlichen Unterhaltung über Leckereien, Kalorien und den vergeblichen Wunsch der meisten Leute, dauerhaft abzunehmen. »Klappt nicht«, sagte sie und tätschelte ihr eigenes Hinterteil, das nicht von schlechten Ausmaßen war. »Aber welcher Mann will schon einen Stock im Bett? Meiner nicht jedenfalls. So, fertig. Soll ich Ihnen den Bildschirm hierhin drehen?«

»Ja, noch ein wenig weiter… ja, so ist gut. Die Kamera muss mein Auge erfassen, und ich möchte nicht permanent zur Seite gucken. Prima, danke, Rosi.« Sie hängte noch eine Trinkflasche in Reichweite, sollte er nachts Durst bekommen, und den Alarmknopf, dann sagte sie gute Nacht und ließ ihn allein.

Er wartete, bis er sie oben nicht mehr rumoren hörte, dann schaltete er seinen Rechner wieder an. Er war müde, dieser Tag, die vielen Neuigkeiten und die Aufregung hatten ihn geschafft. Aber es überforderte ihn nicht mehr. In der Reha hatten sie ihn gut trainiert, sogar sehr gut, musste er zugeben. Aber übertreiben wollte er es auch nicht. Daher wollte er nur noch eine Nachricht abschicken, bevor er zu schlafen versuchte. In seinem Zuhause. Zuhause!

Kapitel 11

Mit gerunzelter Stirn saß Freya auf der Dachterrasse ihrer Ferienwohnung und las, was Tick ihr geschickt hatte. Drinnen hatte sie alle Fenster weit geöffnet, damit die Hitze des Tages aus dem stickigen Raum wich und sie wenigstens etwas schlafen konnte. Das Licht des Laptops reichte aus, dass sie kräftig von Mücken umschwirrt wurde, weshalb sie sich ein Zitronella-Licht unter den Tisch gestellt hatte und sich einnebeln ließ. Dennoch half es nur bedingt, und die Biester waren hartnäckig, allenthalben musste sie nach einigen schlagen. Denn sie vertrug keine Chemie auf ihrer Haut, keine Cremes, keine Mückenmittel oder Schminke, einfach nichts. Das war bei Sunny auch so gewesen.

Doch das tat Freya eher beiläufig, sie las konzentriert. Tobias Narsten, seit seiner Geburt gemeldet unter der Adresse Vogelsang 44. Keine Abmeldung, nichts. Genauso wie seine Schwester Nicole, ebenfalls seit der Geburt. Das Elternhaus, vermutlich. Die Eltern verstorben just in dem Moment, wo sie beide, kaum ein Jahr auseinander, volljährig geworden waren. Ein Überfall im Haus mit Todesfolge, Täter unbekannt. Die Geschwister angeblich auf einer Party gewesen, schrieb Tick, bestätigt von Zeugen. Allerdings dicht bei. Er hatte den Erbschein mitgeschickt, das Haus und ein bescheidenes Barvermögen, das war's. Hm, dachte Freya und las weiter.

Dann erstmal nichts Interessantes. Von der Schwester Einschreibung in der Uni, das Studium hatte sie jedoch schnell wieder abgebrochen, von ihm diverse Ausbildungen, die meisten wieder abgebrochen. Quer durch die Bank. Automechaniker. Verkäufer. Altenpfleger. Logistiker. Elektriker und noch ein paar andere. Das klang nicht nach stabilen Verhältnissen. Geschockt vom Tod der Eltern, oder steckte etwas anderes dahinter? Sie notierte sich die Frage nach den Schulzeugnissen. Wenn da vorher schon etwas gewesen war, müsste man das in den Zensuren sehen oder beim Jugendamt. Ein Antrag auf Sozialhilfe von beiden, der jedoch wegen des Grundbesitzes abgelehnt worden war. Dann nichts mehr. Keine offiziellen Einträge, bis er fünf Jahre später Christina Brokhaus heiratete. Eine Schauspielschülerin und Teilzeitmodel, ach, guck an, dachte Freya. Die Ehe war nie geschieden worden, und, was noch merkwürdiger war, Christina oder Chrissy hatte sich nie umgemeldet. Über ihre gesamten drei Ehen hinweg nicht. Davor… keine Einträge. Geburtsurkunden, Elternhaus, Werdegang, Fehlanzeige.

»Merkwürdig. Wo bist du denn so plötzlich hergekommen? Doch nicht vom Himmel gefallen!«, murmelte Freya und fand ihre eigene Meinung in Ticks Kommentar bestätigt. Der hatte Blut geleckt und würde jetzt richtig anfangen zu graben, schrieb er. Solche Ungereimtheiten gingen ihm gegen seine Fahnder-Ehre. Leider war diese Zeit noch genau vor dem Beginn von Social Media, weshalb wohl Papierarbeit gefragt war. Aber auch darin war Tick irre gut, wusste Freya.

Zur Schwester hatte er dagegen etwas gefunden. Die war zwar nicht mit ihrem Klarnamen im Netz unterwegs, aber einer ihrer Freunde hatte den gepostet, auf einem Konvent.

Die stand nämlich auf Material Arts und auf diese Rollenspiele, wo Horden von Verrückten sich durch die Wälder verfolgten und mit Pappschwertern aufeinander eindroschen. Nicole Narsten alias Nikki alias ***Soraya***, wie die letzte Königin von Persien.

»Wie nett«, kommentierte Freya, trank noch einen Schluck Tee und scrollte weiter, nur um gleich darauf den Tee im hohen Bogen wieder auszuspucken. Es kam ein Foto ins Bild, eine Gruppe von… tja, Fantasy Figuren? Diese Kostüme hatten etwas Surreales. Tick hatte die Schwester in einem Arwen Kostüm aus Herr der Ringe markiert. Das sah richtig gut aus, so mit Schwert und Pfeil und Bogen und geschminkt bis zum Abwinken. Doch das war es nicht, was Freya in den Bann zog. Es war die Frau oder besser das Mädchen daneben. Klein und zierlich, ganz anders als die große, kräftige Nikki. Das Mädchen trug ein Batmankostüm, das sie seltsam fehldimensioniert wirken ließ. Breite Schultern und der typische Brustpanzer, darunter aber eine derart schmale Taille, dass sie aussah, als würde sie beinahe durchbrechen. Wie auch das Gesicht, mager und sehr, sehr blass. Batmine auf Magersucht, durchfuhr es Freya. ***Nein, keine Katze, ein Panzer***!, hallte ihr das Gekreische der alten Frau, Gertrud, im Ohr. Konnte das ein Zufall sein? Spontan griff sie nach ihrem Handy und wollte Olsen anrufen, doch da brummte es und signalisierte eine reinkommende Nachricht.

Dort stand von Erik: <***Kannst du mich morgen Vormittag besuchen kommen? Ich will dich etwas fragen. Unter vier Augen***>

Freya las mit hochgezogenen Augenbrauen. Konnte das noch mehr ein Zufall sein? Sie drückte Eriks Nachricht mit einem knappen ***<OK, ich komme so gegen 9, alles klar?>*** weg, dann wählte sie Olsens Nummer.

Der war noch wach und ging sofort ran. »Ich glaube, ich habe etwas gefunden«, sagte Freya ohne Begrüßung und begann zu erklären.

Als Kommentar kam nur: »Ding Dong. Da klingelt es auch bei mir. Ich glaube nicht an Zufälle, du?« Längst waren sie beim Du angekommen, etwas anderes hätte gar keinen Sinn gemacht. »Wir haben da eine Zeugenaussage… ein Kumpel vom Bruder des Autoposers, der mit Erik Bahnstedt im Krankenhaus lag, erinnerst du dich an Murat? Der hat den Typ gesehen. Lass mich morgen in den Kontaktdaten schauen. Ich muss allerdings vormittags zum Gericht und habe erst mittags Zeit. Also, wenn du eher Zeit hast…«

Und wie, dachte Freya und legte auf. Sie wusste schon, auf welchem Wege sie sich die Nummer besorgen könnte. Sie lief nach drinnen, holte sich dessen Zeugenaussage. Das passte, fand sie.

Stirnrunzelnd las sie Ticks Dossier weiter. Die anderen… tja, Kämpfer, waren nur mit ihren Alias registriert. Batmine hieß ***Faye***, also Fee, und der Name passte irgendwie, fand sie. Sie nahm ihr Handy und schickte Tick eine Nachricht mit dem Foto: ***<Kannst du mir den Klarnamen von Faye besorgen, bitte. Sie passt zur Beschreibung des Fahrers, der den Transporter gefahren hat. Könnte sein, dass du mir gerade den Durchbruch verschafft hast. Danke!!!>***

<***Geht klar***>, kam gleich darauf zurück, und dann: <***Wann gehst du mit mir essen, Schatzi?***>

<***Wenn ich hier fertig bin. Dauert noch***>, schrieb sie und unterdrückte ein Schaudern. Denn Tick war der Klassiker des typischen Nerds. Fett, ungepflegt und mit langen Haaren. Da las sie doch lieber weiter seinen Salmon, den Gedanken weit von sich schiebend.

Pünktlich um 9 Uhr klopfte sie an die Tür von Eriks Häuschen. Sie war noch nie hier gewesen, hatte sich die Adresse von Olsen geben lassen. Ein tolles kleines Altstadthaus, mit Rosenstöcken vor der Tür, die immer noch am Blühen waren, und einem Torgang mit Auffahrrampe für den Rollstuhl. Hatte bestimmt ne ganze Stange Geld gekostet, das zu restaurieren, dachte sie, an Olsens Bericht denkend. Denn Erik hatte gerade mal ein paar Tage hier drin gewohnt, bevor der Unfall geschehen war. Wie bitter das sein musste!

Eine rundliche ältere Frau mit hochgesteckten grauen Haaren machte ihr auf. »Kommen Sie rein, Frau von Sievers. Erik erwartet Sie schon. Ich bin Rosi, ein Teil der Pflegemannschaft, die sich um Erik kümmert.« Sie trat zurück und ließ Freya ein. Die entdeckte Erik sofort. Er stand mit seinem Rollstuhl im Garten, Wolle neben sich und auch Timo. Nanu?, fragte sich Freya. Hatte er nicht mit ihr allein sprechen wollen? Es sah aus, als wären die drei heftig am Diskutieren, denn sie hatten Freyas Ankunft noch nicht bemerkt.

Rosi nahm sich ihre Tasche und Jacke von einem Haken an der Garderobenwand. »Ich werde jetzt gehen. Nachher kommt mein Kollege und übernimmt. Falls was ist, meine

Nummer steht auf dem Schichtplan. Das wissen die Herren Doktoren aber auch«, zwinkerte sie und schlüpfte aus der Tür.

So allein gelassen sah Freya sich erst einmal um. Hübsch, fand sie. Eine genau richtige Mischung zwischen Modernität und der alten, urigen Gemütlichkeit getroffen. Die Küche war toll, alles hochmodern. Der Terrazzoboden und die Holzbalken setzten den Kontrapunkt dazu, ohne fehl am Platze zu wirken, genauso wie das große Ecksofa und der stylische Tisch aus hochwertigem Holz. Sie liebte es, in Häuser zu gehen und zu gucken, wie Leute diese einrichteten. Weil sie selber sich das nie getraut hatte. Ihre Wohnung sah immer noch aus, als wäre sie gerade eingezogen. Karg, kaum ein Gegenstand. Winzig. Wie ihr gesamtes bisheriges Leben. Sunny hatte es genauso gehalten. Bloß nichts anschaffen, was andere einem wieder wegnehmen konnten!

Langsam ging Freya nach hinten. Der Garten war genauso hübsch angelegt, Hochbeete an den Wänden, ein Springbrunnen in der Mitte mit einem kleine, pinkelnden… uih. Sie musste grinsen und verbarg das gerade noch rechtzeitig hinter ihrer Hand, denn jetzt sah Wolle auf und hatte sie entdeckt. Er sprang auf. »Oh, hallo. Wir haben dich gar nicht kommen hören.«

»Hi.« Sie kam aus der Tür und umrundete den Rollstuhl, den Erik nicht so schnell gewendet bekam, sondern nur vergeblich versuchte, den Kopf weit genug herumzudrehen, dass er sie sehen konnte. »Wie geht es denn so?« Sie setzte sich auf den Stuhl, den Wolle ihr herangeholt hatte.

»Besser«, sagte er und hörte sich auch so an. Aber die blauen Augen betrachteten sie forschend, genauso wie die seiner Freunde. Freya wusste, sie sah müde aus. Hatte nicht gut geschlafen in der Nacht. Zu warm, zu viele Gedanken, die in ihrem Kopf kreisten.

»Du wolltest mich sprechen, hast du geschrieben. Allein.« Bei den Worten schaute sie zu Wolle und Timo.

Erik schnaubte. »Meine Torwächter lassen sich nicht wegschicken. Also eher nicht.«

Wolle setzte sich knurrend bei diesen Worten, während Timo die Augenbrauen hochzog. Freya beschloss, die Initiative zu ergreifen. »Nun, da ich schon mal hier bin, möchte ich dich – nein, euch – etwas fragen. Schaut mal.« Sie griff in die Handtasche und holte ihr Handy hervor. Sie hatte noch in der Nacht einige Screenshots gefertigt, sodass sie diese in der Fotogalerie hatte, ohne dass die Betrachter die dazugehörigen Akten sahen. Besser war das. Sie rief die Fotosequenz auf und hielt Erik das Handy hin.

Seine beiden Freunde standen auf und schauten ihm über die Schulter. »Wow, wer ist das? Sieht aus wie diese Tussi aus dem Herrn der Ringe«, kam es von Timo.

»Arwen, du ungebildeter Klotz!«, schnaubte Wolle. »Wer soll das sein?« Er sah Freya an, doch sie antwortete nicht, drehte das Handy um und scrollte zum nächsten Bild.

»So sieht sie in Natura aus. Schon mal gesehen?«

»Nö.« Alle drei schüttelten die Köpfe.

»Okay. Und was ist mit der hier?« Sie zeigte ihnen Faye. Oder besser, Julia Schuster, wie sie in reellem Leben hieß.

»Nein.« Auch das kam von allen dreien.

Freya hatte nichts anderes erwartet. Sie drehte das Handy wieder um und scrollte zum nächsten Foto. »Aber den hier, den kennt ihr, oder?« Es war ein diesmal etwas unscharfes Foto, aus der offiziellen Fahndung. Der Mann darauf trug ein Sakko und Schlips, vermutlich auf einer Feier aufgenommen.

»Oh ja«, kam es wie geschossen von Timo, »das ist der Mann von deiner Ex, Erik. Ich habe mal sein Bild gesehen. Was haben die anderen beiden mit ihm zu tun?« Das war ihm sofort klar, denn sonst hätte Freya ihnen die niemals zusammen gezeigt.

»Arwen ist seine Schwester Nicole. Und die Kleine ist ihre Freundin – Gerüchten nach auch Lebensgefährtin – Julia. Bei den Befragungen ringsum die Unfallstätte haben wir zwei Zeugen aufgetrieben, die uns Hinweise gegeben haben, sehr merkwürdige, sehr zusammenhangslose Hinweise. Der eine war der Kumpel von Murats Bruder, erinnerst du dich, Erik? Der an dem Abend auf der Kreuzung dabei war. Er sagte, dass der Fahrer des Transporters seltsam wirkte, irgendwie dürr und gleichzeitig klotzig. Und ich habe vor ein paar Wochen eine alte Dame in einem Altenheim nahe der Kreuzung befragt, die sagte, sie hätte Batmine durch die Hinterhöfe rennen gesehen. Das habe ich erst nicht so…«

»Moment mal!«, wurde sie von Timo unterbrochen. Er schnappte sich das Handy, scrollte. »Ach du Scheiße!« Er sah auf, die Augenbrauen zornig zusammengezogen. »Willst du damit etwa sagen, dass Chrissy hinter dem Anschlag steckt?!«

»Waas?!«, kam es von Erik und Wolle, die förmlich den Mund aufsperrten.

»Das wissen wir noch nicht, aber dies ist die erste wirkliche Spur, die sich ergeben hat. Alles, was wir in Richtung Müllmafia nachgeforscht hatten, ist im Sande verlaufen. Ich hatte das Gebrabbel der alten Frau erst nicht so ernst genommen, denn die ist schon ziemlich wirr, aber ihre Freundin, die übrigens eine ehemalige Lehrerin von mir ist und noch sehr klar im Kopf, meinte, dass sie seit dem Abend des Unfalls immer wieder von dieser Batmine erzählte. Und schaut euch mal die Ganzkörperaufnahme von dieser Julia an. Klotzig und dürr, hat der Kumpel von Murats Bruder gesagt, das beschreibt es ganz gut. Wenn die das Kostüm am Steuer getragen hat und eine weite Jacke oder Umhang darüber, um wie ein Mann zu wirken, könnte das passen.«

»Wenn Blicke töten könnten«, murmelte Erik. Er unterdrückte ein Schaudern. Auf die fragenden Blicke der anderen sagte er: »So hat sie mich angesehen, damals, als die Polizei sie vom Gericht abführte. Wir saßen draußen auf den Stufen vom Rathaus, Hardi und ich. Sie hätte mich am liebsten umgebracht. Oh Mann!«

»Ich habe das Bild an den Kumpel von Murats Bruder geschickt. Er sagt, die Form kommt hin, wenn er auch nicht das Gesicht gesehen hat. Hinzu kommt«, Freya griff wieder in die Tasche und holte einen Schnellhefter heraus, »dass das Haus, unter dem alle vier gemeldet sind und das für die Begleichung deines Schadens zwangsversteigert worden ist, seit mindestens zehn Jahren nicht mehr bewohnt worden ist. Seht mal hier, das sind die Bilder, die mir der Immobilienmakler geschickt hat.«

Sie gab Timo die Mappe, die er für Erik hielt und durchblätterte. »Oh ja, zehn oder sogar mehr, würde ich sagen, und davor war das auch kein Palast, sondern eher eine schimmelige Bruchbude«, meinte Erik. Wenn einer einen Blick dafür hatte, dann er. Schließlich kannte er sich mit Abrisshäusern aus. »Das Haus wird nicht mehr viel eingebracht haben. Das Grundstück aber schon. Die Lage ist gut.«

»Ganz genau. Der Makler sagte mir heute Morgen, dass das Einzige, was an dem Haus noch funktionierte, der Briefkasten gewesen sei. Gut geölt. Das heißt, die haben sich ihre Post dort zustellen lassen. Die Namen standen dran, unter anderem. Es waren sechs Schilder, sagte er, mit Firmen- und Privatnamen. Aber gewohnt haben die seit einer halben Ewigkeit dort nicht mehr. Deine Ex, Erik, hat übrigens bis zu ihrer Heirat mit Tobias Narsten nicht existiert. Der Name Christina Brokhaus ist ein Fake. Es gibt keine Frau, die offiziell so heißt.«

»Verflucht nochmal!« Timo blies die Wangen auf. »Wir waren wohl nicht gründlich genug.«

»Wer konnte *das* denn ahnen?«, wandte Wolle ein.

»Niemand«, sagte Freya knapp. »Das war gut versteckt. Olsen setzt jetzt die Maschinerie in Bewegung und fängt an zu graben. Meine Kollegen im anderen Revier tun das auch, die IT dort ist wesentlich besser aufgestellt als hier im Revier. Wir werden die schon finden, denn jetzt geht der Verdacht auf Mord und versuchten Mord und nicht nur Betrug. Dass Christina immer noch im Gefängnis ist, erleichtert die Sache. Ich selber will mir die Schulakten von den Geschwistern anschauen. Auch vom Jugendamt, wenn es denn etwas gibt. Da kommt mir etwas sehr merkwürdig vor. Die Eltern sind just in dem Moment gestorben, als die Schwester achtzehn wurde. Zu viel Zufall auf einmal, finde ich. Außerdem will ich mit Olsen ins Gefängnis fahren und Christina vernehmen.«

»Herrje, das klingt nach viel Arbeit«, sagte Erik. »Dann komme ich – wir – mit unserem Anliegen ziemlich ungelegen.«

»Warum? Was wollt ihr, das ich tue?«, fragte Freya und merkte auf. Die drei wechselten einen Blick.

Schließlich nickte Erik. »Wenn Olsen jetzt übernimmt, hast du vielleicht einmal Zeit, dir etwas anzuschauen?«

»Erik hat seit seinem Unfall ein paar sehr spezielle Freunde im Netz. Vollständig Gelähmte wie er, eine eigens von ihnen gegründete Gruppe. Die haben in der letzten Zeit ein paar Mitglieder verloren und meinen herausgefunden zu haben, dass es dort nicht mit rechten Dingen zugegangen ist«, erklärte Timo. Er hob auf Freyas hochgezogene Augenbrauen die Hände. »So als Anwalt, nach oberflächlicher Betrachtung der Fakten, könnte da etwas dran sein. Kann, muss aber nicht. Daher wollen sie, dass du dir das einmal ansiehst.«

Und warum spielt ihr beide euch als Wächter auf?, fragte sich Freya, sagte das aber nicht laut. »Nun, ich kann ja mal einen Blick darauf werfen…«, sagte sie zögerlich.

»Aber nicht hier draußen«, bestimmte Erik. »Drinnen ist das Licht besser, und ich kann das auf den Fernseher legen. Dann braucht ihr nicht auf den kleinen Bildschirm zu starren.«

Bald darauf saßen sie auf dem Sofa, jeder einen Latte Macchiato in der Hand – praktisch, so ein Vollautomat, fand Freya – und sahen auf die Daten und Fakten, die Erik nach und nach aufrief.

»Das ist gehackt worden«, erkannte sie gleich. Da waren hochsensible Daten dabei, Kontoauszüge, Krankendaten und vieles mehr.

»Anzunehmen«, stimmte Timo zu. »Erik lässt sich nicht aus der Nase ziehen, wo er das her hat. Sein Kumpel Maik hat es ihm geschickt, aber wer von der Combo sich da verlustiert hat, dazu schweigen beide.«

»Das ist wohl auch besser so. Offiziell dürfte ich das gar nicht sehen und ihr auch nicht. Ich könnte es allenfalls als anonymen Tipp behandeln. Aber ich muss ihnen recht geben. Nur mit den offiziellen Daten hätte ich dafür keinen Finger gerührt. Aber mit dem gehackten Zeug, das macht mich stutzig. Was wollt ihr denn, das ich tue?«, fragte sie Erik.

Er kniff die Lippen zusammen, und die anderen beiden schüttelten die Köpfe. »Nicht du, sondern ich«, sagte er.

»Wie, du?«

»Diese Spinner – sorry, Erik«, sagte Wolle rasch, denn der hatte die Stirn gerunzelt, »haben sich in den Kopf gesetzt, dass Erik der Selbsthilfegruppe beitritt. Und diesen Pflegedienst akquiriert.«

»Wa…waas?! Du sollst den Lockvogel für sie spielen?!« Freya stand wirklich der Mund offen. Da saß Erik hier, nicht einmal ansatzweise genesen von den schlimmsten Verletzungen, die ein Mensch haben konnte, und wollte so etwas auf sich nehmen? »Du bist verrückt! Was, wenn da etwas dran ist?!«

»Mein Reden«, kam es von Wolle.

Timo dagegen hatte eher die Analystenbrille aufgesetzt. »Das könnte ein Weg sein, das nachzuweisen und der Täter habhaft zu werden.«

»Genau das finde ich auch«, sagte Erik, Freya genau beobachtend. Sie war blass geworden, und zwar sehr. Das wunderte ihn etwas, aber er fragte nicht nach. »Ihnen glaubt doch keiner. Welche Möglichkeit gibt es denn sonst, ihrer habhaft zu werden? Wer weiß, vielleicht gibt es noch mehr Opfer oder ein nächstes ist bereits… in Arbeit. Bist du nicht für spezielle Gewaltopfer zuständig? Das wären die ja, wenn das wahr wäre.«

»Eine Art zweiter Nils Högel Fall«, murmelte Freya und hob auf ihre fragenden Blicke die Schultern. »Erinnert ihr euch an den Krankenpfleger, der reihenweise Leute umgebracht hat? Er spritzte ihnen Mittel, die zum Herzstillstand führten, und reanimierte sie dann. Er fand das irgendwie cool, als Held dazustehen. Es hat Jahre gedauert, ihm auf die Schliche zu kommen, und noch immer hat man nicht alle Opfer identifiziert.« Ihr Ausbilder hatte damals daran mitgearbeitet, das aufzudecken, daher kannte sie den Fall gut.

Sie überlegte, mit Anspannung beobachtet von den anderen. »Bevor du so etwas in Erwägung ziehst, lass mich ein wenig stöbern, ja? Ich habe Kontakt zu jemandem, der mit Vorliebe nach solch versteckten Informationen gräbt. Vor allem nach dieser Selbsthilfegruppe und dem Pflegedienst. Unternimm um Himmels Willen nichts Eigenes! Versprich es mir! Wenn sich herausstellt, dass da etwas dran ist, sehen wir weiter. Aber bis dahin halte die Füße still, ja? Und kein Wort zu deinen Chatfreunden!« Freya sah Erik eindringlich an.

Er hätte versinken mögen in diesen Augen, die ihn so sehr an Sunny erinnerten, obschon er sie noch nie so fröhlich wie Sunnys hatte funkeln sehen. Statt einer Antwort brachte er nur ein hartes Schlucken und ein Nicken zustande.

»Puh!«, machte Wolle und wischte sich angedeutet die Stirn. »Ich hatte gedacht, dass keiner ihn mehr zur Vernunft bringen kann.«

»Kann ich mitstöbern?«, fragte Timo. Er scharrte schon mit den Füßen.

»Hmm…« Freya hob die Schultern. »Du bist doch Anwalt für Immobilienrecht, nicht? Du hast Zugang zu Grundbuchämtern, Vereinsregistern, solcherart Dinge, wo wir von der Polizei erst einmal ellenlange Anträge schreiben müssen. Guck doch, was du herausbekommen kannst. Aber dann bitte auch zu dem Grundstück von Eriks Ex. Eine Hand wäscht die andere, heißt es nicht so schön?« Jetzt lächelte sie fein und sah damit Sunny ähnlicher denn je.

Den Freunden wurde ganz anders, besonders Erik. »Okay…«, kam es von Timo.

»Gut. Ich werde mir jetzt ein paar Notizen machen, auf meinem Block. So, als hätte ich einen Anruf erhalten. Keine Dateien von euch auf meinen Geräten, keine Chats oder E-Mails. Sonst kann im Fall der Fälle ein ganzer Prozess platzen, wenn die nachweisen, dass nicht sauber gearbeitet worden ist. Klar?« Das Lächeln war verschwunden. Jetzt saß wieder die Polizistin vor ihnen.

»Klar«, kam es von den Freunden.

Ihnen hatte es wohl die Sprache verschlagen, wunderte sich Freya, doch sie sagte nichts dazu, sondern trieb sie mit Fragen und machte sich Notizen. Schließlich klappte sie den Block zu und steckte ihn ein. »Ich komme heute Abend wieder und schaue, was ich bis dahin herausbekommen kann, okay?« Sie stand auf. »Du solltest das vor dem Zugriff Dritter sichern. Nicht, dass jemand an deinen Rechner geht«, sagte sie zu Erik.

»Keine Sorge, das habe ich. Mein Rechner hat einen Retinascanner als Zugang und noch ein zusätzliches Passwort, dass ich eingerichtet habe.« Maik hatte ihm das empfohlen. Nicht, dass jemand ihn ausknockte und dann den Rechner einfach vor sein Auge hielt, hatte sein Freund gesagt und das völlig ernst gemeint. Sie waren halt vollkommen hilflos, zumindest körperlich.

»Ich bringe dich zur Tür«, sagte Timo und wollte sie wieder beim Arm nehmen, aber das umging Freya, indem sie sich einfach umdrehte und zur Tür marschierte.

Kaum war die Tür hinter ihr zu, entfuhr es Wolle: »Wow. Die ist echt tough.«

»Findest du?«, fragte Timo und lehnte sich an die geschlossene Eingangstür. »Ich finde, sie ist eher schroff. Richtig unnahbar.«

»Sie ist wie Sunny«, kam es von Erik.

»Hä?!«, machten beide Freunde. »Nee, Kumpel, da irrst du dich«, sagte Wolle. Das konnte nicht sein. Nicht die fröhliche, stets vor lauter Energie überschäumende Sunny.

»Das tue ich nicht. Beide haben einen unsichtbaren Schutzschild um sich herum«, erwiderte Erik. »Sunny mit ihren Klamotten, und Freya mit ihrem Gehabe. Komm mir bloß nicht zu nahe!, das haben Sunnys Klamotten förmlich geschrien, auf gewisse Weise auch ihr aufgedrehtes Verhalten. Freya tut das eher mit ihrer barschen Reaktion. Hast du es nicht gemerkt?«, fragte er Timo.

»Oh doch. Ja, habe ich. Die lässt sich nicht anfassen. War bei Sunny auch so«, musste Timo zugeben. »Warum das wohl so ist? Was wissen wir eigentlich über die beiden?«

»Nichts«, antworteten Erik und Wolle wie aus einem Mund. »Merkwürdig, nicht?«

»Also fange ich mal an zu stöbern?«, fragte Timo und wackelte mit den Augenbrauen. Die Freunde grinsten nur.

Tröpfchenweise trafen die Informationen bei ihnen ein. Freya bekam im Revier einen Schreibtisch zugewiesen und zog mit ihren Unterlagen komplett um. Ihr Ferienappartement war für größere Aktionen zu klein, musste sie zugeben.

»Es gibt Jugendakten zu allen drei«, berichtete Olsen. »Die Geschwister sind immer mal wieder ins Heim gekommen, Verdacht auf Misshandlung. Man hat sie aber stets nach ein paar Wochen oder Monaten wieder zu ihren Eltern zurückgeschickt. In der Zeit haben sie vermutlich Julia kennengelernt, sie war im selben Heim, aber als Dauergast. Und guck mal hier.« Er schob Freya einen Ausdruck rüber. Es war ein

Klassenfoto, aus einem älteren Jahrgang. Abiturklasse oder kurz davor. Sie fand die drei Verdächtigen sofort, sie standen dicht beieinander, und noch jemanden sah sie dort. Denn Tobias hatte einem anderen Mädchen den Arm um die Schultern gelegt.

»Ach guck«, sagte Freya. »Da ist sie ja.«

»Ganz genau, nur dass sie damals noch nicht Christina Brokhaus hieß, sondern Clara Bramme. CB«, sagte Olsen. »Die scheinen sich während ihrer Heimzeit miteinander angefreundet zu haben, denn auch Clara war dort teilweise untergebracht. Ihre Akten lesen sich wie der Klassiker einer typischen Missbrauchskarriere. Aber das kannst du vermutlich besser beurteilen als ich. Alkoholsüchtige Eltern, Schläge, sexuelle Gewalt. Gegen die Kinder, teilweise auch gegen die Mütter, die aber immer wieder zu ihren Ehemännern zurückkehrten. Und dann ging es wieder von vorne los. Dagegen sind ihre Zeugnisse überraschend gut, sogar überdurchschnittlich gut. Die sind schlau, alle vier. Regulär gearbeitet hat aber keiner von ihnen Abseiten diverser abgebrochener Ausbildungen. Es gibt danach keine Einzahlungen in die Sozialkassen, nichts. Nicht mal krankenversichert sind sie. Man könnte sagen, vom gesetzlichen Träger her sind sie nicht existent. Aber irgend wovon müssen sie ja leben.«

»Oh ja«, sagte Freya nach einem tiefen Lufttholen, die Augen auf der Akte. Das erinnerte sie schmerzhaft an ihre eigene und Sunnys. »Betrug. Aber reicht das, was Christina alias Clara ergaunert hat mit ihren Scheidungen zum Leben für alle vier?« Sie sah auf.

Olsen hob die Schultern. »Kommt darauf an, wie sparsam sie sind. Bei dem zweiten Ehemann hat sie sich mit ein paar Zehntausendern abspeisen lassen, da waren mehr Schulden vorhanden als Guthaben. Das Haus wurde zwangsversteigert. Der dritte war dann schon lukrativer. Da war die Summe schon sechsstellig. Aber bei Erik hätte sie sehr viel höher werden können. Die Männer haben einfach immer wieder denselben Fehler gemacht: Sie haben bei ihrer Heirat keine Gütertrennung vereinbart. Daher wurde alles geteilt. Sie ist dabei immer nach demselben Muster vorgegangen, hat Vorwürfe gegen den Mann erhoben, sie geschlagen zu haben et cetera. Weshalb sie den Großteil zugesprochen bekommen hat. Bei Erik allerdings ging die Rechnung dann nicht mehr auf, und das lag an Timo Lanzen. Der ist gut, wirklich gut, wie ein Maulwurf hat er nachgeforscht und das alles zutage gefördert. Als das herauskam, hat sie Eriks Sachen zerstört. Seine Persönlichen, meine ich. Familienfotos, alles, was von seinem Leben noch übrig war. Sie wollte ihn fertig machen, und seine Freunde haben mir gesagt, in Teilen sei ihr das auch gelungen. Er war danach nicht mehr der Alte.«

Und hat es damit irgendwie geschafft, Sunnys Barrieren zu überwinden, begriff Freya. Denn beim alten Erik hätten sich Sunny alle Stacheln aufgestellt. Wie Freya jetzt noch. Sie seufzte. »Wenn die wirklich sparsam wären, dann würden sie noch in der Bruchbude hausen. Nein, die haben sich längst einen anderen Zufluchtsort gesucht, und ich könnte wetten, dass Christina nicht als einzige dabei ist, Geld heranzuschaffen. Außerdem denke ich, dass man sich den Tod der Eltern von Tobias und Nicole nochmal anschauen sollte. Wie ungeheuer praktisch, dass sie gerade volljährig geworden waren und somit nicht mehr unter der Aufsicht der Ämter standen, nicht?«

»Ding Dong«, kommentierte Olsen trocken. »Ich finde, wir sollten mal ins Gefängnis fahren und einer gewissen Person einen Besuch abstatten.«

»Und zwar so schnell wie möglich«, stimmte Freya zu.

Auf die Grundbuchämter und Vereinsregister konnte er seine Mitarbeiter ansetzen, das war leicht. Aber wie kam man an Daten einer Polizistin und einer Journalistin heran? Timo musste sich gehörig etwas einfallen lassen. Bei Sunny war das etwas leichter, denn sie hatte in ihrer Stadt studiert, und er kannte den Verwaltungschef der Uni und Karl, den Chefredakteur, natürlich auch. Ersteren rief er einfach an unter dem Vorwand, dass Erik Sunnys Verwandte sprechen wollte. Ob er Sunnys letzte Meldeadresse vor dem Studium in den Akten hätte? Die gab er dann in Google ein und landete bei einem Frauenhaus. Sieh einer an, dachte er. Da war für ihn natürlich Schluss, denn diese Daten waren gut geschützt. Aber er wusste schon, wen er fragen konnte, um etwas mehr über die beiden Schwestern zu erfahren.

Die alte Dame freute sich über jeden Besuch, wie sie lachend sagte, nachdem Timo sich vorgestellt hatte. Es war ihm nicht schwergefallen, das Altenheim ausfindig zu machen und herauszufinden, wer da immer wieder von Batmine erzählte. Zu Frau Wagner war es dann nur noch ein kleiner Schritt gewesen.

»Ach, ja, Freya«, seufzte sie und starrte einen Moment in die Ferne. Dann schaute sie Timo wieder an, sehr traurig. »Ich hatte beide in meinen Klassen, Freya und Sonja, letztere aber nur kurz. Sie sind Halbschwestern, wussten Sie das?« Auf Timos Kopfschütteln fuhr sie fort: »Wir Lehrer haben natürlich ein wenig zu ihrem Hintergrund genannt bekommen. Die Schwestern sind aus ziemlich prekären Verhältnissen in ein Frauenhaus geflüchtet. Wir sollten sie im Auge behalten und fördern, wo es nur ging. Sie können sich vorstellen, dass die anderen Mitschüler sehr schnell mitbekommen haben, dass etwas bei den beiden nicht stimmt. Das ging schon bei den Klamotten los, alles gebrauchte, zu kleine Sachen. Wir haben versucht, sie so gut es ging vor dem Mobbing zu schützen, aber Sie wissen ja, wie das ist.« Sie seufzte wieder.

Timo sagte nichts, wartete. »Nun, Freya hat sich möglichst unsichtbar gemacht und ist allen aus dem Weg gegangen, außer im Unterricht, da war sie über alle Maßen strebsam. Sie wollte unbedingt ein gutes Abitur machen und danach zur Polizei, hat sie mir mal anvertraut, und das ist ihr gelungen. Sonja dagegen… oh je. Die war eine ganz andere Nummer. Verhaltensauffällig, hat ihre Mitschüler verprügelt, wenn die sie gemobbt haben. Sie hat sich nichts, aber auch gar nichts gefallen lassen. Es gab Verweise, Strafmaßnahmen. Sonja hat dann mit sechzehn die Schule abgebrochen, ist aus dem Heim davongelaufen. Hat eine Zeit lang als Punkerin auf der Straße gelebt, soweit wir das mitbekommen haben. Ist natürlich auch mit der Polizei aneinandergeraten. Dass sie nicht in die Drogensucht abgerutscht ist, das kommt mir heute noch wie ein Wunder vor. Aber es war wohl Freya, die sie immer wieder aufgefangen hat. Sie ist ein gutes Kind, Freya, meine ich. Sehr stark. Kein Wunder bei dem, was sie tut. So, wie sie diesen Beruf angestrebt hat, von Anfang an, könnte ich mir vorstellen, dass sie alles versucht, um solchen Leuten wie ihren eigenen Eltern das Handwerk zu legen. Das ist aber nur eine Vermutung. Gesprochen hat sie über die Vorfälle in ihrer Kindheit nie. Ich weiß, dass sie psychologisch betreut worden ist am Anfang, doch das hat sie abgebrochen. Aber man läuft ja nicht umsonst von Zuhause fort und bringt sich und seine kleine Schwester in ein Frauenhaus in Sicherheit, nicht?«

Himmel, dachte Timo immer wieder, als er zu Fuß durch die Stadt lief, auf direktem Weg zu Erik.

»Meine Güte, was ist denn mit dir los?«, fragte Erik, als Timo hereinkam. Sein Freund war ziemlich blass, beinahe grün im Gesicht, und das sollte schon was heißen, denn im Sommer war Timo für gewöhnlich braungebrannt wie ein Südeuropäer.

»Mannomann, Erik, du glaubst es nicht!« Er ließ sich aufs Sofa fallen und erzählte.

Da wurde auch Erik sehr, sehr blass, als er von Timos neuesten Erkenntnissen erfuhr. »Und da wundern wir uns… oh Gott. Ich hatte irgendwie den Eindruck, als müsste Sunny sich überwinden. Am Anfang, meine ich. Himmel.« Vor dem Hintergrund bekam Sunnys Verhalten eine ganz andere Bedeutung. Wie sie gekämpft hatte! Gegen die Schatten ihrer Vergangenheit, jetzt verstand Erik ihre Reaktion. Und er hatte dagelegen und noch Scherze darüber gemacht, sich sogar vor ihr präsentiert! Kein Wunder, dass sie völlig entsetzt gewesen und geflüchtet war! »Hätte ich das gewusst, ich hätte sie niemals angerührt. Nie!«, krächzte er und merkte, wie ihm eine Träne aus den Augenwinkeln lief. Hastig wischte er sie mit seiner Schulter fort. »Ich hätte viel zu viel Angst gehabt, ihr wehzutun. Himmel!«

»Wer konnte das denn ahnen?«, sagte Timo dünn und rieb sich das Gesicht.

Sie hielten Krisensitzung, mit allen Freunden am späten Nachmittag nach der Arbeit. Marita fing an zu weinen, als sie davon erfuhr, und auch Hardi und Wolle haute es förmlich aus den Socken. »Du lieber Himmel«, stöhnte Wolle. »Da kommt man sich vor wie der letzte Idiot. Woher hätten wir das denn wissen sollen?!«

»Wir konnten es nicht wissen, und es ist auch noch nicht klar, ob wir recht haben, also seid lieber vorsichtig mit euren Spekulationen. Aber ich gebe euch recht, es deutet alles in die Richtung«, sagte Marita, den Kopf an Hardis Schulter. »Und mal ehrlich, sie hätte auch nicht gewollt, dass wir mit ihr anders umgingen. Ich glaube, sie fand es cool, dass sie mit uns einfach so abfeiern konnte, ohne Gefahr zu laufen… es waren ja immer genügend andere Frauen um euch herum. Da fiel sie jedes Mal hinten runter mit ihren schrillen Klamotten und dem aufgedrehten Gehabe. Was die Zweisamkeit anging, meine ich. So konntet ihr einfach nur ihre Freunde sein. Spaß haben, mit euch feiern, euch bei sich übernachten zu lassen, ohne Angst haben zu müssen, dass etwas passiert. Es macht Sinn, finde ich.«

»Etwas Ähnliches hat sie mir damals auch gesagt«, murmelte Erik getroffen.

»Ihr wart eine sichere Zone, und sie hat dieses Leben genossen, war mein Eindruck. Nur hat Erik das irgendwie durchbrochen, wie auch immer dir das gelungen ist, du Schlingel!«, fügte sie mit einem verweinten Lächeln und erhobenem Zeigefinger hinzu, worauf er traurig grinste.

»Ich wette, das fragt sich Freya auch. Und sie wird Erik nur löchern, wenn er wirklich allein ist«, sagte Timo. Sie wechselten einen Blick.

»Mal ehrlich, es wäre ihr gegenüber unfair, sie jetzt irgendwie… nun ja, in Watte zu packen oder sie damit zu konfrontieren«, sagte Wolle. Er war ein wenig schockiert, dass er bereits genau das gedacht hatte, als sie sich kennengelernt hatten. »Das würde sie nicht wollen. Also lassen wir sie in Ruhe, klar? Auch heute Abend. Und behandeln sie ansonsten ganz normal. Sonst merkt sie gleich, dass etwas nicht stimmt. Mach mit deinen Recherchen weiter, Timo, und lass sie auf Erik zukommen. Alles andere würde dazu führen, dass sie sich zurückzieht. Und damit hätten wir, Erik vor allem, die Chance vertan, jemals etwas über Sunny zu erfahren.«

»Über unsere Sunny«, stellte Marita mit Nachdruck klar.

»Ja. Unsere Sunny«, sagte Erik und musste die Augen zusammenkneifen.

Stumm saß Freya neben Olsen im Dienstwagen und ließ sich von ihm zurück in die kleine Stadt fahren. Ihr Besuch in der JVA war ergebnislos verlaufen. Christina schwieg, nicht die kleinste Regung hatte Freya bei ihr entdecken können, als sie sie zu ihrem Ehemann und dessen Schwester und Freundin befragten. Olsen hatte die strikte Überwachung bei der Staatsanwaltschaft beantragt, Sperre aller Telefonate und E-Mails und Überwachung des Anwalts. Nicht, dass es der Frau noch gelang, ihre Mitstreiter zu warnen! Dazu hatte er sich gleich einen richterlichen Beschluss organisiert, wie auch immer er das so schnell hinbekommen hatte. Denn die JVA war eine für leichte Straftäter, maximale Einsitzzeit drei Jahre. Betrüger wie Christina. Nur, dass daraus jetzt ein Mordverdacht geworden war, und deshalb wurden ihre Haftbedingungen verschärft.

»Mal ehrlich, das war zu erwarten gewesen. Die Frau ist echt eiskalt«, sagte Olsen, während er den Wagen durch den dichten Verkehr lenkte. »Wie die einen Typen wie Erik Bahnstedt hereinlegen konnte, ist mir ein Rätsel. Der ist doch nicht doof und eher ein Siegertyp.«

»Schauspielerin«, erwiderte Freya prompt. »Das hat sie gelernt. Und mal ehrlich, die meisten Männer denken doch nur mit ihrem Schwanz. Nicht persönlich nehmen«, fügte sie rasch hinzu.

»Jaja«, winkte Olsen ab und grinste. »Kann schon sein. Die ist wirklich ein Rasseweib, selbst jetzt noch. Wenn die draußen ist, macht sie so weiter, wie sie aufgehört hat. Das müssen wir unbedingt verhindern.«

»Träum weiter«, schnaubte Freya. Was die deutsche Justiz anging, machte sie sich keine Illusionen. Viel zu lasch und dazu geneigt, selbst schwerste Straftäter wieder auf freien

Fuß zu setzen. Mit Rückfallgarantie. Da blieb ihr nur übrig, die Opfer bestmöglich zu schützen. Wenn sie es denn wollten. Freya hatte in den vergangenen Jahren jedwedes Vertrauen in das Funktionieren der Behörden verloren und in den gesunden Menschenverstand obendrein. Weshalb sonst sollten Frauen – und auch einige Männer immer wieder zu Partnern zurückkehren, die sie misshandelten? Warum wurden Kinder, die ganz offensichtlich misshandelt wurden, nicht aus den Familien genommen, bis es zu spät war? Sie verstand es nicht.

Im Revier angekommen, erwartete sie eine neue Mail von Tick. **UNBEDINGT SOFORT LESEN**, stand im Betreff. Nanu?, dachte Freya und machte sie auf. Sie fand darin einige Screenshots von Facebook vor, und zwar von jenem Verein **Way to Life**, der auch eine eigene Webseite hostete.

Tick hatte ihr von Facebook die Mitgliederliste geschickt, und zwar nur die untere Hälfte, denn die Liste war nach Aktivitätsstatus sortiert. Freya wusste, er hatte einen direkten Kontakt bei dem Onlineanbieter, den er ansprechen konnte, sollten sie gegen bestimmte Konten ermitteln. Sie schaute auf grau hinterlegte User Konten. Dahinter hatte Tick den letzten Login geschrieben. Einige lagen bereits mehrere Jahre zurück. Dann hatte er die Adressen und Klarnamen recherchiert und die dazugehörigen Kontaktdaten. Und bei den allermeisten die Sterbedaten.

»Ach du Scheiße! Hey, Dirk, komm mal her und sieh dir das an!«, rief sie nach nebenan, wo Olsen gerade mit seiner Sekretärin einige Dinge besprach, die im Laufe des Nachmittags hereingekommen waren. Freya zählte mit dem Finger auf dem Bildschirm die Konten mit den Todesdaten durch, bis er bei ihr war, und musste hart schlucken.

»Die Gruppe hat bereits 25 Verstorbene«, berichtete sie später in einer Onlinekonferenz mit ihrem Chef und ihrer Kollegin Sandra. »Einige wenige auch in unserer herrlichen großen Stadt, die meisten aber quer verstreut über die Republik.«

Der Chef seufzte. »Mensch, Freya, kannst du nicht mal Urlaub machen wie normale Leute?!«

»Keine Chance«, kam es von Sandra. »Da hast du ja ein Ding ausgegraben! Gibt es Obduktionsberichte?«

»Wir haben sie angefordert und recherchieren jetzt zu den Hintergründen dieser Leute, ob sie unter Betreuung standen, Verwandtschaftsgrade und so weiter«, sagte Olsen. »Ich denke, wir sollten eine Sonderermittlungsgruppe einrichten. Es stinkt geradezu nach einem ziemlich mörderischen Geschäftsmodell, findet ihr nicht?«

»Ich hab schon die Nasenklammer auf«, erwiderte Freyas Chef. »Tja, Dirk, wie in alten Zeiten, nicht?« Sie kannten sich, und das schon lange. »Von wegen geruhsames Kleinstadtleben. Du mischst mehr mit denn je.«

»Halt bloß die Klappe, auf so was können wir alle verzichten!«, knurrte Olsen, aber er grinste leicht und zwinkerte Freya zu.

»Schickt mal rüber, was ihr zu den Einwohnern unserer Stadt habt, das kriegen wir schneller hin als ihr. Den Rest übernehmt selber, ja? Ich spreche mit dem Chef, das sollte kein Problem sein.«

»Ist gut. Wir melden uns.« Sie legten auf. »Puh«, machte Olsen und rieb sich das Gesicht. »Das wird ja richtig haarsträubend. Hat Tick schon was zu dem Vorstand dieses Vereins ausgegraben?«

»Nein. Dazu müsste er das Register einsehen, das ist offline. Im Impressum steht ein Impressumsdienst, das ist an sich schon merkwürdig. Als wollten sie nicht direkt angeschrieben werden. Wir haben eine Anfrage an den Dienst gestellt«, sagte Freya. »Aber ich fürchte, ohne richterlichen Beschluss werden die kaum etwas offenlegen. Die schützen ihre Klienten gut. Das dauert noch etwas.«

»Okay, dann weiß ich ja, womit ich unseren Prof Jura nerven kann.«

»Lass mal gucken, was Timo Lanzen so ausgräbt. Der kommt unter Umständen eher an diese Informationen heran. Vermutlich sehe ich ihn heute Abend wie die anderen Oberwächter auch.«

Auch Timo las, aber erst, als er nach Hause gekommen war. Seine Mitarbeiter waren fleißig gewesen und hatten ihm einen ganzen Stapel Ausdrucke mitgegeben. Wie alle ständig mit Behörden zu tun habenden Firmen hatten auch sie sich noch nicht dazu durchringen können, alles vollständig auf papierloses Büro umzustellen. Weshalb es auch in seinem Laden immer noch die guten alten Akten gab. Das war wichtig, beim Umgang mit dem Amtsschimmel allemal.

Doch jetzt saß er mit einem Feierabendbier – alkoholfrei, denn er brauchte einen klaren Kopf – auf seinem Sofa und blätterte durch die Seiten. Sie hatten ihm Grundbuchauszüge zu dem Haus geschickt, das übrigens gerade wieder auf dem Markt war, der Vorbesitzer wollte es schon wieder verkaufen, er hatte nichts daran gemacht. Merkwürdig, fand Timo. Reines Spekulationsobjekt? Die Preise kletterten ständig weiter. Er selber hätte noch gewartet. Als er den Namen las, dachte er, aha. T&N Value Development. Bestimmt eines von den Immobilienkonsortien, wo Makler, Bauunternehmer und Banker oftmals mit windigen Methoden halbgare Immobiliendeals bei ahnungslosen Klienten durchzogen. Er kannte das zur Genüge. Die kauften Spekulationsobjekte aus Zwangsversteigerungen, hübschten die ein wenig auf und verkauften sie dann für das Doppelte als faule Eier an Privatleute. Solche, die stramm finanzierten und sich meistens nicht juristisch gegen solche Haie wehren konnten. Das war legal, solange man nicht eklatante Mängel beim Verkauf verschwieg. Doch wer sollte das nachweisen, dass es so war? Schwierig. Er hatte etliche solcher Fälle betreut. Manche vor Gericht gewonnen, leider auch einige verloren. Der Markt war halt total überhitzt, und das schuf Spielraum für diese Gestalten.

Mit gerunzelter Stirn ging er die Grundbuchauszüge durch. Die Großeltern, die Eltern, die beiden Geschwister, alles ausgestrichen. Keine Grundschulden eingetragen. Das hätte ihn auch gewundert. Bei dem Erhaltungszustand hatten die bestimmt keinen Baukredit aufgenommen. Ansonsten aber alles normal. Das Grundstück war für den Randbereich der Stadt ziemlich groß, viel Wald dabei. Entsprechend war der Preis gewesen. Da hatte Erik Glück gehabt, wieder einmal, dass daraus zumindest sein materieller Schaden hatte beglichen werden können. Um das Bild zu vervollständigen, nahm Timo eine seiner Fake E-Mail-Adressen und gab sich als Interessent aus. Mal sehen, was die ins Exposé schrieben.

Der nächste Stapel befasste sich mit dem Verein. Er war registriert, und zwar mit einer Postfachadresse in der Zentralpoststelle der Großstadt. Der eingetragene Vorstand war auch angegeben. »Stan Besotrani… was bist du denn für ein merkwürdiger Geselle und Landsmann?« Er ging in die Google Suche, gab den Namen ein. Fand aber nur jenen einen Eintrag zum Verein auf der Webpage und der Facebook Seite. Ansonsten nichts. »Also bist du ein Alias. War ja klar.«

Vorsichtshalber öffnete Timo die Webpage mit einem anonymen Browser. Wer wusste schon, was die trackten? Hm, er könnte wetten, dass er diesen schönen Typen auf etlichen Werbeseiten wiederfand, wenn er den googelte. Der sah aus wie ein Model. Der Impressumsdienst machte auch ihn stutzig. Warum gaben sie nicht ihre im Vereinsregister eingetragene Adresse an? Merkwürdig. Er scrollte über die Seite. Das war alles sehr oberflächlich, aber die lockenden Haken für Leute wie Erik genau richtig platziert. Die eigentlichen Infos und vor allem Zugang zu den Foren würde man aber erst durch die Registrierung und Zahlung eines Mitgliedbeitrages erhalten. Probeweise klickte Timo das Registrierungsformular an. Es ging eine Maske auf mit einem Logo darüber. Er stutzte. Sie hatten ein Symbol zweckentfremdet, eines von der Kirche. Die Friedenstaube mit dem Zweig im Schnabel und zwei helfend ausgestreckten Händen. Nur, dass sie hier sich gegenseitig packten und festhielten.

Mit gerunzelter Stirn betrachtete Timo das Symbol. Irgendwo hatte er es schon einmal gesehen, das stand für ihn fest. Er war gut darin, sich die kleinsten Details zu merken. Nur, wo? Er dachte nach und dachte nach, kam aber nicht darauf. Da wusste er nur ein Mittel, wie er seinen Gedanken auf die Sprünge helfen konnte. Er ging ins Schlafzimmer und zog sich Laufklamotten an. Gehirn freiblasen nach einem langen Arbeitstag.

Tröpfchenweise trafen weitere Informationen bei ihnen ein. Freya sah die nächste E-Mail von Tick, diesmal zu dem Pflegedienst. Kein richtiger Pflegedienst, sondern nur ein Dienstvermittler, stand dort. Einer, der freiberufliche Pfleger gegen Provision vermittelte. TS Procura, stand als eingetragener Name im Firmenregister. Und wieder ein Impressumsdienst als Anschrift, diesmal in Süddeutschland. Das alles überflog Freya auf dem Handy scrollend, während sie in ihre Wohnung ging, um sich nach dem langen Tag umzuziehen und ein wenig frisch zu machen. Wofür stand TS?, fragte sie und fand gleich darunter Ticks Antwort. <***Tina Staenbros***>, schrieb er, und: <***Guck mal, die sieht aus wie aus einer Zahnpasta Werbung. Lass mich die Tussi mal googeln. Wetten, die ist ein Fake?***> Freya musste ihm recht geben. Solche Gesichter sahen einem zu hunderten von allen möglichen Plakaten entgegen. Dazu passte auch der Impressumsdienst.

Das war alles relativ einfach gewesen, das war Freya klar. Ab jetzt wurde es ungleich schwieriger, denn sie mussten herausfinden, wen die verstorbenen Mitglieder engagiert hatten. Da ging es um Patientendaten, Kassenabrechnungen, Beschlüsse vom Gericht über eine Betreuung vom Amt. Alles hochsensibel. Ohne höchstrichterlichen Beschluss würde das nichts werden, und das dauerte, selbst wenn man ein Zauberer wie Olsen war.

Und in der Zwischenzeit würde vielleicht noch jemand sterben. »So ein Mist«, sagte sie zu ihrem müden Spiegelbild, als sie sich nach einer lauwarmen Dusche wenigstens etwas entklebt hatte. Es war ein brütend heißer Tag gewesen, und der Abend versprach nicht besser zu werden. Da hatte auch Olsens Klimaanlage im Auto nur bedingt geholfen. Spontan entschloss sie sich zu etwas leichterer Kleidung. Eine lange, weit fallende Hose aus hellem Leinen und ein dunkelgrünes, ärmelloses Oberteil. Genau richtig für diese Temperaturen. Sie wusste, dass sie damit ganz anders wirkte. Jetzt sah sie sich im Spiegel an, eine beinahe überschlanke Frau Mitte Dreißig mit fast milchig weißer Haut und kastanienbraunen Haaren. Zerbrechlich, hatte Sandra das genannt, weshalb Freya im Job stets Sakkos bevorzugte, die machten ihre Schultern breiter und ließen sie stärker wirken. Selbst jetzt war sie sich noch nicht sicher, ob sie das wirklich anziehen sollte. Ach, was soll's, wozu hatte sie die Sachen schließlich mitgenommen, sagte sie sich und schlüpfte in flache Sandalen. Dann packte sie Laptop und Unterlagen in ihre Tasche und verließ die Wohnung.

Dass sie beinahe den gesamten Tag nichts gegessen hatte, das merkte sie, als sie durch die Innenstadt ging und ihr aus allen Cafés und Restaurants leckere Düfte entgegenwehten.

Sollte sie anhalten, etwas essen? Ach nein, dachte sie. Das tat sie lieber hinterher. Stattdessen kaufte sie sich eine Cola, um die Müdigkeit zu vertreiben. In weniger als einer Viertelstunde hatte sie die Innenstadt durchquert und bog in Eriks Wohnstraße ein. Praktisch, so eine kleine Stadt. Sie fand immer mehr Gefallen daran.

Auf ihr Klopfen öffnete ihr diesmal ein älterer Herr mit lustig abstehenden Ohren und zahlreichen Lachfältchen im Gesicht. »Frau von Sievers, richtig? Ich bin Helmut und passe heute hier auf. Kommen Sie rein, Erik erwartet Sie schon. Er ist im Garten. Er hat darum gebeten, mit Ihnen allein zu sprechen. Falls was sein sollte, ich bin im Dachgeschoss und gucke Championsleague«, fügte er hinzu und zeigte nach oben.

»Ha, das kommt ganz gelegen, wette ich«, zwinkerte sie und dankte ihm. Dann ging sie langsam nach hinten.

Erik hatte sie gehört und wendete gerade sein Gefährt, als sie in die Gartentür trat, doch als er sie erblickte, ließ er abrupt das Mundstück los und starrte sie an. Himmel, dachte er und konnte nichts, aber auch gar nichts dagegen tun, dass ihn die Gefühle wieder überrollten. Wie ähnlich sie Sunny sah, jetzt erst recht, klein und zierlich! Und das bei dem, was sie glaubten, herausgefunden zu haben. Verdammt! Dabei hatte er sich doch so vorgenommen, sich nichts anmerken zu lassen! Das war wohl nichts, erkannte er, denn sie war stocksteif stehengblieben.

»Hi«, sagte sie und ließ langsam den Riemen der Tasche von ihrer Schulter gleiten. Ihrer schmalen, bloßen Schulter. Erik musste rasch fortsehen, ihm wurde ganz anders. Er schluckte hart. Prompt fing auch sein Bauch wieder an zu grummeln. Oh nein, nicht jetzt!, flehte er innerlich. Seit er Maritas Essen aß, war alles durcheinander, und Helmut hatte ihm heute nicht nur einmal helfen müssen. Er wollte einfach nicht, dass dies jetzt geschah, nicht in ihrer Gegenwart. Das wäre ihm hochgradig peinlich, vor allem der Geruch. Vor diesem Hintergrund geriet Erik richtig ins Schwitzen, und der Betriff ***sich vor Angst in die Hosen machen*** bekam auf einmal eine ganze andere Bedeutung für ihn.

»Ist alles in Ordnung? Kann ich dir was helfen?«, fragte sie und trat näher. Oh je, ihm schien es nicht gut zu gehen, dachte sie, als sie den zusammengepressten Kiefer sah.

»Nein«, brachte Erik hervor und sah sie wieder an. Diesem besorgten Blick konnte er nichts, aber auch gar nichts entgegensetzen. »Nein und nein!«, brach es heftig aus ihm hervor. Sie zog die Augenbrauen hoch. »Timo hat mit eurer alten Lehrerin, Frau Wagner, geredet.«

Sie zuckte förmlich zurück, als hätte er sie geschlagen, und wurde sehr, sehr blass. War ihr bewusst, dass sie die Fäuste ballte? Erik jedenfalls tat es, zumindest in Gedanken. »Ich wollte dir sagen, dass ich ihr niemals zu nahegetreten bin. Niemals, hörst du? Sie ist auf mich zugekommen, sie hat die Initiative ergriffen. Ich möchte einfach, dass du das weißt. Ich habe sie nicht überwältigt und ihr auch nicht wehgetan. Das hätte ich mir nie verziehen, wenn es so gewesen wäre.«

Freya brachte nur ein leises Ächzen heraus und schlug die Hände vors Gesicht. Sie wusste nicht, was sagen oder tun. Ihr wurde eiskalt, und auf einmal kam die Cola wieder hoch, sie konnte nichts dagegen tun. Stolpernd stürzte sie zum

Gäste-WC und schaffte es gerade noch so, den Klodeckel hochzuklappen, bevor sie sich übergeben musste.

Erik war ehrlich erschrocken über ihre Reaktion, aber seine Anspannung ließ schlagartig nach. Damit aber leider auch alles andere. Er roch es bereits, da war sie noch nicht wieder zurück. Verdammt! Und er konnte Helmut nicht rufen, weil der dann Freyas Zustand sehen würde und sie das gewiss nicht wollte.

Da war sie auch schon wieder, schlich sich heran, sich die Nase in einem Tuch abputzend. »Entschuldige«, sagte sie leise, ihm nicht in die Augen schauend, und blieb in der Tür stehen.

»Das ist ja wohl eher mein Part«, erwiderte er. »Alles okay?«

»Ja, geht so.« Sie ließ die Aktentasche, wo sie war, und wollte zu ihm hinauskommen.

»Nein, bitte… ich…« Peinlich berührt drehte er den Kopf fort und presste die Kiefer zusammen.

Freya war stehen geblieben. Was… doch da roch sie es auch schon. Oh je, dachte sie, aber sie konnte gar nicht anders, setzte sich zu ihm. Sie konnte einfach nicht mit ansehen, wie er sich quälte. »Glaubst du, das stört mich?«, fragte sie rundheraus. Sein Kopf fuhr herum, geradezu erschrocken schaute er sie an. Sie machte eine wegwerfende Hand-bewegung. »Ich habe schon so viel Schlimmeres gesehen und ich…« Sie musste aufstoßen und legte die Hand vor den Mund. »Ups. Sorry. Igitt.« Sie rümpfte die Nase. »Also müffeln wir jetzt beide um die Wette, du wie ein alter Opa und ich nach Kotzcola«, sagte sie und rollte mit den Augen.

»W…waas?« Er war völlig sprachlos und vergaß prompt seine Verlegenheit, und genau das hatte sie beabsichtigt.

Seine verdatterte Miene brachte sie innerlich zum Lächeln, und schlagartig ging es ihr besser. »Was ist, soll ich Helmut rufen, dass er dir hilft? Und dann fangen wir nochmal von vorne an?«

Ihm ein leichtes, noch etwas zittriges Lächeln schenkend, stand sie wieder auf und lief hinein. Erik saß getroffen da und wusste auf einmal, jetzt war er in ernsten Schwierigkeiten. Denn in diesem Augenblick hatte er sich in sie verliebt und konnte nichts, aber auch gar nichts dagegen tun.

Kapitel 12

Eine halbe Stunde später saß Freya mit angezogenen Knien auf dem Sofa, eine neue Cola in Arbeit und auf dem Handy die inzwischen eingegangenen Nachrichten durchscrollend. Als der Motor vom Deckenfahrstuhl anging, schaltete sie das Handy aus, legte es fort und zog sich zurück, die Knie angezogen und das Gesicht in einem großen Kissen bergend, das sie mit den Armen umschlungen hielt. Sie konnte sich einfach nicht helfen, brauchte diesen Schutz und Trost.

Sein Blick heftete sich sofort auf sie und hielt sie fest, bis er das Gefährt ans Sofa heranmanövriert hatte. Auch wenn er dafür schielen musste, denn er musste ja auch darauf achten, wohin er fuhr. »Entschuldige. Ich hätte dich nicht so überfallen dürfen damit«, sagte er leise.

»Nein… nein. Das war es doch, was ich wissen wollte«, kam es genauso leise zurück. »Hat es… hat es ihr gefallen?« Freya schloss die Augen bei dieser Frage und vergrub ihre Nase tiefer in dem Kissen. Es roch noch ganz neu, nach Kaufhaus, erkannte sie.

Diese Frage schockierte ihn, aber irgendwie auch nicht. »Ich… ja, hat es. Das war… Himmel! So etwas habe ich noch nie erlebt, und du kannst mir glauben, ich weiß, wovon ich rede.«

»Jaa… davon wurde mir berichtet«, erwiderte sie und ließ vorsichtshalber die Augen zu.

»Es war, als wenn ein Damm gebrochen ist. Sie hat wohl einiges zurückgehalten und hat es dann voll ausgelebt… an mir. Nach der Geschichte mit Chrissy habe ich lange Zeit keine Frauen mehr angerührt. Weiß auch nicht, warum. Vielleicht, weil… weil ich mein Vertrauen in sie oder mich selbst verloren hatte? Keine Ahnung. Als Sunny dann… das war wie eine Explosion, bei uns beiden. Wir hatten wohl beide gehörig etwas nachzuholen, verstehst du?«

Statt einer Antwort kam nur ein leises Schniefen aus dem Kissen. Ihm wurde ganz elend dabei. »Ich würde dich jetzt gerne in den Arm nehmen und trösten«, sagte er leise. Er sah, wie sie förmlich zusammenzuckte. Dennoch schob er seinen Rollstuhl so nahe an die Sofaecke heran, wie es ging, doch sie schüttelte nur abwehrend den Kopf, das Gesicht immer noch im Kissen vergraben. Ach, verdammt, dachte er zornig und sah zur Decke, nur mit Mühe seine eigenen Tränen unterdrückend. Warum konnte er nicht die Klappe halten?

Doch da tat es plötzlich einen Schlag, von dem Freya förmlich hochschreckte und Erik auch, denn er sah nur aus den Augenwinkeln eine Bewegung und spürte die Erschütterung, einen Ruck in seiner Schulter. »He!«, rief sie erstickt aus. Fassungslos starrten sie beide auf seine Hand, die jetzt langsam von dem Kissen nach unten rutschte.

»Wow«, ächzte Erik mit großen Augen. »Das… das habe ich nicht beabsichtigt. Sorry.«

»Du…« Sie sah kurz ihn an, dann die Hand. »Unterbewusstsein? Irgendetwas muss das gesteuert haben.« Sie nahm sie vorsichtig auf und legte sie zurück auf die Armstütze, wo die Fixierbänder zerrissen herunterhingen. Ganz sachte tippte sie mit dem Finger auf seinen Handrücken. »Spürst du das?«

»Nein.« Erik brachte nur ein heiseres Krächzen zustande.

Sie fasste zu, drückte seine Hand. »Ich möchte dir danken«, sagte sie leise und ihm nicht in die Augen schauend. »Dafür, dass du ihr… dafür, dass sie vor ihrem Tod das noch erleben durfte. Dass du so gut zu ihr warst.«

Es war kaum zu hören, und Erik spürte, wie es feucht in seinen Augenwinkeln wurde. »Hätte ich das gewusst, ich hätte sie niemals angerührt, das kannst du mir glauben.«

Freya seufzte leise. Sie mochte hier nicht so sitzen, so nahe, so offen. Also griff sie sich das Kissen, zog es heran und lehnte sich zurück aufs Sofa, die Beine wieder anziehend. Seine Hand nahm sie dabei mit, hielt sie fest in ihrer. Ganz unbewusst tat sie das und schloss die Augen. »Glaube mir, das wusste sie, ganz bestimmt, und sie hätte es nicht gewollt. Sie wollte nie, dass jemand von ihrer Geschichte erfuhr. Weil die Leute sie dann… anders behandelt hätten. Das kannte sie – kennen wir beide – zur Genüge.« Sie seufzte wieder und spürte dabei eine leichte Bewegung an ihrer Hand. Erstaunt machte sie die Augen auf und erkannte, dass sein Daumen sich bewegte. Er streichelte ihre Hand, ganz leicht nur. »Hey, sieh dir das an«, flüsterte sie und richtete sich auf.

»Hm, was?« Erst verstand er nicht, was sie meinte, doch dann riss er die Augen auf und starrte auf seine Hand wie auf einen Gegenstand, der nicht zu ihm gehörte. »Wow! Das mache ich nicht!«

Freya brachte ein etwas zittriges Lächeln zustande. »Offenbar doch. Das ist…hey, hör nicht auf. Mach weiter.« Nun er hatte die Stirn gerunzelt, und prompt war die Hand wieder ruhig.

»Dann lenk mich ab. Erzähl. Was ist passiert?« Er schaute ganz bewusst nicht hin, sondern an die Wand, damit sie sich entspannte. Es half. Sie lehnte sich wieder zurück und nahm seine Hand mit.

Eine Zeit lang sagte sie nichts, sondern rang nur nach Worten, die sie förmlich erstickten. Doch dann sagte sie: »Wir sind passiert. Und zwar einer Frau, die nie, niemals Kinder hätte haben dürfen. Unsere Mutter war verrückt. Völlig durchgeknallt. Ständig auf irgendeinem Trip.« Freya verstummte. Daran dachte sie nur ungerne zurück, fast noch ungerner als an den Rest. Erik sagte nichts, er wartete. Und prompt begann sein Daumen sich wieder zu bewegen. Fasziniert sah er zu.

»Dabei war sie, wenn sie gerade bekifft oder besoffen war, noch am Erträglichsten. Viel schlimmer waren die Phasen, wenn sie nüchtern oder auf Entzug war. Dann unterlag sie irgendwelchen wahnhaften Zwängen oder Zwangsvorstellungen. Ihre Stimmung konnte dann von einem Extrem ins andere umschlagen, oft innerhalb von Sekunden. Das hat sie dann auf uns übertragen. Oft, ganz oft, musste ich Sunny in Sicherheit bringen. Aber auch so hatte sie verrückte Phasen. Es kam und ging in Wellen. Die Luft wäre verseucht. Wir durften wochenlang nicht nach draußen. Oder es wäre überall Strahlung. Da mussten wir diese komischen Metallhüte tragen. Oder Fahrradhelme. Deswegen mochte Sunny nie einen tragen, verstehst du? Manchmal fand sie, Fleisch sei vergiftet oder alle Nahrung und wir durften nichts essen, sodass wir fast verhungert sind. Mal war das Plastik böse und sie hat all unsere Klamotten und Spielsachen verbrannt oder die Regierung lauschte über die Elektronik mit. Danach gab es kein funktionierendes elektrisches Gerät mehr im Haus.« Sie verstummte.

»Oh man«, konnte Erik nur sagen.

Freya seufzte. »Das Jugendamt hätte eigentlich auf einen solchen Fall aufmerksam werden müssen, aber sie hat es immer wieder geschafft, die Behörden an der Nase herumzuführen. Hat uns ständig umgemeldet, die Schulen gewechselt, als wir älter wurden. Oder Heimunterricht gegeben. Der bestand dann darin, dass wir stundenlang betend in der Ecke knien mussten. Da war sie gerade wieder auf dem Jesus Trip und bereute ihre Sünden. Außerdem hatte sie geerbt, sie hatte ein regelmäßiges Einkommen aus einem Fonds oder so etwas. Was genau, haben wir nie erfahren. Wir lebten in einem modernen Haus, augenscheinlich alles in Ordnung.

Daher griffen die Behörden nicht ein, bis, ja, bis es zu spät war.« Jetzt verstummte sie wirklich, denn das, was dann kam, steckte wie ein Kloß in ihrem Hals fest.

»Ganz ruhig. Mach langsam«, sagte er leise und biss innerlich die Zähne zusammen.

»Ich… oh Gott.« Sie schluchzte auf. »Sie… sie hatte zwischendrin immer wieder Männerbekanntschaften. Mein Vater war da noch einer der normalsten, hatte adelige Vorfahren, stell dir vor, daher mein Nachname. Er hat Unterhalt für mich gezahlt, zumindest später. Sunnys dagegen war ein Säufer. Den hat sie sehr schnell wieder rausgeschmissen. Da war sie sogar richtig schlau, sie hat irgendwie immer mitgeschnitten, wenn die Typen nur hinter ihrem Geld her waren. Manche waren nett, andere gleichgültig. Nur beim letzten, da… sie hat es nicht kapiert. Und dann war es zu spät.« Jetzt krümmte sie sich zusammen, sie konnte es nicht verhindern. Aber die Hand, die hielt sie weiterhin fest.

»Hey, du brauchst nicht…«

»Doch!«, widersprach sie vehement. »Jetzt auch der Rest.« Sie schniefte wieder. »Dieser Typ hat mich von Anfang an gegruselt und Sunny auch. Wie der uns beobachtet hat! Wir haben uns vor ihm versteckt, ganz oft. Er zog dann bei uns ein, und er hat sofort angefangen, unsere Mutter zu misshandeln. Hat sie regelrecht geknechtet. Anfangs hat sie sich noch gewehrt, aber irgendwann nicht mehr. Hat vor ihm gekuscht, wie eine Dienerin. Er hat sie gezwungen, das Haus zu verkaufen. Er hatte Schulden, die hat er mit ihrem Geld beglichen. Wir sind in eine echte Bruchbude umgezogen, ohne Heizung, ohne alles. Das war… viel schlimmer als alles, was sie bisher mit uns veranstaltet hatte. Es gab da einen Raum im Keller, dort durften wir nicht hin. Wir hörten sie dort manchmal schreien. Hätte ich doch nur… verstehst du, ich wusste, dass etwas Schlimmes passieren würde, gab's gespürt. Hätte ich doch nur etwas mehr Mumm gehabt, wir hätten längst türmen können. Aber ich war noch nicht einmal zwölf Jahre alt, verdammt! Und Sunny zehn. Wir kannten nichts anderes, als alles auszuhalten.« Jetzt weinte sie richtig, und das ertrug er nicht.

»Schscht, nicht. Himmel, komm her. Nun mach schon.« Doch das verschreckte sie, sie fuhr wie gestochen auf und war runter vom Sofa, als hätte er sie geschlagen. Gleich darauf lehnte sie schwer atmend am großen Gartenfenster und schaute tränenblind hinaus. Verdammt!, verfluchte er sich. »Sorry«, flüsterte er.

Sie holte schluchzend Luft. »Nein, schon gut. Du kannst nichts dafür. Das bin ich… ich ertrage es einfach nicht…« Der Rest ging unter. Sie presste die Faust auf den Mund.

»Ist schon gut. Weiter. Was ist dann passiert?« Vielleicht half ihr das ja, und richtig, er sah, wie sie sich straffte.

Ihre Worte waren fast nicht zu verstehen. Tief luftholend, fuhr sie fort: »Eines Tages sagte er zu ihr, nimm die Große mit runter. Er hat es ihr befohlen, und sie hat es einfach getan. Sie hat mich in den Keller gezerrt und dort auf ein Bett gebunden. Da stand eine Kamera. Er hat alles aufgenommen und jede einzelne Sequenz ins Netz verkauft. Später, ich weiß nicht, ob es Stunden oder Tage waren, nachdem ich vor lauter Schmerzen mehr oder weniger bewusstlos in der Ecke lag, hat er sich dann Sunny vorgenommen. Ihre Schreie haben mich aufgeweckt…«

»Oh Gott«, presste Erik hervor und merkte, wie sein Rollstuhl zu zittern begann. Er.

»… und ich wusste, ich musste sie da rausholen. Es ging aber nicht sofort, er hatte die Tür abgeschlossen. Aber irgendwann schickte er unsere Mutter nach oben, er hatte Durst. Da habe ich mir ein Messer gegriffen und mich angeschlichen. Er stand schon wieder über ihr, mit einer Peitsche in der Hand, mit der hat er auch mich bearbeitet. Sunny blutete überall, es war richtig schlimm. Irgendwie habe ich geahnt, dass er sie umbringen würde. Daher bin ich mit meinem Messer auf ihn los, habe versucht, ihn zu erstechen. Aber er hat mich wohl kommen hören und fuhr herum, deshalb habe ich ihn nicht richtig erwischt. Er hat nach mir geschlagen, ich bin gegen die Wand gekracht, und dann stand er über mir und hatte das Messer in der Hand. Doch da habe ich unsere Mutter in der Tür gesehen. Sie hatte auch ein Messer in der Hand, das größte, das es in der Küche gab, und sie ist auf ihn los.«

Freya holte keuchend Luft, so schnell hatte sie gesprochen. »Der Rest ist verwischt. Als ich wieder zu mir kam, kniete Sunny bei mir und rüttelte mich an der Schulter. Los komm, wir müssen hier raus. Der Typ und unsere Mutter lagen ein Stückchen weiter, beide tot. Wir sind geflüchtet, aber nicht einfach so. Ich hatte noch genug Verstand, dass wir uns wuschen und anzogen. Aus dem Telefonbuch holte ich mir die Adresse eines Frauenhauses. Guckte im Stadtplan nach dem Weg. Hab ein paar Sachen für uns gepackt, was wir so noch besaßen. Viel war es nicht. Dann sind wir los. Es regnete, es war dunkel. Das war unser Glück, sonst hätte wohl irgendjemand unterwegs die Polizei gerufen. Aber so kamen wir unbeachtet dort an.«

»Glück? Warum sagst du das?«, fragte Erik verwundert und gleichzeitig entsetzt.

Freya wandte sich um. Diesen Ausdruck in ihrem Gesicht… er hätte am liebsten jemanden umgebracht dafür. Doch das durfte er sie auf keinen Fall merken lassen. »Weil die in dem Frauenhaus sich ganz anders um uns gekümmert haben, als die normale Polizei oder jedes Kinderheim es jemals vermocht hätten. Denn diese Frauen haben allesamt Ähnliches erlebt, und das haben wir gemerkt. Sie haben uns sehr geholfen, sehr. Naja, jedenfalls wurde die Polizei eingeschaltet und das Haus durchsucht, der Tathergang und so weiter rekonstruiert. Sie haben es als Mord von seiner Seite und Notwehr von ihrer zu den Akten gelegt. Doch das ist nicht die Wahrheit.« Jetzt kam sie wieder zu ihm und setzte sich aufs Sofa, aber mit gehörigem Abstand zu ihm. Erstaunt sah sie, dass Tränen in seinen Augen standen.

»Was meinst du damit?«, fragte er dünn.

Freya kniff die Lippen zusammen, aber nur kurz. »Es war Sunny, die ihm den Rest gegeben hat. Er hat unsere Mutter getötet und wollte sich danach wieder auf mich stürzen, da hat sie sich das Messer geschnappt und ihn abgestochen. Mehr als zwei Dutzend Stiche. Sie hat das Messer danach unserer Mutter in die Hand gedrückt. Dieses Erlebnis hat sie die ganze Zeit mit sich herumgeschleppt, bis sie beinahe erwachsen war. Sie war immer so aggressiv, das hat mich gewundert, und ist dann abgehauen und hat auf der Straße gelebt, als Punkerin, hat euch Frau Wagner das erzählt?«

Erik räusperte sich. »Ja, hat sie.«

»Sie lebte dort mit einer Gruppe Typen zusammen, alle Punker und obdachlos wie sie. Eines nachts, als der Pegel hoch genug war, haben sie sie vergewaltigt. Alle.«

»Himmel!«, entfuhr es ihm, und er presste die Zähne zusammen.

Freya nickte. »Da hat sie wohl gemerkt, dass es so nicht weitergehen konnte, und stand wieder bei mir vor der Tür. Ich war schon volljährig und hatte eine eigene Wohnung, bezahlt vom Amt. Und auch da habe ich… ich wusste, dass ihr etwas Schlimmes geschehen war, hab es ganz tief in mir drin gespürt, verstehst du? Ich war so erleichtert, sie zu sehen, obwohl sie schlimm aussah, wirklich schlimm. Wir haben uns ausgesprochen, und sie ist dann bei mir eingezogen und hat die Schule zu Ende gemacht, online. Hat kaum die Wohnung verlassen. Sie wollte denen nicht mehr über den Weg laufen, verstehst du?« Freya seufzte bei der Erinnerung daran. »Dann ging sie hierher, studierte Journalismus. Wir wollten beide irgendwie dieses Trauma zu unserer Berufung machen, denke ich. Sie, indem sie über solche Missstände schrieb, und ich, indem ich zur Polizei ging und mich auf solche Opfer spezialisiert habe. Manchmal allerdings frage ich mich«, sie holte tief Luft und sah einen Moment in den Garten, »ob das nicht ein Fehler gewesen ist. Denn es hat mich nie losgelassen.« Jetzt sah sie ihn wieder an und erkannte erstaunt, dass sie in seiner Miene so etwas wie Furcht entdeckte. Und jede Menge Zorn.

»Warum?« Er brachte es kaum hervor.

»Weil wir jedes Mal, wenn wir wieder einen von diesen Typen ausheben, Festplatten und Speichermedien beschlagnahmen, unweigerlich über unsere Videos stolpern. Die sind immer noch im Netz unterwegs und unter diesen kranken Typen da draußen echte Verkaufsschlager. Splatter Movies mit Kindern. Er hat das live gestreamt, zumindest den Anfang der letzten Sequenz, bis die Kamera irgendwann umfiel. Weshalb die Polizei bis heute nicht weiß, wer ihn eigentlich umgebracht hat. Aber der Rest ist alles im Netz.«

»Was für eine kranke Scheiße! Wie hältst du das nur aus, dich damit zu beschäftigen, immer und immer wieder?« Er war fassungslos.

Freya seufzte. »Weil ich so diesen Kindern eine Chance geben kann. Ich kann mit ihnen auf Augenhöhe reden und sagen, es wird besser. Guckt mich an. Ich habe etwas dagegen getan, und das könnt ihr auch. Es hilft. Zwei von ihnen besuchen gerade die Polizeihochschule, wegen mir. Jedes Kind, das es schafft, etwas aus sich zu machen, ist ein Tropfen der Heilung auf meine Wunden, verstehst du?«

»Jaa, wie gut die heilen, das sehe ich!«, erwiderte er so zornig, dass sie zurückzuckte. Augenblicklich nahm er sich zusammen. »Tut mir leid.« Aber seine Augen waren wie Eis, richtig stechend, und das trieb sie erneut fort.

Sie spürte, dass sie Abstand brauchte, und stand auf. »Ich glaube, ich muss mal was trinken. Willst du auch was?« Sie wartete keine Antwort ab, sondern ging in die Küche und entkam seinem Blick für eine Weile, denn sein Gefährt stand so eingekeilt zwischen Couchtisch und Sofa, dass er es nicht gleich gewendet bekam.

»Hier.« Sie hielt ihm ein Glas an die Lippen und half mit der anderen Hand, seinen Kopf zu stützen. Er trank, sie mit den Augen nicht loslassend, und kam sich vor wie der letzte Idiot, dass er ihre Hand in seinem Nacken regelrecht genoss. »Danke«, keuchte er schließlich. Sie ließ los und stellte das Glas fort.

Die Hände im Schoß verkrampft, unbewusst, das mochte er wetten, saß sie schließlich wieder vor ihm und rang nach Worten. »Sie… sie hat danach nie wieder etwas mit einem Mann gehabt. Und auch mit keiner Frau. Das hätte ich gewusst. Wir haben oft miteinander telefoniert, sehr oft sogar. Mich besucht allerdings hat sie erst, als sie sicher sein konnte, dass sie nicht mehr Gefahr lief, diesen Typen über den Weg zu laufen. Die sind entweder tot, Überdosis oder im Suff erfroren, oder sie sitzen ein. Sie wollte auch nicht, dass ich sie hier besuche. Als sie mir sagte, dass sie sich eurem Kreis angeschlossen hätte, da hatte ich erst Bedenken, dass sie sich gleich wieder… vom Regen in die Traufe, verstehst du? Doch das ist nicht passiert. Ihr wart wohl so etwas wie eine sichere Zone für sie. Gute Kumpel. All die Jahre.«

»Jaaahhh… du kannst mir glauben, es hat mich förmlich umgehauen, als sie mir gestand, dass sie viel mehr für mich empfand. Das hatte ich nicht mal ansatzweise geahnt.« Er merkte, wie er rot wurde, und drehte den Kopf fort.

Diese Reaktion fand Freya irgendwie süß. Es ließ sie etwas durchatmen, und sie brachte ein zittriges Lächeln zustande. »Mich auch, das kannst du mir glauben.«

»Sie hätte dich schon noch angerufen, ganz bestimmt«, sagte er tröstend. »Wir waren das gesamte Wochenende zusammen im Bett.« Bei der Erinnerung daran musste er schlucken, und die Trauer war ihm gut anzusehen.

Freya wurde ganz elend dabei. »Ich weiß. Ich war irgendwie… unruhig.« Sie dachte an ihre Träume, aber die verschwieg sie lieber. Das ging ihn und die anderen nichts an. Stattdessen sagte sie: »Ich hatte ein mieses Gefühl, wie das drohende Unheil. Und dann war es zu spät.« Sie schwieg eine Weile. Doch dann holte sie zitternd Luft. »Marita hat mir das erzählt und noch viele andere Dinge aus eurem… Kreis. Die Götter der Partyszene.« Jetzt musste sie lächeln, vor allem, weil er prompt noch roter wurde.

»Hey, das… so haben wir uns nie betrachtet. Wir waren halt… naja. Viel unterwegs.« Aber ein wenig wärmte ihn das auch. Denn es stimmte ja. Wo sie aufgetaucht waren, hatten sie die Stimmung tüchtig aufgeheizt. Und es genossen, und zwar sehr. »Tja. Scheint, als hätte uns allen das Leben einen gehörigen Dämpfer verpasst.«

»Nein.« Sie schüttelte den Kopf. »Christina hat das. Du bist ebenfalls ein Opfer, wenn auch auf andere Weise. Ganz bestimmt hat es dich angeschlagen, das haben mir alle bestätigt. Mit dieser Geschichte erst recht.« Und damit hatte die Wirklichkeit sie wieder. Freya stand auf und holte ihre Tasche mit dem Laptop und setzte sich wieder zu ihm. Inzwischen hatte sie alles digitalisiert, damit sie nicht immer das Papier hin- und herschleppen musste.

»Wir haben einiges heraus…« Sie verstummte, denn draußen ging das Tor. Gleich darauf kamen eilige Schritte in den Garten, und Timos Stimme schallte zu ihnen herein.

»Erik? Bist du da? Weißt du, wo… oh.« Er blieb stehen, als er ihn mit Freya im Wohnzimmer entdeckte. Sie hatten gerötete Augen, alle beide. Freya wirkte ziemlich blass, die Leinenkleidung, die ihr hervorragend stand, war zerknittert. Herrje, dachte er, was ist denn hier los? Besorgt sah er sie an. »Alles in Ordnung? Ich habe versucht, dich anzurufen, Freya.«

»Jaja, geht schon«, sagte Erik und fuhr seinen Rollstuhl ein wenig zurück.

»Mist. Ich hatte das Handy abgeschaltet«, sagte Freya und nahm es zur Hand, seinem Blick ausweichend. Gleich darauf summte es los, es hörte gar nicht mehr auf. »Herrje, was ist da denn passiert?«, murmelte sie, stand auf und ging in die Küche, um zu lesen. Aber auch, um etwas Abstand zu beiden zu haben, denn Timo kam jetzt herein. In Joggingklamotten und schweißüberströmt. Uih. Nicht nur Romeo, sondern auch ziemlich sexy, Mr.-Wet-T-Shirt. Tätowiert auf den Oberarmen und auch auf den Waden, ein paar ordentliche Muskeln umschließend. Das war das Stopp Signal für sie, schon immer gewesen. Da blieb sie doch lieber auf Distanz.

»Was ist los?«, fragte Erik.

»Ich muss mir mal etwas anschauen auf den Fotos zu dem Haus der beiden. Irgendetwas… ich glaube, ich bin da auf etwas gestoßen. Hast du sie dabei?«, fragte er Freya, die mit dem Rücken zu ihnen stand. Sie hob kurz die Hand, eine Bitte, sie in Ruhe zulassen.

»Geh doch erstmal duschen«, sagte Erik. »Such dir ein paar Klamotten von mir raus, okay?«

»Na gut.« Beiden noch einen raschen Blick zuwerfend, ging Timo zur Treppe und verschwand ins Obergeschoss. Er störte, das merkte er durchaus, und fragte sich verwundert, was da vorgefallen war.

Bis Timo wieder unten war, jetzt barfuß, in einer für ihn etwas zu engen und zu langen Jogginghose und einem schlabbrigen Shirt, hatte Freya sich wieder gefangen und auf den neuesten Stand gebracht. »Olsen ist wirklich ein Magier. Wie er so schnell die Beschlüsse für die Offenlegung der Kranken- und Bankdaten bekommen hat, das ist mir ein Rätsel«, erklärte sie gerade Erik, als Timo die Treppe herunterkam.

»Der ist der neue beste Kumpel von unserem Amtsrichter, seit er sich mit dem Kreisdirektor angelegt hat«, schnaubte Timo, ging zum Kühlschrank und spähte hinein. »Ich habe Hunger. Ihr auch? Marita hat ja einiges gekocht.«

»Fühl dich wie zuhause und bedien dich ruhig«, meinte Erik lakonisch und rollte mit den Augen. »Sie wollte nachher noch Nachschub bringen.«

»Willst du auch was essen, Freya?«, fragte Timo über die Schulter und holte diverse Gefrierdosen und Teller heraus.

»Ich könnte etwas vertragen, ja«, antwortete sie. Jetzt, da die Anspannung fort war, hatte sie Hunger, richtig Hunger. »Aber ich möchte Erik nicht sein Spezialfutter wegnehmen.«

»Ach was«, sagte der und grinste. »Das reicht für eine ganze Armee, das schaffe ich niemals alles alleine, selbst wenn

Helmut und die anderen mitessen. Helmut!«, rief er nach oben. »Willst du auch was essen?«

»Nein, danke, hab schon! Außerdem gibt es Verlängerung!«, rief der zurück.

»Auch gut«, sagte Timo und brachte die ersten Dinge zum Tisch.

Freya stand auf und half ihm, suchte Teller und Besteck heraus. Das bunte Sammelsurium in den Schränken entlockte ihr ein Lächeln. »Scheint, als hättest du wirklich ganz von vorne anfangen müssen, nicht?«

»Spenden unserer Freunde«, erwiderte Erik.

»So viel habe ich nie besessen«, sagte Freya, als sie Teller und Besteck für alle zum Tisch brachte. »Was man nicht besitzt, kann einem nicht fortgenommen werden. Sunny hat es genauso gehandhabt.«

Timo zog leicht die Augenbraue in Eriks Richtung hoch, was der mit einem leichten Kopfschütteln beantwortete. Später. »Das wissen wir«, sagte er stattdessen. »Wir haben Sunny nicht nur einmal beim Umzug geholfen. Ihre Sachen passten in zwei oder drei Kartons. Wenn's hochkam, noch eine Matratze, zwei Böcke für eine Schreibtischplatte und ein Stuhl. Mehr hatte sie nicht.«

»Ist bei mir genauso. Ich habe nur eine Einzimmerwohnung in der Stadt. Mehr brauche ich nicht. Nicht so etwas wie hier«, sagte sie, wies um sich und setzte sich wieder. »Also«, sie sah Timo an, »was wolltest du sehen?«

»Essen wir erst einmal«, erwiderte er und tat sich etwas auf. Es gab Rührei, Brot, Gemüsesticks, Salat und einen Joghurtdip. Lauter gesundes Zeug, aber Timo hatte auch Frikadellen und kleine Miniwürstchen gefunden, die er sich jetzt genüsslich einverleibte und auch Erik gründlich damit fütterte. Echte Kerle halt. Da blieb Freya doch lieber beim Grünzeug.

Als sie einigermaßen gesättigt waren, bat er darum, die allerersten Bilder von dem Haus noch einmal sehen zu dürfen. »Hast du die dabei?«

»Ich habe alles auf meinem Rechner, ja. Bin jetzt wieder offiziell im Dienst als Teil einer Sonderermittlungstruppe.« Letzteres sagte sie ganz leise, damit Helmut nichts mitbekam, aber da brauchten sie sich keine Sorgen zu machen. Allenthalben hörte sie von oben Flüche und saftige Kommentare zum Verlauf des Spiels.

Damit sie alle schauen konnten, verband Freya ihren Rechner per Bluetooth mit dem Fernseher. »Was willst du sehen?«, fragte sie, die Hand auf dem Touchpad.

Timo war aufgestanden, die Hände in den Taschen der Jogginghose. »Zeig mir mal bitte alle Fotos, die der Makler euch geschickt hat. Ich komme selber nicht drauf, meine aber, dass da etwas ist.«

Nach und nach klickte sie durch die Bilder. So in Großansicht wurde der Zustand des Hauses nicht besser. »Mann, was für eine Bruchbude«, sagte Timo kopfschüttelnd, »die hätte man gleich einschie… stopp. Warte. Geh mal ein Bild zurück.« Sie sahen auf die verwilderte Einfahrt mit dem windschiefen Tor, eine Ansicht von der Straße. Timos Blick fiel auf die Briefkästen, oder vielmehr, den gemauerten Pfosten mit zahlreichen Briefschlitzen darin. Er trat an den Fernseher heran. »Zoome diesen Bereich einmal größer, bitte«, sagte er und zeigte darauf.

»Die Briefkästen? Warum?« Aber Freya tat, was er gesagt hatte. Gleich darauf konnten sie die Schlitze in Großaufnahme sehen.

»Da!« Timo klopfte auf die Scheibe. »Ich wusste es! Das gibt es doch nicht!«, rief er aus. Er hatte das Symbol sofort erkannt, und auch einen zweiten Namen. »Mann! Mich haut's echt um!«

»Was ist denn?!«, fragten die anderen beiden verwundert.

Statt einer Antwort erwiderte Timo: »Hast du einen anonymen Browser auf deinem Rechner installiert?«

Freya schnaubte. »Wo denkst du hin! Selbstverständlich nicht, ich bin nicht in der IT.«

»Aber ich habe einen. Warte, ich lege ihn dir dazu«, sagte Erik. »Wohin soll ich surfen?«, fragte er, als das erledigt war.

»Ruf mal die Webpage von **Way to Life** auf. Das Antragsformular für die Mitgliedschaft. Habt ihr das geöffnet, als ihr die Seite untersucht habt?«, fragte er Freya.

»Ich glaube nicht, nein. Warum? Wozu?«

»Guck mal«, sagte er, ging zu Erik und legte den Kopf des Formulars so auf den Schirm, dass er direkt neben der Briefkastenleiste stand. »Dieses Formular muss man ausdrucken, unterschreiben und dann an die Adresse schicken, die dort angegeben ist. Seht ihr? Das Symbol auf diesem Briefkasten ist dasselbe. Damit der Briefträger es gleich erkennt.«

»Waas?!«, entfuhr es Erik, und Freya sprang wie gestochen auf. Sprachlos ging sie nach vorne und starrte auf den Bildschirm.

»Die hängen mit drin«, ächzte sie fassungslos. »Wir haben uns schon gewundert, ob Christina die einzige ist, die in dem

Konstrukt die Kohle heranschafft. Dem ist offenbar nicht so.«

»Und es geht noch weiter«, sagte Timo grimmig und tippte auf den nächsten Briefkasten. »Seht ihr das hier? Es ist ein wenig unscharf, aber wenn man ein Bildprogramm darüber jagt, möchte ich wetten, dass dort T&N Value Development steht.«

»Tobias und Nicole«, murmelte Freya und schlug sich innerlich an die Stirn. »Ja, natürlich. Das waren die Käufer des Anwesens. Aber warum sollten sie ihr eigenes Grundstück aus einer Zwangsversteigerung kaufen?«

»Vielleicht, weil sie nicht ausziehen wollten? Die richterlichen Beschlüsse konnten sie nicht mehr abbiegen, da war nichts zu machen. Also haben sie in den sauren Apfel gebissen. Ihr solltet das Grundstück durchsuchen, und zwar gründlich«, sagte Timo zu Freya.

Sie zückte schon ihr Handy, wählte eine Nummer. »Hallo… ja, Dirk. Kannst du schnellstmöglich zu Erik Bahnstedt kommen? Wir haben da etwas… ja, genau. Okay, geht klar. Bis gleich.« Sie legte auf. »Er ist unterwegs.« Sie ging zum Tisch zurück und scrollte ein wenig weiter, zum dritten Briefkasten. »Ja! TS Procura, das ist der Pflegedienstvermittler. Bingo!«

»Ich glaube«, sagte Timo trocken, »du kannst von Glück sagen, Kumpel, dass Chrissy sich nicht als schwarze Witwe verlustiert hat, sondern nur den rechtlichen Weg gegangen ist. Sonst wärest du jetzt six feet under.«

»Wäre ich trotzdem fast«, erwiderte Erik und starrte grimmig auf den Bildschirm. Ihm war eiskalt, innerlich und äußerlich.

»Was wollen wir wetten, dass sie diese Impressumsdienste erst nach Beschlagnahmung des Grundstücks in Anspruch genommen haben?«, sagte Timo.

»Die Wette gehe ich nicht ein«, schnaubte Erik.

»Da frage ich mich doch...«, Freya hatte überlegend die Finger an die Lippen gelegt, »ob es wirklich ihr Ziel war, dich umzubringen? Was hätte das gebracht? Rache, ja gut, aber ansonsten? Oder wollten sie dich nur zum Krüppel machen, um letzten Endes doch noch an dein Geld zu kommen? Das, was ihrer Meinung nach ihnen zusteht? Nur haben sie sich bei Erik verkalkuliert. Mit dir, Timo, haben sie nicht gerechnet, mit deiner Recherche. Als das schief ging, hatte Christina sich nicht im Griff. Deshalb haben sie das Grundstück verloren. Das holen sie sich jetzt alles wieder. Mit dem Geld anderer Leute.«

»Wie krank ist das denn bitte?!«, rief Timo aus.

»Krank sind sie, und zwar alle, so viel steht fest«, erwiderte Freya regungslos. Verschwunden alle Zerbrechlichkeit, jetzt stand wieder die Polizistin vor ihnen. Und diese fragte sich bereits, welche Rolle Maik in diesem ganzen Konstrukt spielte. Zufall oder hing er mit drin? Das wäre allerdings die Krönung der Krankheiten, ein Behinderter, der Beihilfe zum Mord an anderen Behinderten leistete. Aber wer weiß, vielleicht hatten sie ihn schlicht und einfach in der Tasche. Oder den Hacker. Auch das müssten sie sich ansehen. Davon sagte sie den anderen aber nichts.

Schritte unterbrachen ihre Überlegungen. Es wurde an die Tür geklopft, doch davor stand nicht Olsen, sondern Hardi, Marita und Wolle, alle drei beladen mit Essen. Timo machte auf.

»Hey, was macht ihr denn für Gesichter?«, fragte Marita.

Sie waren sprachlos, und sie waren es noch, als Dirk Olsen nach einer langen Fahrt endlich eintraf. Dem entlockte die ungeplante Versammlung eine hochgezogene Augenbraue in Richtung Freya, worauf sie nur mit den Schultern zuckte.

Olsen war dagegen viel zu sehr Profi, um sich seine Verblüffung anmerken zu lassen. »Ich war gerade auf dem Weg in die Stadt, als du angerufen hast, Freya. Da haben Sie ja richtig gute Arbeit geleistet, Dr. Lanzen. Niemals hätte ich vermutet, dass diese beiden Fälle zusammenhängen. Bei Ihnen, Erik.«

»Vielleicht hat auch jemand nachgeholfen, dass es so weit kam«, sagte Freya. Alle sahen sie an, die Stirn gerunzelt. »Zu viele Zufälle auf einmal, finde ich. Wie viele Fälle lasst ihr wieder aufrollen? Wir haben 25 Verstorbene im Vereinsregister«, fügte sie ergänzend für die anderen hinzu.

»Fünfund…« Marita wurde bleich, worauf Hardi ihre Hand tätschelte.

»Alle«, erwiderte Olsen knapp.

»Ich könnte mir vorstellen«, sagte Hardi, »dass Sie bei der Untersuchung der Konten auf ähnliche Muster treffen wie bei den beiden, die in Eriks Facebookgruppe sind. Ich hatte mich schon gefragt, wie sie wohl an das Geld gelangt sein könnten. Aber da du sagst, dass der Beitritt in diesen Verein nur mit einer Originalunterschrift gültig war, war dies wohl der Schlüssel dazu.«

»Was? Aber warum?«, fragte Erik verständnislos. Auch die anderen schauten ratlos, aber dann nickte Timo plötzlich. »Oh Mann, du hast recht.«

»Genau«, sagte Hardi. »Wer konnte denn im Fall der Mitglieder die Originalunterschrift leisten? Die sind alle ans Bett gefesselt oder an den Rollstuhl. Das konnte nur der amtliche Betreuer, und damit hatten sie eine 1a Vorlage für eine Unterschriftenfälschung. Gekochtes Ei, Nässe, schon mal gehört? Wenn dann der Betreuer noch krank wurde, brauchten sie nur die Unterschrift zu nehmen und in eine Bankfiliale zu marschieren, wo man ihn oder den Betreuten nicht so gut kennt. Und schon war das Geld futsch.«

Olsen knurrte. »Man könnte meinen, Sie hätten das Drehbuch dafür geschrieben, Herr Hartmann!« Auf Hardis erschrockenen Blick winkte er ab. »Genau das ist im Fall von Daniel geschehen. Es war der Krankenpfleger, der bei der Bank erschienen war. Das wissen wir, weil sich der Mitarbeiter noch genau daran erinnert und sich den Namen des Mannes notiert hat. Ein gewisser…«, er scrollte in seinem Handy, »Robin Attassen. Wir lassen die Formulare aus der Bank kommen und eine Videoüberwachung, so noch vorhanden. Dann hätten wir schon mal ein Bild.«

»Hatte der Mann deiner Ex nicht eine abgebrochene Ausbildung als Krankenpfleger, Freya?«, fragte Timo.

»Stimmt…« Jetzt fiel es Erik wieder ein. »Was, wenn er es selber ist?«

»Das werden wir bald wissen«, sagte Olsen. »Gut gemacht, wirklich. Das hilft uns sehr. Wir werden das Anwesen schnellstmöglich durchsuchen lassen.«

»Pah!«, machte Wolle. »Die werden längst abgetaucht sein.«

»Hmm…«, machte Timo. »Vielleicht auch nicht. Ruf mal Maps auf, Erik. Zeig uns eine Satellitenansicht.« Er wartete, bis Erik die Seite aufgerufen und die Adresse eingegeben hatte. »Seht ihr das? Ziemlich viel Wald. Aber hier, da gibt es eine Unterbrechung im Bewuchs, als wäre der Boden dort anders. Schnurgerade bis aufs Nachbargrundstück. Wissen Sie, wem das gehört?«

»Noch nicht«, sagten Olsen und Freya wie aus einem Mund. »Aber das finden wir heraus.«

»Lassen Sie mich das machen«, sagte Timo spontan. »Ich habe das Exposé angefordert und somit ein berechtigtes Interesse an den Unterlagen. Ich fahre gleich morgen früh in das Grundbuchamt der Stadt und schaue, wer da Eigentümer ist.«

»Fotografieren Sie uns auch die Kaufverträge ab, wenn sie können«, bat Olsen. »Das erspart uns einiges an Bürokratie.«

»Geht klar. Herrje, Erik. Jetzt wirst du den Lockvogel spielen müssen, so viel steht mal fest.« Auf Timos Worte schauten sich die Freunde stumm an.

»Aber nur als letzte Option«, kam es entschieden von Freya. »Lasst uns erstmal unseren Job machen. Wer weiß, was wir dort finden. Vielleicht auch sie.«

»Das glaubst du doch wohl selber nicht«, erwiderte Erik.

»Sie unternehmen aber nichts selber, klar?«, mahnte Olsen. »Und kein Wort zu niemandem, auch nicht zu…« Er zeigte nach oben. »Und auch nicht zu Ihren Freunden im Netz, Erik.«

»Geht klar«, sagte Erik, und die anderen nickten.

»Okay, gut. Freya, ich denke, wir fahren aufs Revier. Das wird eine lange Nacht.«

»Ja, klingt danach«, seufzte sie, ging zum Sofa zurück und fuhr ihren Rechner runter. »Melde dich, sobald du was aus dem Grundbuchamt hast, ja?«, bat sie Timo.

»Ist gut«, sagte der.

Die Freunde sahen stumm zu, wie Freya ihre Tasche packte und dann aufstand. »Wir sehen uns«, sagte sie knapp. Die Hand zum Abschied hebend und Erik noch ein trauriges Lächeln zuwerfend, ging sie hinaus. Gleich darauf hörten sie einen Wagen starten und davonfahren.

»Himmel, was war denn bei euch los?«, fragte Marita, kaum dass die Tür zu war.

»Ihr habt geheult, und zwar alle beide«, ergänzte Hardi.

»Was ist…« Wolle blieben die Worte im Halse stecken, denn er hatte Eriks Hände entdeckt. Die sich ganz spontan zu Fäusten geballt hatten. »Hey! Seit wann kannst du das denn?!«, rief er aus.

Erik hatte es noch gar nicht bemerkt, aber jetzt sah er fasziniert darauf. »Seit heute Abend. Ich steuere das nicht bewusst. Es fing einfach so an. Mit ihr.« Er seufzte, und prompt fielen seine Hände wieder regungslos auf die Armstützen.

»Und, hat sie…?«, fragte Marita vorsichtig.

Erik musste die Augen zusammenkneifen. »Oh ja.« Mehr brachte er nicht hervor. Die Fäuste waren wieder da.

»Und, wie schlimm…?« Diesmal traute sich Hardi nicht, die Frage zu Ende zu stellen.

Erik holte einmal tief Luft. »Schlimm.« Er sah sie alle an, jeden einzelnen. »Ihr könnt es euch nicht vorstellen, und das mag ich euch nicht schildern. Es wäre ein Vertrauensbruch. Nein, das soll sie machen, wenn sie dazu bereit ist. Tut mir leid.« Und etwas in seiner Miene sagte den Freunden, dass es hier keine Kompromisse geben würde.

Kapitel 13

Vergeblich versuchte Freya, in dieser Nacht Schlaf zu finden, die eh schon viel zu kurz war. Der stickige Raum half da auch nicht. Schließlich gab sie es auf und setzte sich mit dem Laptop auf die Terrasse. Es war so warm, dass sie nicht einmal eine Decke brauchte. Eine tropische Nacht.

Sie benötigten noch mehr Fakten, damit es für einen Durchsuchungsbefehl reichte, das war ihnen allen klar geworden, und das hatte ihnen auch der Richter gesagt. Freya ging noch einmal ihre Notizen durch, was sie alles untersuchen wollten, und machte sich weitere. Als es langsam hell wurde, schickte sie das Update an Olsen und ging hinein, um zu duschen und sich einen Kaffee zu kochen.

Auch Erik hatte schlecht geschlafen. Zu viel ging ihm im Kopf herum, vor allem Freya. Ihm war klar, dass er ihr zu nahegetreten war, und er hätte sich dafür in den Hintern beißen mögen. Hätte er nicht vorsichtiger sein können? Aber er konnte sich nicht helfen. Irgendwie waren sie miteinander verbunden, und er meinte zu spüren, sie merkte das auch. Durch Sunny, natürlich, aber das war es nicht nur. Verdammte Sache!

Den Morgen verbrachte er gähnend, manchmal auch vor sich hindösend im Wohnzimmer. Zwischendrin versuchte er immer wieder, seine Hände zu trainieren, erfolglos. Nachdem Helmut ihn versorgt hatte, kam seine Ablösung, Annemarie diesmal, die sich gleich mit einem Kaffee versorgte und auch ihm einen Schluck erlaubte, den ersten seit Monaten. Der beamte ihn dann derart wach, dass er sich vorkam wie auf einem Drogentrip. Seine Arme und Hände zitterten wie verrückt. Er beschloss, das Training sein zu lassen und stattdessen einmal seine E-Mails durchzusehen und zu gucken, was er in der Firma erledigen musste. Dann sah er eine Mail von Timo an Freya und Olsen, er selber in cc.

Fotos hingen dran, und als er sie öffnete, sah er es gleich. »Bingo«, sagte er grimmig. Der Eigentümer des Nachbargrundstücks war T&N Value Development. Welch Überraschung. Auch die Unterschriften aus den Verträgen hatte Timo besorgt, wie auch immer ihm das gelungen war. Vermutlich hatte er der Empfangsdame schöne Augen gemacht. So etwas konnte er, er war ein Meister darin. Auch im Katasteramt war er gewesen und hatte die Auszüge zum Bebauungsplan abfotografiert. Da waren Gebäudereste zu sehen zwischen beiden Grundstücken. Alte Fundamente oder vielleicht ein Bunker?

»Na, dann hast du ja, was du wolltest, Freya«, sagte er und ging nun in seine Chatgruppe, um sich dort die neuesten Neuigkeiten anzuhören.

Natürlich wollten sie alle wissen, was Erik in der Zwischenzeit unternommen hatte. Aber er hielt dicht, das hatte er ja versprochen. Er sagte ihnen nur, dass er mit Freya gesprochen hätte und sie sich das mal ansehen wolle. Ob heute, nächste Woche oder irgendwann, das sei unklar. Da waren sie natürlich enttäuscht. Erneut drängten sie ihn, sich in dem Verein anzumelden.

<Haltet mal den Ball flach, Leute. Wenn ich das mache, dann nur, wenn man mich auch flächendeckend überwachen kann. Ich habe mit meinen Kumpels gesprochen. Sie sind skeptisch, aber sie überlegen sich was. Das muss genau organisiert werden. Ihr wollt doch schließlich nicht, dass ich demnächst röchelnd in der Ecke liege, oder?>

<Na gut>, schrieb Maik. ***<Aber wartet nicht allzu lange, ja? Nicht, dass es noch ein Opfer gibt.>***

Habt ihr eine Ahnung, wie viele Opfer es in Wahrheit sind, dachte Erik, als er den Chat schloss. Wer weiß, was die im Revier noch alles ausgruben.

Damit hatte er recht. Mittlerweile waren die Wände des Konferenzraumes, den sie sich für diese Sache reserviert hatten, von vorne bis hinten mit allerlei Pinnwänden und Whiteboards vollgestellt. Die Sachen im Laptop zu haben, war eine Sache, aber so groß visualisiert wirkte es ganz anders. Fotos hingen jetzt dort, die der Opfer, die der vier

Verdächtigen. Auch Kopien ihrer Personalausweise und Daten aus dem Melderegister.

Gerade pinnte Dirk zwei vergrößerte Unterschriften unter die Sektion von T&N Value Development. »Ah, Freya. Guck mal hier. Das ist die Unterschrift aus dem Kaufvertrag für das Grundstück Vogelsang 44. Die andere gehört zum Grundstück Birkenweg 12, das dahinter liegt.«

»Scheint, als wäre Romeo fleißig gewesen, sehr fleißig. Sie sind nicht identisch. Mist!« Das erkannte sie sofort. »Wie heißen die Klarnamen der Käufer dazu? Hat Timo das mit fotografiert?«

»Aber klar doch, der ist schlau. Beide Male T&N Value Development, einmal vertreten durch…«, er schaute auf seinen Laptop und schrieb dann daneben: »Bento Straisna, und der andere durch… Coleen Stinnar.«

»Schon komische Namen«, fand Freya. Sie ging zu den Personalausweisen, nahm sie ab und hielt sie neben die Unterschriften. »Habt ihr die Unterschriften von der Bank mittlerweile bekommen? Und von den Pflegekassen?«

»Nein«, seufzte Olsen grimmig. »Ich habe Tick darauf angesetzt. Er kommt übrigens heute Abend oder spätestens morgen früh hierher und unterstützt uns. Sorry.« Denn Olsen wusste genau, was Tick so trieb.

»Auch das noch. Na gut, dann kann ich ja gleich meine Schulden bei ihm einlösen und ihn zum Essen einladen. Jippie«, meine Freya lakonisch.

»Wenn's zu arg wird, schick mir einfach ne Message, dann komme ich zufällig vorbei, klar?«, sagte Olsen eindringlich.

Sofort trat Freya den Rückzug an. »Ich komme klar, keine Sorge. Mit so einem Schmierbolzen wie Tick allemal.«

»Na gut, du musst es wissen.«

Statt einer Antwort beschäftigte sie sich lieber mit dem Fall. Sie verglich die Unterschriften. Die von Christina und Julia legte sie gleich wieder weg, die passten überhaupt nicht. Aber die von Tobias und Nicole… »Hm. Das sollte sich ein Schriftexperte ansehen. Es könnte sein… siehst du den Schwung hier?«

»Könnte was sein«, stimmte Olsen zu.

Bevor er noch mehr sagen konnte, kam die Sekretärin herein und brachte ihm neue Unterlagen. »Von der Bank. Leider noch nicht mehr. Die Kassen lassen sich Zeit.«

»Okay, danke. Hier ist die… Bingo! Das ist ganz eindeutig dieselbe Handschrift wie auf dem Kaufvertrag.«

»Naja, der Ausweis wurde auch ausgestellt, da war der Typ gerade mal achtzehn«, sagte Freya mit Blick auf das Datum. »Meine Schrift war mit achtzehn auch anders als heute. Haben sie ein Foto von der Videoaufzeichnung mitgeschickt?«

Olsen blätterte. »Ja, hier. Herrje, die Anlage ist nicht die Beste. Man kann kaum etwas erkennen.« Er pinnte das Foto neben Tobias' Passfoto und dem offiziellen Fahndungsfoto. »Damit werden wir keinen Blumentopf gewinnen.«

»Und er sieht auch ganz anders als ein Achtzehnjähriger oder auf dem anderen Bild. Wie alt ist er jetzt, Mitte Dreißig? Ja, ist er. Da kann er sich noch sehr verändert haben oder er hat sich verkleidet. Schon komisch, dass der seinen Ausweis nie verlängert hat. Aber die Schrift, die lügt nicht. Warte, lass mich mal eben telefonieren.« Gleich darauf war sie wieder da. »Wir sollen die Unterschriften an die Ballistik schicken, sie haben dort jemanden an der Hand, der auf Gutachten zertifiziert ist, sodass sie auch vor Gericht Bestand haben.«

Im Laufe des Vormittags trafen immer mehr Informationen ein. Die Krankenkasse kam endlich aus dem Quark und schickte ihnen die Unterlagen. Pflegeprotokolle, Abrechnungen, alle mit Unterschriften. Auf Nachfrage bei der Sachbearbeiterin fand Freya heraus, dass fünf weitere Kandidaten ihrer Todesliste bei der Kasse versichert gewesen waren. Auch hier ließ sie sich die Unterlagen liefern. Bald war das Board unter Tobias vollgepinnt damit.

»Alle dieselbe Schrift. Nur dass er bei dem hier Torben Tanissa hieß. Und hier. Er hat manchmal die Namen gewechselt, und nie denselben Namen in der gleichen Stadt verwendet. Damit es nicht so auffiel. Der ist schlau, ziemlich gerissen«, schnaubte Olsen.

»Aber nichts zu Nicole und Julia?«, wunderte sich Freya.

»Nein. Außer möglichweise Nicoles Unterschrift bei T&N nichts. Auch nicht beim Pflegevermittler, obwohl dort als Geschäftsführer eine Frau angegeben ist«, sagte Olsen. »Die hat stets die Abrechnungen an die Krankenkassen geschickt, musste aber die Stundenzettel mitsenden. Die Unterschriften auf den Abrechnungen sind nur getippt. Aber die Stundenzettel sind alle von ihm, daher passt es.« Sein Handy summte. Er schaute darauf. »Ah, sehr gut. Die Exhumierung von Daniel und den anderen wurde genehmigt.« Das war in diesem Fall relativ leicht gewesen, denn die Opfer hatten ja keine Angehörigen, die Veto hätten einlegen können. Leider waren einige verbrannt worden, sodass sie nur noch die obligatorischen Gewebeproben von der Todesfeststellung hatten. Aber auch das half. »Ist die Forensik informiert?«

»Die stehen Gewehr bei Fuß. Wir brauchen nur das Go zu geben«, sagte Freya, mit gerunzelter Stirn auf eine E-Mail starrend. »Hey, guck dir das an. In dem Fall vom fünften Opfer gab es eine Beschwerde bei der Vormundschaftsaufsicht. Der Betreuer hatte Verdacht geschöpft. Am selben Tag jedoch hatte er einen Unfall, wurde von einem Auto angefahren, und lag mehrere Wochen im Krankenhaus. Keine Woche später war der Pflegebedürftige tot. Und niemand hat das nachverfolgt.«

»Das gibt's doch nicht!« Olsen beugte sich zu ihr rüber und las mit. »Ja, haben die denn alle gepennt?!«

Freya machte sich keine Illusionen. »Das übliche Chaos. Die Behörden reden nicht miteinander. Sie sind nicht vernetzt. Und das nutzen diese Typen eiskalt aus. Verdammt!« Wenn Freya so etwas las, könnte sie stets vor Wut die Wände hochgehen. Das war bei ihren Fällen genauso. Die Informationen wurden nicht weitergereicht, versickerten im Chaos der Behörden. Zu Lasten der missbrauchten Kinder. »Ich geh das mal ausdrucken. Willst du noch nen Kaffee?« Sie flüchtete, das war ihr bewusst, und sie spürte Olsens besorgten Blick im Rücken.

Innerlich mit sich hadernd, stand sie in der Kaffeeküche und schaute aus dem Fenster. Warum musste man ihr das immer ansehen? Und warum hatten alle, wirklich alle Männer und manche Frauen, mit denen sie zu tun hatte, das Bedürfnis, sie in Watte packen zu müssen? Egal ob Olsen, egal ob die Freunde von Erik oder die Kollegen im anderen

Revier, überall merkte sie es. Konnten die sie nicht einfach in Frieden lassen?! Sie wollte das nicht.

Ticks Ankunft am späten Nachmittag machte es nicht besser. Der stürzte sich natürlich gleich auf sie. »Wann gehen wir essen, Schatz?«, plinkerte er. »Ich hab dir auch was mitgebracht. Die Geschichte von Faye alias Julia. Die hat sogar studiert, unter anderem Namen. Biochemie mit Abschluss zur Apothekerin, stell dir vor.«

Freya machte lieber einen Schritt zurück, wenn auch unauffällig. Tick ölte wie verrückt, bei dem heißen Wetter allemal. Das versuchte er mit einer Menge penetranten Deos zu kaschieren, aber riechen tat man es dennoch. Es machte Freya, die eh schon völlig übermüdet war, Kopfschmerzen. »Lass uns das gleich erledigen, ich bin völlig geschafft und könnte was vertragen. Ich lade dich ein. In welchem Hotel wohnst du?«

Es lag direkt neben der Kneipenmeile, wo auch sonst. Das Budget war begrenzt, von daher war es eher eine Absteige, aber das war Tick bestimmt egal, wie sie ihn kannte. Freya wartete, bis er eingecheckt hatte, dann suchte sie sich einen Tisch auf der Außenterrasse eines Restaurants nebenan, mit einem großen Sonnenschirm darüber. Dennoch, die Luft stand förmlich in der Stadt, sie hatten weit über Dreißig Grad.

Er versuchte natürlich sogleich, den Charmebolzen herauszukehren, aber Freyas Antworten, einsilbig und nicht zu Scherzen aufgelegt, schoben dem bald einen Riegel vor und ließen das Essen in ungemütlichem Schweigen vergehen. Schließlich legte sie seufzend das Besteck fort. Sie brachte keinen Bissen mehr herunter, obschon sie kaum etwas von ihrem leckeren Gericht gegessen hatte. Genauso wenig wie vom Getränk etwas getrunken. Tick dagegen war längst fertig, er hatte alles förmlich in sich hineingeschaufelt. »Tut mir leid. Ich bin derzeit keine gute Gesellschaft. Die letzten Tage waren ziemlich anstrengend, wir haben Tag und Nacht gearbeitet.«

»Hey, ich doch auch. Was ist, willst du dich etwas ausruhen, und dann treffen wir uns nachher auf ein Bier, wenn es etwas kühler geworden ist?« Besorgt musterte er sie, die Grabschaufel wieder eingepackt. Freya war leichenblass.

»Nein… nein, ich glaube, ich lege mich einfach hin. Lass gut sein, Tick, das holen wir ein andermal nach. Ich gehe mal bezahlen«, sagte sie und stand auf. Auf einmal hatte sie flirrende Kreise vor den Augen, und sie schaffte es nur noch mit Mühe nach drinnen und zur Bar mit der Kasse. Dort war es etwas kühler, und sogleich wurde es etwas besser. Jedoch jetzt in ihre stickige Wohnung zurückkehren zu müssen, der Gedanke ließ sie gleich wieder schwummrig werden. Einen Moment lehnte sie an der Tür und zwang sich, tief durchzuatmen, dann ging sie zurück zu Tick, der am Eingang der Terrasse auf sie wartete. Was war nur mit ihr los?

»Soll ich dich nicht lieber nach Hause bringen, du siehst…«

»Hallo Freya«, rief da jemand von der Seite. Freya wandte den Kopf und sah Wolle auf sie zukommen, in kurzen Trekkinghosen und Shirt und Sandalen, ganz anders als das sonst so offizielle Arzt Dress. »Meine Güte, was ist denn mit dir los? Geht es dir nicht gut?«, fragte er besorgt, und diesmal war er das in höchstem Maße, denn sie sah aus, als wollte sie gleich zusammenklappen.

»Nein… nein, geht schon, Wolle. Tick, das ist Dr. Wolfgang Teuschner, einer der Freunde von Erik. Wolle, Björn Tickering. Er hilft uns bei den Ermittlungen. Entschuldigt mich. Ich glaube, ich muss nach Hause.« Sie beide nicht mehr ansehend, lief Freya einfach los. Das kam so abrupt, dass die Männer ihr einen Moment verblüfft hinterher starrten. Bis sie um die nächste Ecke bog und sich dort schon an der Hauswand abstützen musste.

»Verflucht!« Wolle lief los, so schnell, dass Tick nicht hinterherkam. Wolle rannte um die Ecke, sah sie an der nächsten, wo sie sich an einen Laternenpfahl klammerte. »Freya!«, rief er und stürzte zu ihr, doch da rutschte sie auch schon zu Boden und fiel zur Seite. In der Gasse war niemand, keiner sah das. »Himmel!« Sie war bewusstlos. Hastig sah Wolle sich um und entdeckte etwas weiter eine offenstehende Tür, es war das Pfarrhaus der St. Gertrud Gemeinde. Er kannte auch den Pfarrer, der war Patient von ihm und ein alter Kumpel zudem. Hastig hob er sie auf und trug sie hinüber. »Jemand zuhause?!«, rief er laut und trat in die Eingangshalle, die Tür hinter sich zudrückend. Als Tick endlich um die Ecke geschnauft kam, war von den beiden nichts mehr zu sehen.

Wolle bettete Freya auf ein Sofa, das am Eingang an der Wand stand, und untersuchte sie hastig. Ihre Augen sahen nicht gut aus, als wenn sie irgendwie unter Drogen stand. Da konnte er nur eines machen: Er zückte sein Handy und rief den Krankenwagen.

Leises Piepsen weckte sie wieder auf. »Sie wird wach«, sagte eine Stimme, was von anderer Seite von einem erleichterten Seufzen beantwortet wurde.

Freya schrak hoch und fand sich liegend in einem Bett wieder. Eierschalenfarbende Wände. Krankenhaus. »Was…?« Sie riss die Augen auf.

Olsen saß bei ihr und tätschelte sachte ihre Hand. »Ganz ruhig. Alles ist gut.«

Freya kniff die Augen wieder zusammen. »Wie… wie bin ich…?«

»Dr. Teuschner hat dich in der Stadt aufgesammelt. Du bist auf der Straße zusammengeklappt. War wohl ein wenig viel die letzten Tage und das bei der Hitze. Zu wenig gegessen und getrunken, was?«

»Nein, das war es nicht«, sagte Wolle da hinter ihm und kam herein, in der Hand ein Klemmbrett mitsamt Datenblatt. Er sah zornig aus, richtig finster. Sofort merkten die beiden Polizisten auf. »Das war keine Überanstrengung. Da hat jemand nachgeholfen, mit einer Mischung von Betäubungsmitteln. Eine geringe Dosis, aber bei deinem Fliegengewicht hat das völlig gereicht. Wir konnten es gerade noch nachweisen. So etwas baut sich schnell ab.«

»Waas?!«, rief Olsen aus. »Ihr wurden KO Tropfen verabreicht?!«

Freya riss ihre Hand zurück, stemmte sich hoch. »Das… KO Tropfen?! Aber warum… wo ist meine Tasche?!«, rief sie und sah sich hektisch um.

»Ganz ruhig. Ich habe sie, die hat niemand bekommen«, antwortete Olsen und drückte sie sachte zurück. »Woran kannst du dich erinnern? Wo bist du mit Tick gewesen?«

»Nun, auf einer Außenterrasse neben seinem Hotel. Es war eng dort. Immer wieder haben sich Leute an uns vorbeigedrängelt. Aber ich habe nicht wirklich was gegessen und getrunken, nur ganz wenig, weil ich eh schon so fertig war. Und ich war zwischendrin mal auf Klo und Tick auch.« Mit gerunzelter Stirn versucht sie sich an eines der vielen Gesichter zu erinnern, die sich an ihnen vorbeigedrängelt hatten. Aber sie hatte nicht darauf geachtet.

»Verflucht«, grollte Olsen. »Ich spreche gleich mit Tick, vielleicht ist dem etwas aufgefallen. Scheint, als wäre jemand wach geworden. Wir sollten so schnell wie möglich das Anwesen durchsuchen. Nicht, dass die abtauchen.«

»Wenn es dafür nicht längst zu spät ist. Die sind in der Stadt, warum sonst ist das passiert? Wer weiß, vielleicht beobachten sie uns und auch Erik schon länger?« Freya schlang die Arme um sich, wie eine Schutzhaltung. Es machte beide Männer ganz zornig, das zu sehen, vor allem Wolle.

»Du solltest nicht mehr alleine durch die Stadt gehen«, sagte Olsen. »Keiner von uns. Wir müssen Erik unter Bewachung stellen, denn er ist ihr eigentliches Ziel.«

»Das schreit geradezu nach einer Krisensitzung, nicht?«, sagte Wolle und zückte sein Handy. Keine Viertelstunde später waren sie auf dem Weg zu Erik, mit dem Auto, denn Freya war immer noch etwas wackelig auf den Beinen.

Die anderen waren bereits dort, und sie erschraken richtig, als sie Freyas Zustand sahen. »Oh, du lieber Himmel! Setz dich, setz dich«, rief Marita und half Freya aufs Sofa. »Möchtest du etwas trinken? Ist dir kalt?«

Freya wurde innerlich ganz klein, wie alle sie anstarrten. Sie nahm sich aber mit aller Macht zusammen. »Eine Cola wäre, glaube ich, ganz gut. Damit mein Kreislauf wieder in Gang kommt.«

»Was ist denn passiert, hm?«, fragte Erik, während Marita in der Küche beschäftigt war.

»Setzt euch«, sagte Wolle. »Nun macht schon.« Er konnte sehen, dass Freya sich ziemlich unwohl damit fühlte, wie alle um sie herumstanden und auf sie herabstarrten. Die Freunde taten es zögernd. Hardi holte zwei Stühle von der Terrasse, damit sie alle Platz hatten. Freya und Olsen wechselten einen Blick, und er nickte. Leise begann sie daraufhin zu berichten.

Die Runde explodierte förmlich. Besonders Erik rastete beinahe aus, seine Arme und Beine zitterten so sehr, dass Wolle seine Arme festhalten musste, sonst wären die unkontrolliert aufs Gestänge geschlagen. »Beruhige dich! Es ist nichts passiert, jedenfalls beinahe nichts.«

»Das sieht mir aber gar nicht danach aus!«, presste Erik hervor und fand seine Meinung in Hardis und Timos Mienen bestätigt.

»Es geht schon wieder«, wehrte Freya ab, sprang auf und trat ans Fenster. Ihnen den Rücken zugewandt, starrte sie hinaus. »Was war der Zweck des Ganzen? Wollten sie an meine Unterlagen kommen? Mich entführen? Oder etwas ganz anderes?« Sie drehte das Glas in der Hand und nahm noch einen Schluck.

»Einerlei, du solltest nicht mehr alleine sein, weder in der Stadt noch im Revier. Und du auch nicht, Erik«, sagte Timo.

»Das sehe ich genauso, und am ehesten könnte man das bewerkstelligen, wenn du hier übernachten würdest, Freya«, ergänzte Olsen.

Nein, dachte sie sofort und zog die Schultern ein. Sie spürte förmlich, wie die Blicke sich in ihren Rücken bohrten, und kam sich kleiner und durchsichtiger vor als jemals zuvor. Warum konnte sie nicht einfach verschwinden? Aber sie musste einsehen, Olsen hatte Recht. Sonst müssten sie zwei zusätzliche Leute abstellen, einen Begleiter für Erik und einen für sie selbst, und die hatten sie einfach nicht. Diese Sonderermittlungsgruppe brachte die Kapazitäten in dem hiesigen Revier an ein absolutes Limit, selbst mit der Hilfe der Leute aus der großen Stadt.

»Gibt es eine andere gangbare Alternative? Wohl kaum, außer uns in Schutzhaft zu nehmen.« Sie seufzte. »Also schön. Dann schlafe ich auf dem Sofa.« Sie drehte sich um, Erik ansehend.

»Du schläfst in einem richtigen Bett, oben, unterm Dach«, erwiderte Erik zornig. »Soweit kommt es noch! Die Pflegekräfte können es sich hier unten gemütlich machen. Sie sind schließlich nicht zum Schlafen hier. Klar?«

Bevor Freya noch etwas erwidern konnte, ging Olsen dazwischen. »Wir werden eine Überwachung installieren müssen, und zwar im gesamten Haus. Auch oben, in Ihrem Schlafzimmer und Bad. Falls jemand Sie attackiert, Erik, dann müssen wir das auf Band haben. Das bedeutet, dass immer jemand zuguckt, auch wenn Sie versorgt werden. Wäre das okay?«

Erik schluckte hart. Soweit hatte er noch gar nicht gedacht. Er fing einen Blick von Hardi auf. »Können wir das selber organisieren? Erik möchte mich Sicherheit nicht, dass jemand Fremdes zuguckt, wenn man ihn versorgt, oder, Kumpel?«

»Ganz sicher nicht«, presste Erik hervor. Das wäre ihm hochgradig peinlich.

»Lass mich mal mit Seb sprechen, unserem Techniker«, schlug Hardi vor. »Er ist derjenige, der Erik seinen Sprachcomputer zusammengebaut hat. Er hat bestimmt das Equipment dafür in seinem Fundus und kann uns einen Cloudlink einrichten, über den wir zuschauen können.«

Olsen hatte die Augenbrauen hochgezogen. »Na schön. Aber die Überwachung des Einganges vorne und hinten kommt von uns. Wir müssen das einfach im Auge behalten. Klar?«

»Klar«, sagten alle, und Erik atmete erleichtert auf. Damit konnte er leben. Schließlich hatten er und seine Kumpels sich schon in allen Lebenslagen gesehen, bekleidet oder unbekleidet. Das war für ihn okay.

»Ähm, Dirk?« Freya wandte sich um. Alle sahen sie an. »Vielleicht sollten wir es nicht an die große Glocke hängen, dass dieses Haus von nun an überwacht wird.« Auf die fragenden Blicke der anderen hob sie die Schultern. »Mir kommt etwas sehr merkwürdig vor. Ich habe einen Durchbruch bei den Ermittlungen zum Tod meiner Schwester, und huch, auf einmal kommt Erik zeitgleich mit diesen

Todesfällen an, deren mögliche Täter dann ganz zufällig auch noch damit in Verbindung stehen? Ich weiß nicht… das sind mir zu viele Zufälle auf einmal. Es kommt mir so vor… es ist nur ein Gefühl, aber vielleicht wurdest du in diese Richtung geschubst, Erik. Oder dein Kumpel Maik. Oder sogar ich.«

»Hmm…«, meinte Erik und dachte nach, »die Chatgruppe hatte mir aber lange, bevor du den Durchbruch hattest, gesagt, dass sie dort auf etwas gestoßen wären.«

»Wie gesagt, es ist nur ein Gefühl. Ich kann's nicht wirklich greifen. Aber vielleicht sollte dein Freund auch die Außenkameras übernehmen und uns den Feed über einen separaten Link zuschicken? Geht das?«, fragte sie Hardi.

»Bestimmt«, meinte der. »Lass uns schauen, was er so hat. Wenn nicht, sagen wir Bescheid.«

»Tut das«, nickte Freya. »Wir sollten auch intern nicht von einer Überwachung sprechen, Dirk. Wir haben nicht wirklich im Blick, wer da mit wem redet, erst recht nicht, wenn wir die Anträge für die elektronische Überwachung stellen müssen. Dafür muss jemand abgestellt werden«, fügte sie für die anderen hinzu, »und das geht nur über einen Antrag, der genehmigt werden muss.« Alle nickten verstehend. »Wenn ihr das macht, geht es deutlich schneller, und wir halten es unter dem Deckel. Sagen wir den Kollegen nur, dass Erik einer Überwachung nicht zugestimmt hat wegen seiner besonderen Situation. Aber nur, wenn jemand explizit nachfragt. Das klingt plausibel.«

»Gut«, sagte Olsen und stand auf. »Wir haben beinahe genug zusammen, um die Hausdurchsuchung beantragen zu können. Wenn wir Glück haben, schon heute Nacht, ansonsten morgen. Freya, wir holen jetzt deine Sachen. Bleib hier und ruhe dich aus, du siehst aus, als würdest du gleich zusammenklappen, und diesmal richtig.«

»Zu Befehl, Boss«, sagte sie, sich die Stirn am Cola Glas kühlend. Er hatte recht, sie musste dringend liegen, das merkte sie selber.

Marita stand auf. »Komm, leg dich hier hin, hier ist es kühler als oben. Ich sage Annemarie Bescheid. Sie soll dir oben das Bett neu beziehen. Und ich werde Freyas Sachen packen, Kommissar, nicht einer von Ihnen«, ergänzte sie bestimmt.

»Ich spreche gleich mit Seb«, sagte Hardi und ging hinaus, um zu telefonieren. Marita half Freya auf das Sofa, legte ihr einen Stapel Kissen unter die Füße und eines unter den Kopf.

»Gut so?«

»Ja, geht schon. Danke, Marita.« Freya schloss die Augen, denn besonders Eriks Blick mochte sie jetzt nicht begegnen.

Gleich darauf war Hardi wieder drinnen. »Timo, kannst du mich zu Seb rausfahren? Er sagt, er baut uns etwas, gleich heute Abend.« Hardi hatte wie Erik kein Auto. Wenn er eines brauchte, selten genug, lieh er sich das meistens von Timo, dessen Neustadtwohnung über einen eigenen Stellplatz verfügte. Oder sie nahmen einen der Firmenwagen, die Erik jederzeit nutzen durfte.

»Ist gut, mache ich.« Gleich darauf waren alle fort, nur Wolle war noch da und setzte sich jetzt zu Freya aufs Sofa. Er nahm ihr Handgelenk, fühlte ihren Puls. »Immer noch zu flach und zu schnell. Das dauert eine Weile, bis es sich abgebaut hat. Ich stelle dir eine Schale her. Kann sein, dass dir noch schlecht wird.«

Er ging nach oben, um Annemarie entsprechende Anweisungen gebend, was die mit einigen erschrockenen Ausrufen zur Kenntnis nahm. Dann verabschiedete er sich. »Wenn was ist, ruf an, ja?« Gleich darauf war er hinaus und Erik allein mit Freya. Sie hatte die Augen geschlossen und den Arm über den Kopf gelegt.

Er machte nicht viel Federlesens. Sie hörte seinen Rollstuhl ans Sofa stoßen, ein wenig hin und her Rangiererei, dann hatte er ihn dicht neben ihr geparkt. Gleich darauf krachte seine Hand auf ihren Arm. »Au!«, rief sie, fasste aber sofort zu. »Hast du geübt?«

»Ich versuche es. Schlaf ein wenig. Ich bleibe bei dir und passe auf, keine Sorge«, sagte er leise und schaute zu, wie sie seine Hand ergriff und festhielt und seine Daumen prompt zu streicheln begannen. Wie kam das nur? Bewusst machte er das nicht. Aber es wirkte, sie schlief tatsächlich ein, und damit war er zufrieden. Sie war hier, bei ihm, und erstmal in Sicherheit.

Bis Marita mit ihren Sachen zurückkam und Hardi mit Seb und einem großen Karton voller Elektronik, hatte sich Freya tatsächlich etwas ausgeruht. Annemarie hatte ihr etwas zu essen gemacht und sie genötigt, ganz viel zu trinken. »Hatte mal eine Freundin, die mit so etwas attackiert worden ist. Keine Ahnung, was die von solch einer alten Schachtel wie ihr wollten. Die Welt ist halt voller kranker Arschlöcher.

Also trink, Kind! Je mehr Wasser, desto besser, dann kommt es schnell wieder raus.«

Erik saß stumm dabei und konnte nur zuschauen. Wie er es hasste, so hilflos zu sein! Prompt ballte er die Fäuste, es ging wie von selbst. Wenn er das nur steuern könnte! Er dachte an dieses Gefühl zurück. Stellte sich vor, dass er Freya hochhob, auf seine Arme… und schon gingen seine Arme nach oben.

»Was machst du da?«, fragte Annemarie.

Sofort fielen sie wieder nach unten. »Ich versuche, mit ihnen zu reden. Dass sie tun, was ich denke. Aber es klappt nicht«, sagte Erik.

Freya, die am Wohnzimmertisch saß und kaute, denn sie hatte jetzt richtig Hunger, schaute erstaunt auf. »Vielleicht sind sie nur über einen Kanal erreichbar. Den heimliche Wünsche Kanal«, meinte sie und schluckte runter.

Erwischt!, dachte Erik, und: Nein, du wirst jetzt nicht rot, Alter! »Vielleicht, ja. Aber wenn, ist der nicht in meinem Programmheft. Jedenfalls nicht bewusst. Verdammt!«

»Das wird schon noch, du wirst sehen«, tröstete Annemarie und gab auch ihm zu essen. Es mutete etwas seltsam an, fand Freya. Ganz anders als bei Timo, der ihn einfach mit irgendwelchen Leckereien vollgestopft hatte, fütterte sie ihn wie ein Baby mit dem Löffel und Brei, immer wieder seinen Mund abwischend. Es war ihm peinlich, dass Freya dabei zusah, weshalb sie rasch woanders hinblickte und sich gedankenverloren eine Gabel nach der anderen einverleibte, bis sie pappsatt war.

»Ich glaube, ich setze mich mal ein wenig raus und schaue, was sich so auf dem Revier getan hat«, sagte sie, griff in ihre Tasche und holte den Laptop heraus. Gleich darauf saß sie draußen in der warmen Abendluft und atmete tief durch. Worauf hatte sie sich da nur eingelassen?

Der Abend wurde richtig turbulent. Den Anfang machte Marita mit ihren Sachen. »Ich staune, Freya. Wie kommst du nur über diese lange Zeit mit so wenig Klamotten aus?«, fragte sie angesichts des kleinen Koffers. Wenn sie selber in den Urlaub fuhr, schleppte sie immer Unmengen an Zeug mit.

Freya mochte nicht zugeben, dass sie kaum mehr Sachen besaß. »Ich hasse einfach die Schlepperei und wasche lieber zwischendrin. Das ist leichter«, sagte sie stattdessen. Annemarie brachte den Koffer nach oben, da ließ sie nichts gelten. Freya sollte sich schonen.

Bald darauf kamen auch Hardi und Timo zurück in Begleitung eines kleinen, dicklichen Mannes. »Seb«, grüßte der knapp. »Wo sollen die Schätzchen hin?«

»So, dass man sie nicht auf Anhieb entdeckt«, sagte Erik. »Wie groß sind die Kameras? Und Mikrofone?«

»Alles zusammen etwa so groß wie mein Daumennagel. Am besten…« Seb sah sich um. »Ja. Dort oben wird es gehen. Gibt es dort irgendwo Strom?« Bald darauf hatte er strategisch günstig ein halbes Dutzend Kameras in der Wohnung verteilt. Eine im Garten, wo sie den Durchgang und die Automatiktür erfasste. Eine in der Küche, die andere im Wohnraum. Eine in Eriks Bad und Schlafzimmer und eine vor dem Eingang. Alle so eingebaut, dass sie Strom erhielten, über ein dünnes Kabel. Die uralten Balken mit den zahlreichen Spalten und Nischen machten es leicht, diese zu verlegen. Er schloss sie einfach an eine Lampe an oder an eine Steckdose. Die Stromkabel lagen ja alle Aufputz, sodass es gar nicht auffiel, wenn dahinter ein zweites geklemmt war.

»So, und jetzt zur Datenübertragung. Wenn die dich wirklich kaschen wollen, würden sie wohl als allererstes das Netz hier im Haus lahmlegen«, sagte er und fuhr seinen Laptop hoch. Daneben hatte er ein kleines Gerät liegen, per USB verbunden. »Damit du keine Hilfe holen kannst. Ich würde dir empfehlen, dir auch die WLAN Codes von deinen Nachbarn zu besorgen und die Außenkameras über ein weiteres WLAN zu fahren. Dann hast du ein Fallback, falls sie dort wirklich drangehen.«

»Okay…« Erik wählte schon und rief seinen Nebenmann an. Bald darauf bekam er von ihm ein Foto von dem Code auf dessen Rooter zugesandt. Gleiches machte Erik mit dem Nachbarn schräg gegenüber. »Die beiden haben das stärkste Netzwerk, immer an, weil sie von zuhause arbeiten, und auch ein Fallback über Mobilfunk, falls das mal nötig sein sollte, haben sie mir gesagt. Die anderen ringsherum haben entweder gar kein Netzwerk, weil zu alt und kein Internet, oder sie schalten es ab, wenn sie schlafen oder außer Haus sind.«

»Reicht auf jeden Fall«, sagte Seb und nahm ein paar Einstellungen vor. Gleich darauf erschienen die verschiedenen Kameraeinstellungen auf dem Laptop. Mit Zeitstempel und allem Drum und Dran. »Wie lange sollen die

Aufzeichnungen erhalten bleiben? Standard sind 24 Stunden. Alles mehr kostet auch mehr, weil die Datenmenge größer ist. Mit sechs Kameras allemal.«

»Können wir Downloads machen?«, fragte Freya.

»Jepp, na klar. Stündlich, täglich und wöchentlich. Also?«

»Dann genügen 30 Stunden. Wir laden täglich runter und lassen den Rest überschreiben.«

»Okay.« Seb blies die Wangen auf und ging online. Er wies alle an, eine bestimmte App aus dem Store zu installieren, und wollte ihre E-Mail-Adressen wissen. »Ich richte euch für die Cloud einen Zugang ein. Freya, dir und der Polizei einen separaten für die Außenkameras. Ich brauche die Adressen der Kollegen, die das überwachen werden.«

Sie überlegte: »Das wären vorerst Olsen, Tick und ich selber. Moment…« Sie schickte Olsen eine Anfrage, die er prompt bestätigte. »Ja, genau. Wir drei. Die Innenkameras nur an Eriks Freunde.«

»An dich nicht?«, fragte Seb verwundert, ohne vom Rechner aufzusehen.

Freya spürte förmlich, wie sich Eriks Blick in sie bohrte. »Nein, für mich nicht. Ich bin ja hier«, ergänzte sie leichthin, aber die Freunde merkten sofort, dass das nicht die Wahrheit war. Denn Freya musste ja arbeiten, wäre ständig außer Haus. Sie sahen erstaunt zwischen den beiden hin und her, bis Erik leicht mit dem Kopf schüttelte. Lasst sie, hieß das.

Als endlich alle fort waren, wusste Freya nicht mehr, was tun. »Legen Sie sich hin, Kindchen. Sie sehen geschafft aus«, sagte Annemarie.

»Ja, ich glaube, das ist besser«, sagte Freya, Erik nicht ansehend. Nur allzu sehr war sie sich der mitlaufenden Kameras bewusst. »Ich gehe ins Bett. Gute Nacht.«

»Nacht«, sagte Erik und folgte besorgt ihren schleppenden Schritten die Treppe hinauf.

»Hey, keine Sorge, ich bin ja da und kümmere mich um sie, wenn es ihr schlechter geht«, flüsterte Annemarie ihm zu.

Darauf konnte er nur stumm nicken und rollte sein Gefährt in den Garten, um dort noch ein paar ruhige Momente für sich zu haben.

Kapitel 14

In der Nacht hörte er sie, wie sie sich rastlos hin und her warf. Manchmal auch weinte oder erstickt aufschrie. Das Haus war alt, es gab zum Obergeschoss keine Tür, sondern nur eine offene Galerie, von daher war gut zu hören, dass sie Albträume hatte. Er hätte vor lauter Wut die Wände hochgehen mögen und schlief deshalb so gut wie gar nicht, vor allem, als sie irgendwann aufstand und ein leises Klackern verriet, dass sie am Arbeiten war. Entsprechend finster war seine Laune am nächsten Morgen.

Freya hätte sich am liebsten schnurstracks auf den Weg ins Revier gemacht. Nur durfte sie das nicht mehr. Sie musste auf Hardi warten, der sie mitnehmen würde. Also saß sie notgedrungen mit einem Latte Macchiato, der wirklich lecker war, musste sie zugeben, am Wohnzimmertisch und schaute ihre Notizen aus der Nacht durch. Und ganz oben auf der Liste stand ein Besuch bei Maik. Den würde sie sich vorknöpfen, Behinderter hin oder her. Er sollte offenlegen, von wem er diese Informationen bekommen hatte. Olsen stimmte mit ihr darin überein, und sie würde dazu Horst Müller mit ins Boot holen. Der stand als Betreuer ganz oben auf einer möglichen Abschussliste.

Mit halbem Ohr lauschte sie darauf, wie Annemarie oben mit Erik schimpfte, weil der so unausgeschlafen war, und auf seine barschen Antworten. Schließlich befahl sie ihm praktisch, liegen zu bleiben und noch etwas zu schlafen, und so konnte Freya unbeobachtet von ihm, aber beobachtet von anderen unsichtbaren Augen aus dem Haus schleichen, als Hardi vor der Tür erschien.

Der Tag ging so turbulent weiter, wie der alte aufgehört hatte. Es trafen immer mehr Daten von den Krankenkassen und Banken ein. Zwei Fälle, die beiden ersten, parkten sie zunächst beiseite, denn es hatte keine Abhebungen von den Konten kurz vor dem Zeitpunkt des Todes gegeben.

»Das muss aber nicht heißen, dass da nicht doch jemand nachgeholfen hat«, sagte Freya. »Die Pflegeprotokolle sind noch nicht eingetroffen. Wer weiß, vielleicht hat er einfach nur Gelder veruntreut oder kleinere Beträge abgehoben.« Sie zeigte auf die Kontoauszüge. Ganz schön viel Bargeld war über das Jahr runter gegangen, mehrere Hundert Euro im Monat. Das war bei den anderen nicht so gewesen, denn dort waren sämtliche Kosten per Überweisung gelaufen und von den Kassen beglichen worden.

»Also ist er womöglich an die Bankkarte gekommen?« Olsen runzelte die Stirn und sah auf, als seine Sekretärin in der Tür erschien. »Schon irgendetwas aus dem Labor?«

»Leider nein. Aber der Durchsuchungsbeschluss ist gerade eingetroffen.« Sie reichte ihm einen Ausdruck. »Außerdem wartet ein Herr Müller draußen am Empfang.«

»Sehr schön. Übernimm du Müller, Freya. Dann setze ich mal die Truppen in Gang.«

Den Betreuer hatte Freya noch nie gesehen, aber sie hatte sein Foto in der Akte. Nach der Begrüßung brachte sie ihn in ein kleines Besprechungszimmer. »Das klang ja ernst am Telefon«, sagte er, sich setzend.

»Ist es auch. Wir ermitteln in einem ganz, ganz schlimmen Fall von Betrug mit Todesfolge, der eventuell auch ihre Mandanten betrifft. Und Sie selber, Herr Müller. Ich möchte bitte, dass Sie, bevor ich Ihnen das offenlege, eine Verschwiegenheitserklärung unterzeichnen. Das geht nicht anders, und Sie werden auch gleich verstehen, warum.« Sie schob ihm das Formular rüber.

Er las mit hochgezogenen Augenbrauen, obschon ihm diese Formulare an sich nicht neu sein dürften. »Schön, wenn es nicht anders geht…« Er unterzeichnete. Dann legte er den Stift fort und sah sie an. »Worum geht es?«

Horst Müller hatte in seiner langen Zeit als Betreuer schon mit ähnlich vielen schlimmen Fällen zu tun gehabt wie sie selber, aber das, was Freya ihm nun auseinandersetzte, haute auch ihn förmlich um. »Die haben meinen Kollegen attackiert?!«, rief er entsetzt.

»Wir können es noch nicht beweisen, aber es sieht ganz danach aus, ja. Deshalb müssen wir mit Maik reden, offiziell, verstehen Sie, und das geht nun mal nur mit Ihrer Zustimmung.«

Er wischte sich fassungslos über das verschwitzte Gesicht, denn er trug einen Anzug, bestimmt nicht angenehm bei diesem Wetter. »Das hat Sie aber nicht davon abgehalten, Erik Bahnstedt zu kontaktieren«, rügte er.

»Falsch. Der ist von sich aus auf mich zugekommen in dieser Sache. Nicht in der Sache meiner Schwester. Aber das ist etwas Persönliches und geht Sie nichts an.« Sie tippte mit dem Finger auf die Verschwiegenheitserklärung. »Also, was ist jetzt? Die Zeit läuft uns davon.«

Sofort setzte er sich aufrechter hin. »Lassen Sie uns fahren, jetzt gleich. Maik dürfte zuhause sein heute Vormittag. Er lässt mich immer wissen, welche Termine er gerade wo hat, falls er mal Hilfe benötigen sollte. Ist halt schwierig ohne Angehörige.«

Er hatte ein Auto, und zwar einen kleinen Minibus mit Rollstuhlrampe. »Ah, nicht nur Geh- und Schreibhilfe, sondern auch noch Taxifahrer?«, fragte Freya und musste beinahe schmunzeln.

Müller war nicht nach Lachen zumute. »Ist so viel praktischer, ansonsten müssten wir uns wirklich einen Fahrdienst rufen. Ich habe das Gefährt günstig von einem insolventen Altenheim erworben. Privat. Ein Auto brauche ich, und warum nicht so eines? Das kann mir keiner verbieten. So kann ich meine Klienten überall hinbringen oder abholen, wenn nötig.«

»Nein«, sagte Freya und schnallte sich an, während er schon losfuhr. »Aber nicht jeder Betreuer würde sich so aufopfern.«

»Hmm… habe ich ihnen erzählt, dass meine Frau im Rollstuhl sitzt? Ach, nein? Oh. Sorry«, erwiderte er trocken, aber jetzt zuckten seine Mundwinkel.

»Soso!«, sagte sie nur und betrachtete die Gegend. Es ging hinaus an den Stadtrand, in die Nähe des Autobahnringes. Eine Siedlung mit diesen mehrgeschossigen hässlichen 60er Jahre Bunkern, wo keiner eigentlich wohnen wollte, weil die von irgendwelchen Immobiliengesellschaften aufgekauft und dann sukzessive herabgewirtschaftet worden waren. Sozialer Wohnungsbau anno dazumal.

»Da vorne ist es. Maik hat Glück. Die Firma Neubauer hat ihm einen rollstuhlgerechten Eingang gebaut. Mit den Azubis der Berufsschule. Die haben das als Ausbildungskosten verbucht. Schauen Sie mal.«

»Oh ja.« Die zwei Stufen am Eingang waren durch eine längere Rampe ersetzt worden. Ein Geländer sicherte das beidseitig ab. »Maurer Schrägstrich Betonbauer und die Metallbauer, möchte ich wetten. Das ging ja schnell.«

»Hätte Maik gekonnt, hätte er einen Luftsprung gemacht. Die Lehrer haben angefragt, ob er nicht einmal einen Vortrag vor den Schülern halten könnte. Und vor der Handwerkskammer auch. Und das alles, weil er Erik kennengelernt hat.« Müller stieg aus und kam ums Auto herum, um Freya die Tür aufzuhalten.

Dergleichen war sie nicht gewohnt, daher schlüpfte sie verlegen aus ihrem Sitz. »Erik bringt einige Leute zusammen, habe ich den Eindruck.«

Sie gingen aufs Haus zu und klingelten. Es dauerte ein wenig, dann ging die Gegensprechanlage. »Hallo Herr Müller«, sagte eine mechanische Stimme. »Wen bringen Sie da mit?« Der Summer ging, sodass sie eintreten konnten.

Maiks Tür war gleich die gegenüber dem Eingang. Freya rümpfte ein wenig die Nase. Im Flur roch es feucht, geradezu schimmelig. Bei Maik in der Wohnung jedoch nicht. Die schien einigermaßen in Ordnung zu sein, sah man von dem uralten Teppich und den vergilbten Tapeten ab. Sehr sauber und sehr, sehr karg. Wie bei ihr auch.

Maik erwartete sie in seinem Wohnraum. Nur einer mit einer kleinen Terrasse. Ein Bad, gerade groß genug für seinen Rollstuhl. Im Wohnraum eine alte Spüle an der Wand, mehr nicht. Er bekam Essen auf Rädern, hatte Müller Freya erzählt. Wer sollte hier auch kochen?

Das alles nahm Freya mit ihren erfahrenen Augen wahr, bis sie Maik selber erblickte. Sie musterten sich einen Moment lang schweigend, denn sie hatten sich ja noch nie getroffen, aber schon viel voneinander gehört. »Hallo Maik, ich bin Freya von Sievers«, stellte sie sich vor.

Er gab ein kurzes »Ah!« von sich, dann gingen seine Augen zum Computer. »Eriks geheimnisvolle Kommissarin, Miss Special Victims Unit. Schön, Sie kennenzulernen. Was bringt Sie hierher?« Er sagte das ganz locker, aber seine Arme und Beine verrieten ihn, beobachtete Freya, sie zitterten. Er war nervös. Angespannt.

»Dürfen wir uns setzen?«, fragte sie und zeigte auf das Sofa, das wohl auch sein Bett war. Denn etwas anderes stand hier nicht herum.

»Bitte«, gab er sein Einverständnis.

Was Freya ihm dann auseinandersetzte, das brachte Maik fast zum Ausrasten. Das war nicht mehr gespielt, erkannte Freya, das war echt. Spastiken, ausgelöst durch zu viel Anspannung, Zorn und Furcht. Sie las daraus, dass Erik wirklich dicht gehalten hatte und Maik nichts von den Ermittlungen gewusst hatte. Gut so!

Schließlich brach Müller das Gespräch ab. »Genug. Beruhige dich, Maik! Gehen Sie vor die Tür oder auf den Balkon, ich mach das schon«, sagte er zu Freya. Sie tat ihm den Gefallen und setzte sich draußen auf einen wackeligen Campingstuhl. Wie trostlos es hier war!, dachte sie mit Blick auf den schmutzigen Hinterhof voller Sperrmüll und anderer Abfälle. Nun, ihre eigene Wohnung lag in keinem besseren Viertel, aber immerhin war sie im Obergeschoss, sodass sie über die Dächer in die Ferne schauen konnte. Immerhin. Mit halbem Ohr lauschte sie auf die Geräusche hinter sich, Müllers leise Fragen und Maiks blecherne Antworten, durchbrochen von einigen Schreien und anderen Lauten, die Spastiker während ihrer Anfälle so von sich gaben.

Irgendwann stand Müller dann in der Balkontür: »Kommen Sie wieder rein, er hat sich beruhigt. Er fragt, was Sie wissen wollen.«

Freya nickte und ging hinein. »Geht es wieder?«, fragte sie Maik und setzte sich ihm gegenüber. Er blinzelte einmal, was sie als Ja interpretierte. »Maik, ich weiß, dass Sie sich in Ihrer

Gruppe zu gewissen Dingen verpflichtet haben. Nur habe ich über die ganze Sache nachgedacht und kann mich des Eindruckes nicht erwehren, dass wir ganz gezielt dorthin gesteuert worden sind, wo wir uns jetzt befinden. Sie, Erik, und ich auch mit meinen Ermittlungen. Deshalb möchte ich von Ihnen wissen, woher diese Informationen kommen. Wer hat die ausgegraben? Ich weiß, Sie wollen keine Namen nennen. Die Daten sind möglicherweise gehackt, nein, ganz sicher sind sie das. Nur, Maik, wir können nicht ausschließen, dass derjenige, der dies bei Ihnen platziert hat, mit den Tätern in Verbindung steht und unter Umständen in Ihrer Gruppe alles mitliest. Verstehen Sie das?«

Er starrte sie an. Doch dann bekam er einen Anfall, da schlug er permanent mit dem Kopf gegen die Kopfstütze seines Gefährts. Die war gepolstert, wohl aus dem Grund, aber dennoch. Allein vom Hinsehen wurde Freya schon schwummrig. »Ich glaube, das lassen wir lieber«, rief Müller über den Maiks Toben hinweg. »Gehen Sie raus. Ich komme gleich.«

Als sie schließlich im Auto saßen, schwiegen sie beide eine Weile. Schließlich seufzte Freya. »Das war ein wunder Punkt. Der wusste genau, wovon ich rede. Nicht von der Anzahl der Opfer, das hat ihn wirklich überrascht. Aber dass die Täter womöglich mit in der Gruppe sind.«

»Den Eindruck hatte ich auch. Verdammt! Was verbirgt er nur?«

»Lassen wir das bei ihm einmal sacken. Wer weiß, ob er nicht von sich aus auf uns zukommt«, sagte Freya, und damit sollte sie recht behalten.

Zurück auf dem Revier fand sie den Konferenzraum verwaist. Olsen war ausgeflogen und koordinierte die Durchsuchung des Anwesens. Daher machte sich Freya daran, die inzwischen eingetroffenen Informationen zu sichten und einzusortieren. Sie druckte weitere Unterschriften aus. »Wusste ich's doch!«, sagte sie grimmig, als sie die von den Pflegeprotokollen des Toten sah, bei dem viele kleine Beträge vom Konto abgehoben worden waren. Sie stimmten mit den anderen überein. »Du bist wirklich fleißig, Tobias.«

Hinter ihr kam ein Geräusch auf. Tick schnaufte herein. »Na, geht es dir besser?«, fragte er.

»Ach, auch schon aufgestanden?«, erwiderte sie. Es war schon weit nach elf Uhr.

Er knurrte nur. »Hab im Hotel gearbeitet. Warum so biestig?« Er ging zum Getränketisch und schenkte sich einen Kaffee ein. »Willste auch was, Schatz? Du siehst müde aus.«

»Nerv mich nicht, Tick! Was hast du Neues?«

Schnaufend setzte er sich auf einen Platz ihr gegenüber und holte seinen Laptop hervor. »Diese Julia ist wirklich wie ein Chamäleon. Die hat sich auch in der IT eingeschrieben, ein paar Semester. Netzwerktechnik und Webdesign. Scheint, als wäre sie der schlaueste Kopf von denen allen. Dagegen finde ich zu Nicole gar nichts, rein gar nichts. Als wäre sie nicht existent außer möglicherweise als GF von T&N und für diesen obskuren Pflegevermittler. Ich habe die Jahresabschlüsse beider Firmen vom Finanzamt angefordert. Mal sehen, ob das etwas ergibt. Womöglich waren sie die gesamte Zeit schwarz unterwegs, aber wer weiß.«

Freya hatte ihm nur mit halbem Ohr zugehört und las mit gerunzelter Stirn eine weitere Mail von Timo. Er hatte die Gründungsdaten aus dem Vereinsregister und Unternehmensregister ausgegraben und endlich das Exposé erhalten. Überraschend spät, wie er anmerkte. Für gewöhnlich ging das viel schneller. Weil die Leute von T&N anderweitig beschäftigt waren?

»Was ist?«, fragte Tick.

Sie hob die Hand. »Ich glaube, wir sollten mal einen Zeitstrahl bauen, hier an der Wand. Dieses Timing von allem… das kommt mir merkwürdig vor.«

Da war Tick natürlich sofort dabei, vor allem, weil er dann dicht neben ihr stehen konnte, vermutete Freya und versuchte krampfhaft, Abstand von ihm zu halten. Das gelang ihr nur ansatzweise, vor allem nicht mit der Nase. Dieser Typ roch wirklich penetrant! Sie zwang ihre Konzentration auf die Tafel. Was sie dort nach und nach zusammenfügten, las sich wie ein Drehbuch.

»Hier«, sagte Freya und tippte auf die Tafel. »Der Tod der Eltern. Hier der Antrag auf Sozialhilfe, der abgelehnt worden war. Am nächsten Tag dann die erste Abhebung auf dem Konto des ersten Opfers. Also hat er gejobbt, natürlich musste er das, sie mussten ja von etwas leben. Und Julia war noch am Studieren, genauso wie Christina mit ihrer Schauspielschule. Acht Wochen später war das Opfer tot. Dann kaum eine Woche später begann das Geld vom Konto des zweiten Opfers zu verschwinden. Der starb aber wesentlich später, vermutlich, weil mehr Kohle abzugreifen war. Hm…

wenn die zu viert von diesen Beträgen leben wollten, war das trotzdem ganz schön eng. Was kam als nächstes?«

Tick war die Tafeln abgeschritten und blätterte nun in den Unterlagen auf dem Tisch. »Dann haben sie den Verein gegründet und eine Woche später den Pflegevermittler. Scheint, als wäre ihnen aufgegangen, dass dies ein cooles Geschäftsmodell ist. Dann folgten Opfer drei… vier… und fünf. Jeweils Abstand ein halbes Jahr, plus minus von einigen Wochen.« So und so weiter bauten sie den Zeitstrahl zusammen.

Schließlich stand Freya überlegend davor. »Aber wie passt dort T&N Value Development hinein? Wann wurde die Firma gegründet?«

Wieder blätterte Tick, sich öfter die Finger anleckend. Igitt! Freya mochte wetten, dass dies das erste Mal seit Jahren war, dass er etwas anderes als eine Tastatur in den Fingern hatte. Sie würde jetzt ganz sicher nicht mehr in den Unterlagen blättern. Nicht ohne Handschuhe oder Desinfektionsmittel!

»Ah, zwischen Opfer sechzehn und siebzehn. Scheint, als hätten sie da genug Kohle beisammen gehabt, um zu investieren. Das war am…« Er las ihr das Datum vor.

Freya merkte auf. »Moment mal.« Da klingelte etwas bei ihr. Aber was? »Was fehlt denn hier noch… ach, natürlich, Christina. Wann hat die ihren zweiten und dritten Kerl geheiratet? Und sich wieder scheiden lassen?« Als Tick ihr die Daten nannte, fuhr Freya auf. »Scheiße! Wann war die Zwangsversteigerung von dem Haus des ersten Mannes? Steht das irgendwo?«

Tick hatte die Augen aufgerissen. Auf einmal wurde er ganz hektisch. »Ähm... Mist! Weiß nicht... Moment.« Er wühlte hastig herum und klemmte sich schließlich an seinen Rechner, hektisch irgendetwas tippend. »Nein. Keine Angabe.«

Freya hatte schon ihr Mobiltelefon in der Hand und wählte eine Nummer. »Hi«, sagte Timo am anderen Ende. »Moment, ich bin grad in einer Besprechung. Einen Augenblick.« Sie hörte ihn aufstehen, ein kurzer Satz zu seinem Gegenüber, das Klappen einer Tür. »So, jetzt. Wie geht es dir? Du hast nicht lange geschlafen.«

Sie zuckte innerlich zusammen. Er hatte zugeschaut oder die Aufzeichnung abgespielt, anders konnte es gar nicht sein. »Ganz gut. Du offenbar auch nicht. Hör mal, kennst du jemanden im Grundbuchamt von...«, sie last ihm den Namen des Ortes vor. Ein größeres Dorf, ganz in der Nähe, »und kannst jemanden dorthin schicken, mir eine Information zu besorgen?«

»Brauche ich nicht«, sagte er prompt. »Für den Ort ist unser Amt zuständig, es ist gleich nebenan. Was willst du wissen?«

»Ich brauche sämtliche Käufer und Kaufdaten und die jetzigen Eigentümer folgender Adresse... Das ist die Adresse von Christinas erstem Mann.«

»Von... oh Shit!« Er zog augenblicklich dieselben Schlüsse wie sie. »Ich eile. Dauert nicht lange!«, rief er und legte auf.

Tick wollte was sagen, aber sie hob die Hand, Olsens Nummer wählend. »Wie weit seid ihr?«, fragte sie ohne eine Begrüßung.

Er knurrte. »Schon fast fertig. Wir haben nichts gefunden. In den beiden Kästen hat seit ewigen Zeiten keiner mehr gelebt, obschon das andere Haus in einem wesentlich besseren Zustand ist. Hier kommt regelmäßig jemand vorbei, lüftet und macht den Garten. Es gibt im Keller einen Verbindungsgang zwischen beiden Häusern. Luftschutz aus dem zweiten Weltkrieg, wie es aussieht.«

»Ist der Durchsuchungsbeschluss nur auf eine bestimmte Adresse ausgestellt oder auf alle Liegenschaften von T&N?«, fragte Freya. Denn den hatte Olsen mitgenommen, sie hatte keine Kopie. Innerlich drückte sie die Daumen.

»Auf T&N… warum?« Er wurde sofort hellhörig.

»Halte die Truppen zusammen. Könnte sein, dass ihr gleich weitermachen könnt, und zwar ganz in der Nähe dieser schnuckeligen kleinen Stadt.«

»Was zum…«

»Bleib dran.« Freya drückte ihn weg, denn jetzt kam ein neuer Anruf rein, wieder von Timo. »Und?«

»Bingo. T&N Development. Jetziger Eigentümer. Sie haben das Haus aus der Zwangsversteigerung gekauft.«

»Yes!« Freya ballte die Faust. »Schick's mir sofort rüber. Danke, Timo. Hast was gut bei mir. Ich melde mich.« Und sie wechselte wieder die Leitung. »Dirk, die haben noch ein Haus, und zwar hier in der Nähe. Seht zu, dass ihr dorthin kommt.« Sie nannte ihm die Adresse und weitere Details. Dann legte sie auf und atmete tief durch.

»Hammer, Freya.« Tick war knallrot im Gesicht, seine Augen glänzten.

»Mach weiter. Was haben die aus der Scheidung mit dem dritten Ehemann abgegriffen? War da auch eine Immobilie dabei?« Stück für Stück trugen sie jetzt auch die letzten Informationen zusammen, und bald ergab sich ein richtig rundes Bild.

»Die sind wie die Heuschrecken«, meine sie schließlich. »Haben sie ein Feld abgegrast, ziehen sie weiter. Im Schwarm. Was wollen wir wetten, dass T&N noch mehr Liegenschaften besitzt und man dort auch eines der Opfer finden kann?«

Also klemmten sie sich hinter das Telefon. Sie riefen Grundbuchämter an, Behörden. Es war ermüdend, immer wieder mit dem gleichen trägen Amtsschimmel kämpfen zu müssen. »Verdammt, warum sind die nicht vernetzt?!«, fluchte Freya und legte frustriert auf nach einem besonders nervigen Gespräch mit einem älteren Beamten. Sie schickte Olsen eine Message, ihr eine Kopie des Beschlusses abzufotografieren. Der Kerl hatte Nerven!

»Träum weiter!«, schnaubte Tick, die nächste Nummer wählend.

Aber als der Nachmittag fast zu Ende war, hatten sie auch dort ein genaueres Bild. »Die haben immer billige Objekte aus einer Zwangsversteigerung gekauft, und zwar immer dann, wenn Tobias einen neuen Pflegeauftrag erhalten hat. So hatten sie für die Zeit einen Unterschlupf und konnten Tobias unterstützen, wenn es nötig war. Und schau mal hier, weil das Konto dieses Opfers leer war und er noch Schulden beim Pflegedienst hatte, wurde seine Wohnung zwangsversteigert. Rate, wer der Käufer war?«

»Tata«, machte Tick nur.

»Meine Güte!« Freya schüttelte fassungslos den Kopf. »Die müssen mittlerweile Millionenwerte gescheffelt haben bei den explodierten Immobilienpreisen.«

»Dein Freund Timo kann dir das sicherlich genau sagen und wird es mit Freuden tun«, schnaubte Tick.

»Hey, was soll das denn jetzt?«

»Pah!«, machte Tick. »Die schleimen doch alle hinter dir her, merkst du das nicht? Ganz besonders der Doktor, das habe ich gestern gesehen. Der ist vor lauter Sorge fast durchgedreht.«

»Woher willst du das denn wissen? Was tut das jetzt zur Sache?!«, schnappte Freya, aber innerlich wurde ihr kalt. »Dann sind sie nicht besser als du«, konnte sie sich nicht verkneifen. Abrupt wandte sie sich ab und lief hinaus, hin zur Damentoilette. Dort hielt sie den Kopf unter den Wasserhahn und ließ sich das kalte Wasser über Nacken und Gesicht laufen. Sie merkte, sie konnte bald nicht mehr, in Ticks Gegenwart, ohne die anderen, schon gar nicht. Zeit, bald Feierabend zu machen und nach… den Gedanken verdrängte sie.

Ihre Überlegungen wurden von einem erneuten Anruf unterbrochen. Olsen war dran. »Und?«, fragte sie ohne eine Begrüßung.

»Ausgeflogen. Wir haben sie ganz knapp verpasst. Das sieht aus, als seien die gewarnt worden, von wem auch immer. Der Kaffee war noch warm und die Technik lief. Aber keine Unterlagen, keine Computer, keine Handys. Verdammter Mist! Vielleicht hatten die auch eine Kamera auf dem anderen Grundstück installiert. Ein Teil vom Trupp ist nochmal zurück, um danach zu schauen. Du solltest Erik im Auge behalten. Nicht, dass sie jetzt zum Angriff blasen.«

»Okay, ich breche gleich auf. Und tu mir einen Gefallen und erlöse mich schnellstmöglich von Ticks Gegenwart, sonst gehe ich dem irgendwann an die Gurgel!«

»Ich eile.« Olsen legte auf.

»Puh.« Freya blies die Wangen auf und schaute in ihr Spiegelbild. Sie erkannte sich kaum wieder. Wie dünn sie geworden war! So viele Wochen ohne Sandra, die sie regelmäßig zwang, mittags und auch nachmittags etwas zu essen, hatten ihre Spuren hinterlassen. Du musst mehr auf dich achten, Freya!, hörte sie die Stimme ihrer Freundin und Kollegin nur allzu deutlich. Und sie hatte recht, musste Freya nun zugeben. Es fehlte nicht mehr viel, und sie brach wirklich zusammen. Das wäre die Steilvorlage für all die Gestalten da draußen, die sie am liebsten in Watte packen wollten, einschließlich Olsen und ihres Chefs. Nein, soweit durfte es nicht kommen!

Entschlossen, Tick eine zu verpassen, falls der nochmal ausfällig wurde, kehrte Freya in den Konferenzraum zurück. Doch bevor sie ihre Sachen packen konnte, hörte sie Stimmen den Gang herunterkommen und das Surren eines elektrischen Motors. Ach nein, dachte sie, ausgerechnet jetzt! Gleich darauf erschienen Horst Müller und Maik in der Tür, begleitet von Tick. »Die beiden wollen dich dringend sprechen, Freya«, sagte er.

»Hey!«, machte sie stirnrunzelnd, denn das hier durfte Maik keinesfalls sehen, und auch Horst Müller nur bedingt,

Verschwiegenheitserklärung hin oder her. Dafür war es jetzt zu spät. Maik hatte die Augen aufgerissen. Seine Arme und Beine vibrierten förmlich vor Anspannung.

»Maik möchte eine Aussage machen, offiziell«, sagte Horst Müller. »Er hat seine Freunde im Netz überzeugen können, alles offenzulegen. Wenn ihnen dafür Straffreiheit zugesichert wird.«

»Ach«, sagte Freya. »Nun, ich bin nicht diejenige, die das entscheiden kann, das müssen Kommissar Olsen und jemand von der Staatsanwaltschaft. Aber er ist auf dem Weg hierher und müsste gleich eintreffen. Und ich…«

»Was macht ihr da?«, fragte Maiks Computerstimme dazwischen.

»Wie, machen?«, fragte Freya. Tick, der schon wieder auf seine Tastatur eindrosch, wandte sich um, denn Maik hatte sein Gefährt zu einer ganz bestimmten Tafel gedreht, die mit den Daten von Tobias Narsten.

»Spielt ihr Buchstaben Roulette oder was soll das sein?«, fragte Maik.

»Wie meinen Sie das?« Freya trat neben ihn und schaute auf die Tafel.

»Na, die Namen da. Das sind alles dieselben.« Er gab einen Laut von sich, als müsste er eine wenig seine Ungeduld unterdrücken. »Sieht man doch. Tobias Narsten – sortiere die Buchstaben um. Dann kommst du auf die anderen. Robin Attassen – Torben Tanissa und so weiter. Das sind Anagramme. Und da, da hinten, bei der Frau auch. Nicole Narsten – Coleen Stinnar.«

»Das…«

»Wow!«, machte Tick und sah überrascht auf Maik. »Das gibt's doch nicht!«

Freya zuckte nur mit der Augenbraue. Anscheinend war es unfassbar für ihn, dass ihm jemand anderes den Rang der Intelligenzbestie ablief, noch dazu jemand im Rollstuhl.

»Tja, Maik mag zwar nicht über funktionierende Arme und Beine verfügen, dafür landet die Power bei ihm komplett im Gehirn«, sagte Müller und schmunzelte. »Sehr gut!«

»Damit haben Sie uns sehr geholfen, Maik, vielen Dank. Tick, kannst du die beiden in einen anderen Raum bringen und bei ihnen bleiben, bis Olsen eintrifft? Der müsste gleich hier sein. Ich muss dringend zu Erik und Timo. Ich komme schnellstmöglich zurück.«

»Klar«, sagte der und stand auf, sich das schweißüberströmte Gesicht abwischend. »Kommen Sie mit.«

Hastig packte Freya ihre Sachen zusammen und verließ das Revier. Nicht, dass Tick sie wieder abfing! Während sie lief, versuchte sie Timo zu erreichen. Besetzt. Hardi ging nicht ran und auch Wolle nicht. Tja, die waren am Arbeiten, dachte sie und legte einen Schritt zu.

Ungeduldig stand Annemarie an der Haustür von Eriks Altstadthäuschen und spähte hinaus. »Wo wohl Rosi bleibt? So allmählich müsste sie doch endlich kommen. Das sieht ihr gar nicht ähnlich.« Sie hatte am Vormittag eine Mitteilung von der Pflegedienstleiterin bekommen, dass Rosi wegen einer dringenden Familienangelegenheit fortmusste und erst am Nachmittag übernehmen könne. Ob Annemarie länger bleiben würde? Das tat diese gerne, denn Erik war ein ziemlich leichter Patient, zumindest im ausgeschlafenen Zustand.

Nach der angeordneten zusätzlichen Dosis Schlaf hatte er sich wieder im Griff und vertrieb sich die Zeit mit diversen weitergeleiteten E-Mails seines Chefs und Surfen im Internet. Conrad nutzte ihn bereits als Sekretärin, das war gut zu merken. Abnahme lästiger Kleinigkeiten, eigentlich nicht Eriks Job, aber er fand es ganz okay, denn so blieb er über alles im Bilde, was in der Firma abging. Bald würde er dann hoffentlich wieder richtig anfangen können zu arbeiten. Er konnte es kaum erwarten. Zwischendrin fütterte Annemarie ihn und versorgte ihn auch anderweitig, doch das hielt sich in Grenzen, sodass sie es sich wieder mit ihrem Roman auf dem Sofa gemütlich machen konnte.

Doch nun musste sie wirklich los, denn sie hatte Termine am Abend. »Ach, geh doch einfach, Annemarie, es kann ja nicht mehr lange dauern, bis einer meiner Freunde hier aufschlägt«, sagte Erik, mit gerunzelter Stirn auf seinen Bildschirm schauend. Das Ding flackerte auf einmal, so, als wenn es das Netz verlieren würde. Doch dann ging es wieder an. Sehr merkwürdig.

»Nein, nein, so geht das nicht. Wir sollen dich nicht alleine lassen, lautet der Auftrag. Von deiner niedlichen Polizistin allemal.«

»Hey, sie ist nicht meine Polizistin, auch wenn…« Erik verstummte, denn jetzt tauchte eine Gestalt vor der Haustür auf.

»Na endlich, das wurde…« Annemarie hielt mitten im Satz inne, die Tür halb offen. »Ja, bitte?«, fragte sie.

»Hallo, ich bin Basti«, sagte eine männliche Stimme. »Ihre Chefin hat mich angerufen. Annemarie, richtig? Rosi kann leider nicht kommen, sie muss sich um ihre Schwester kümmern, die ist im Krankenhaus. Ihre Chefin hat mich gebeten, einzuspringen, bis Rosi sich loseisen kann.«

»Ach, Sie sind Basti? Ja, Sie hat schon erwähnt, dass Sie uns unterstützen wollen. Kommen Sie rein.«

»Oh oh, jetzt kommt der Sklaventreiber«, unkte Erik. »Hallo Basti. Wie geht es Murat?«

Basti trat mit den Händen in den Hosentaschen näher und grinste. »Ach der! Schon besser. Spuckt bereits wieder große Töne. Ich soll dich grüßen, und von seinem Bruder auch. Scheint, als ginge er doch nicht in den Knast, sondern käme mit etlichen Stunden Sozialdienst davon. Die Verhandlungen laufen noch.«

»Das ist doch schön«, sagte Erik und meinte es auch so. »Es ist gut, Annemarie, geh ruhig. Wir kommen soweit klar. Bei dem Sportprogramm, das Basti auflegt, werde ich heute Nacht schlafen wie ein Toter«, zwinkerte er, was Bastis Grinsen breiter werden ließ.

»Alles klar. Mach's gut, Erik, bis Samstag«, sagte Annemarie und verließ das Haus.

»Ich muss schon sagen, das Programm für heute Abend und Nacht hast du ganz gut umrissen, und ich …« Basti hielt inne und runzelte leicht die Stirn. Sein Grinsen verschwand.

»Was ist?«, fragte Erik.

»Du surfst im Netz?« Basti machte einen Schritt auf ihn zu.

»Ja, warum? Wieso nicht?«, wunderte sich Erik. »He, was…«

Basti hatte sein Handy gezückt und rief jemanden an. »Er hat Netz. Blockier alles. Die gesamte Straße. Die gesamte verdammte Stadt, wenn du's nicht hinbekommst. Beeile dich!« Dann nahm er die andere Hand aus der Hosentasche, einen Gegenstand in der geschlossenen Faust. Erik fuhr zurück, als er eine Spritze erkannte. Oh Scheiße, dachte er nur noch, da hob Basti die Faust auch schon an und stach ihm damit in den Hals. Erik handelte instinktiv. Er biss rasch viermal auf sein Mundstück, höchste Stufe, und blies dann so stark er konnte hinein und rammte Basti mit dem Rollstuhl, dass der mit einem Schrei zur Seite stürzte.

Freya war spontan zu Maritas Bäckerei abgebogen, um sich ein belegtes Brötchen mitzunehmen. Dort traf sie zu ihrer Überraschung auf Annemarie, die beladen mit ihrer Tasche gerade ein Brot erstand. »Nanu, Annemarie. Warum sind Sie denn mit Ihrem Gepäck unterwegs? Haben Sie schon wieder einen Auftrag?«, fragte Freya.

»Schwer beschäftigt in der Rente«, zwinkerte Marita über den Tresen hinweg.

»Ach nein«, sagte Annemarie. »Rosi war verhindert heute, ich habe etwas länger gemacht. Aber jetzt ist Bastian Stroen bei Erik, er ist eingesprungen. Ich habe versucht, Rosi zu erreichen, aber die geht nicht ran. Muss was Ernstes passiert sein, sonst ist sie eigentlich immer erreichbar.«

»Hm..« machte Marita und holte ihr Handy aus der Tasche. Sie rief die App auf mit der Videoaufzeichnung. »Freya, schau, da ist was merkwürdig. Hier ist ein rotes

Ausrufezeichen. Die Aufzeichnung ist stehengeblieben. Ich hatte vorhin noch draufgeschaut.« Sie hielt Freya das Display hin.

»Was zum…« Freya holte ihr eigenes Handy aus der Tasche und rief die App auf. »Bei mir auch. Ich habe eben versucht, Hardi, Timo und Wolle zu erreichen. Kein Signal. Da stimmt was nicht. Entschuldigt mich. Versuche, die anderen zu erreichen, Marita, schick sie zu Erik«, rief sie im Hinauslaufen über die Schulter und war schon in der Fußgängermenge verschwunden.

Jetzt rannte Freya wirklich. Sie hatte auf einmal ein ganz mieses Gefühl. Es war eigentlich nicht weit, nur wenige Hundert Meter durch die Altstadt, aber auf einmal dehnte sich der Weg vor ihr unendlich. Bastian Stroen ist bei ihm, Bastian Stroen ist bei ihm, hämmerte es in ihrem Kopf, eigentlich ein Mantra, sie zu beruhigen, aber ihr Unterbewusstsein spielte ihr einen Streich und ließ alle Alarmglocken läuten. Warum, warum?, fragte sie sich keuchend. Jetzt rächte sich, dass sie so wenig gegessen und getrunken hatte, sie pfiff aus dem letzten Loch und musste einen Moment an einer Straßenecke innehalten, sonst wäre sie wieder zusammengeklappt. Warum? Bastian Stroen… doch da fiel es ihr wie Schuppen von den Augen. Oh Scheiße, dachte sie, schob mit aller Kraft ihre Schwäche beiseite, stieß sich ab und rannte weiter.

In der Wache warteten Horst Müller und Maik ungeduldig auf das Eintreffen von Kommissar Olsen. »Ähm… möchten

Sie vielleicht was trinken?«, fragte Tick. »Ist ja ziemlich heiß heute.«

»Gerne«, nickte Horst Müller und wischte sich die Stirn. An solchen Tagen verfluchte er seinen Job und die Anzugspflicht, die ihm der Chef auferlegte.

Maik zitterte regelrecht vor Ungeduld. »Was glauben Sie, was Freya von Erik wollte?«, fragte er, kaum dass Tick hinaus war.

»Keine Ahnung. Da ist etwas passiert, sie waren ganz aufgeregt. Hoffentlich kommt Olsen bald, dass wir das hinter uns bringen können. Meine Frau wartet mit dem Grillen auf mich. Willst du auch etwas? Ich kann dich mitbringen, hat sie gesagt.«

»Oh, gerne, ich bekomme langsam richtig Hunger.« Maik wandte den Blick vom Computer zur Tür, als Tick zurückkam. Horst Müller gab er ein gefülltes Glas, für Maik hatte er einen quietschbunten Becher mit Strohhalm.

»Hier, aus der Kinderecke, was anderes haben wir leider nicht. Hoffe, das ist okay so«, sagte er und reichte es Maik an. Beide tranken durstig, es war wirklich warm und stickig im Revier, vor allem in den Innenräumen wie diesem hier. Als die beiden fertig getrunken hatten, wandte sich Tick zur Tür. »Ich gucke mal, wo Kommissar Olsen bleibt. Bin gleich wieder da.«

Doch er ging nicht, machte nur die Tür bis auf einen winzigen Spalt hinter sich zu und spähte hindurch. Horst Müller fiel als erstes um. Mit einem leisen Stöhnen sackte er zusammen und krachte mit dem Oberkörper auf die Tischplatte. Bei Maik dauerte es etwas länger, was Tick verwunderte. Der war doch so klein? Aber wahrscheinlich im Training mit Medikamenten. Er bekam einen Anfall, einen richtigen, zuckte und stöhnte. Da Müller schon bewusstlos war, schlüpfte Tick wieder in den Raum. Er beugte sich über Maik und schraubte in aller Seelenruhe dessen Laptop ab. »Darf ich mich vorstellen? **Invisibleghost**. Hallo Mickey. Endlich lernen wir uns mal richtig kennen. Nicht, dass du daraus noch Nutzen ziehen wirst. Aber egal, man soll ja reinen Tisch machen zum Schluss. Du wirst jetzt ganz friedlich einschlafen und endlich aus deinem elenden Leben erlöst werden. Schön, nicht?« Und er sah Maik in die weit aufgerissenen Augen, bis die von selber zu fielen und er das Bewusstsein verlor.

Erik war gelähmt. Er war bei Bewusstsein, sah, roch und hörte alles, aber er konnte sich nicht bewegen. Scheiße, scheiße, scheiße, dachte er. Vor ihm lag Basti auf dem Fußboden in einer Blutlache. Er war mit dem Kopf an einen der Stützbalken geknallt, und sein Gesicht sah irgendwie anders aus, als wäre da etwas verrutscht. Ein falscher Bart und eine Gebissprothese, ging ihm auf. Das war… oh Gott, das war Chrissys Mann! Warum kommt denn niemand?, dachte Erik und versuchte verzweifelt, mit den Augen die Kamera seines Laptops zu erreichen, aber der hatte sich bei dem Zusammenstoß verdreht, und er konnte die Augen nicht bewegen, gar nicht. Starrte einfach geradeaus. Da bekam er es mit der Angst zu tun. Was hatte er da gespritzt bekommen?!

Jetzt begann Basti sich wieder zu rühren. Er stöhnte, dann kam er gänzlich zu sich. »Du verdammter Bastard!«, fauchte er, sprang auf und schmetterte Erik die Faust ins Gesicht. Dann riss er ihn aus dem Rollstuhl, sodass Erik auf den Boden krachte und das Gefährt umstürzte, und trat auf ihn ein, immer und immer wieder. Schmerz jagte durch Erik hindurch, er spürte jeden einzelnen dieser Tritte, und zwar überall. Wie kam das? Das war doch sonst nicht so gewesen?

»Hör auf!«, rief da plötzlich jemand von der Türrassentür her, eine Frau.

»Schlag ihn nicht gleich tot, wir haben noch was mit ihm vor«, sagte eine andere.

Die Tür wurde geschlossen, hörte Erik. Ein Sirren, als die Vorhänge vorgezogen wurden. Dann erschienen zwei weitere Paare Beine in seinem Blickfeld, gefolgt von zwei Gesichtern, die sich zu ihm herabbeugten. »Bei Bewusstsein, aber nicht mehr in der Lage, sich zu rühren. Selbst die Augen kann er nicht bewegen. Sehr schön! Scheint, als wäre deine Mischung genau richtig, Jules. Hallo Erik. Willkommen in unserer ganz persönlichen Hölle«, sagte Nikki und packte zu.

Sie zerrten ihn aufs Sofa, nicht eben sanft, sondern warfen ihn beinahe darauf. Er spürte jede einzelne Bewegung in seinen Gliedern. Dann zogen sie ihn aus. »Guck ihn dir an«, sagte Nikki verächtlich zu ihrem Bruder. Tobias, erinnerte sich Erik. »Nicht mehr viel übrig von Mr. Nice Guy. Vom Supermann, dem Beglücker aller Frauen. Eher ein dürres Skelett. Da hast du bereits ganze Arbeit geleistet, Jules.«

»Nur, wenn es sich auch lohnt«, sagte Julia, sich mit in die schmalen Hüften gestemmten Armen umsehend. »Los, fangt an. Irgendwo muss er seine Bankunterlagen haben. Und wenn auf diesem Spasti-Rechner.«

Die sind bei Hardi, dachte Erik erleichtert, während die Schmerzwellen in seinem Körper langsam abebbten. Doch Julia war noch nicht fertig mit ihm. Sie griff in ihre Tasche, holte ein Sisalseil heraus. Mit einem dicken Knoten am Ende. Das drehte sie in der Hand, über ihm stehend und verächtlich auf ihn herabsehend. »Wegen dir sitzt unsere Chrissy jetzt im Knast. Wegen dir haben wir unsere Zuflucht verloren. Das gehört bestraft, finde ich«, sagte sie, holte aus und traf mit dem Knoten mitten in sein Gemächt.

Erik schrie. Es war tonlos, aber seine Sinne und Nerven und alles, was er noch spürte, wurde über das Maß des Erträglichen hinauskatapultiert. Plötzlich fand er sich in einer Ecke des Raumes wieder, zusammengekauert und mit ängstlich über dem Kopf zusammengeschlagenen Armen auf seine Gestalt starrend. Würde er jetzt sterben?, fragte er sich verzweifelt. Aber immerhin, hier erreichten ihn die Schmerzen nicht mehr. Wenigstens eine kleine Gnade.

»Nichts«, rief Tobias von oben herab. »Da wohnt noch jemand im Dachgeschoss. Eine Frau. Das kann aber nicht Annemarie sein.«

»Hier ist auch nichts«, sagte Nikki, welche die Schränke im Wohnzimmer und der Küche durchwühlt hatte. »Wo kann er denn…«

»Der Banker!«, rief Julia aus. »Was -wollen-wir-wetten«, jedes Wort begleitet von einem erneuten Schlag auf Erik, »dass du deine Bankangelegenheiten von ihm regeln lässt? Wir sollten ihm und seiner Ische einen Besuch abstatten und diesem Drecksack von Anwalt auch. Dem zerstöre ich seine hübsche Visage und…«

»Leise!«, zischte Tobias plötzlich von oben, »Da kommt jemand! Versteckt euch!«

Die beiden Frauen hasteten ins Nebengelass und verbargen sich dort hinter der Tür des Gäste-WCs. Diese Pause reichte aus, um Erik in seinen malträtierten Körper zurückkehren zu lassen. Sein Kopf lag etwas erhöht, er konnte das Fenster des Wohnzimmers sehen und sah nun, wie eine schmale Gestalt vorsichtig um die Ecke spähte. Freya! Nein! Lauf weg! Nicht reinkommen!!!, schrie er innerlich auf. Doch sie schlich sich bereits herein, die Tür lautlos aufdrückend. Als sie ihn auf dem Sofa entdeckte, voller Wunden und Prellungen, war sie sofort bei ihm. »Erik! Oh Gott, was ist…«

Ein Geräusch ließ sie den Kopf hochreißen, doch es war zu spät. Gleich darauf wurde sie von etwas getroffen, das sich anfühlte wie eine lange, heiße Nadel in all den Fasern ihres Körpers. Ihr wurde schwarz vor Augen, und nur noch undeutlich hörte sie eine Stimme.

»Erwischt«, sagte Tobias, zufrieden glucksend die Treppe herabkommend. Die langen Drähte des Elektroschockers, mit dem er Freya getroffen hatte, machten dabei leise Geräusche. »Na, sieh mal einer an, wen wir da haben«, sagte, packte Freya und zerrte sie auf den Wohnzimmertisch. »Holt das Klebeband«, rief er über die Schulter. Gleich darauf verpasste Julia Freya einen breiten Streifen Tape über den Mund.

»Fessel sie an den Tisch. Arme und Beine auseinander.« Er beugte sich über sie, schlug ihr auf die Wange. Mit einem Aufschrei wurde Freya wieder wach und fand sich einem ihr sehr bekannten Gesicht gegenüber. Sie schrie los, wehrte sich, aber die drei waren viel zu stark für sie. Bald darauf lag sie gefesselt auf dem Tisch und konnte sich nicht mehr rühren. »Hallo Freya«, sagte Tobias, ihr dicht ins Gesicht sehend. Sie drehte den Kopf fort, konnte vor lauter Panik kaum was erkennen, hörte nur neben sich Eriks schweres, fast ersticktes Atmen und sah, wie sein Körper regungslos dalag. Was hatten die mit ihm gemacht?! »Sieh mich einmal an, nun mach schon!« Als sie es nicht tat, packte er brutal zu und zwang sie dazu. »Weißt du eigentlich, welches Video das Allererste war, das ich mir aus dem Darknet gezogen habe? Na?« Er lachte auf, es klang irre. Auch Julia und Nikki kicherten los. »Das war deines. Oder das deiner verrückten Mutter oder deiner aufgedrehten Schwester? Nein. Es war deines. Da ging mir richtig einer ab.«

»Oh ja«, kicherte Nikki. »Danach hast du dich endlich aufgerafft und Chrissy flachgelegt. Es hat ihr gefallen. Sehr sogar«, gluckste sie.

»Mach zu, Tobi, sonst lässt die Wirkung eher nach«, sagte Julia mit Blick auf Erik. »Ich habe nur noch eine Dosis. Entweder er bekommt die bald und es geht zu Ende, oder er wacht wieder auf und es reicht womöglich nicht mehr, ihn um die Ecke zu bringen. Aber ich finde, er soll das miterleben, alles. Was denkst du?«

»Oh ja«, sagte Tobias und zerriss Freya die Bluse. Gleich darauf folgte der BH und dann der Rest ihrer Kleidung. Erik hörte das Geräusch, er sah nur den Schatten dieser Bewegungen, aber er wusste genau, was Tobias da tat, und schrie innerlich zornig auf. Sein Körper begann zu zittern, von oben bis unten. »Ah, deinem Freund scheint es zu gefallen, was ich vorhabe. Immer wieder habe ich von dir geträumt, dich eines Tages mal in die Finger zu bekommen. Wer hätte das gedacht? Ist ja nicht viel dran an dir«, meinte er verächtlich und kniff ihr in die Brust. Freya schrie, und sie konnte nicht anders, sie weinte, obschon sie das diese Bastarde auf keinen Fall sehen lassen wollte.

»Mach schon, Tobi«, sagte Julia und griff in ihre Tasche, wo sie ein kleines Fläschchen und eine Spritze hervorholte. Diese zog sie nun auf, während er sich aufrichtete und die Gürtelschnalle löste.

»Genieß es ruhig, Schätzchen. Das wird das Letzte sein, das du erlebst, sozusagen eine Henkersmahlzeit, nicht?«, gluckste er und kniete sich kichernd vor sie, ihre Hüften packend. »Mit der Geschichte im Hintergrund hast du bestimmt noch nie einen Kerl an dich rangelassen, möchte ich wetten. Aber wie heißt es so schön? Man soll sich keine Gelegenheit…« Es gab einen lauten, aber auch seltsam gedämpften Knall, gefolgt von zwei weiteren in rascher Folge. Tobias krachte mit seinem vollen Gewicht auf sie herab. Freya schrie vor Schmerz auf und auch vor Schreck. Erik dagegen begann innerlich zu toben, er konnte nicht ertragen, was er dort hörte und meinte, was gerade geschah. Doch dann merkte er, dass etwas nicht stimmte, denn es war auf einmal still, bis auf Freyas Schluchzer und ein leises Schnaufen.

Mit einem Ruck wurde das Gewicht von ihr heruntergezerrt. Tobias rutschte zu Boden, neben seine regungslose Schwester und deren Freundin. Freya war tränenblind, aber sie sah einen breiten Schatten auf sich zukommen. Erkennen konnte sie nichts, aber ihre Nase roch einen ihr sehr bekannten, penetranten Geruch.

»Hallo Freya«, sagte Tick und strich ihr über die Wange. »Scheint, als wäre ich gerade noch rechtzeitig gekommen.«

Bind mich los, nun mach schon!, wollte sie rufen, doch zu ihrem Entsetzen fasste er sie an. Strich ihr einmal über den Körper, von oben bis unten. Freyas Vorrat an Schreien war aufgebraucht, sie wand sich nur wie verrückt. »Nana. Endlich läufst du mir nicht mehr davon«, sagte er, sie zufrieden betrachtend. »Davon habe ich schon so lange geträumt, wie der gute Tobi auch. Ich bin stolz auf dich, so stolz«, er griff nach unten, öffnete seinen Hosenstall, »wie du diesen Fall gelöst hast. Wie du diese Bastarde aus ihrer Deckung gelockt hast. Schade nur, dass ihr beide das hier nicht überleben werdet. Wirklich jammerschade. Wir hätten viel Spaß zusammen haben können.« Bei diesen Worten fasste er brutal in ihren Schoß und rammte seine Finger in sie hinein. Jetzt schrie sie wie am Spieß, und Eriks Glieder schlugen regelrecht auf und ab. Sein ganzer Körper wurde geschüttelt vor Zorn und Angst um sie. »Hehehe, scheint, als wollte dein Freund auch mal«, gluckste Tick und sabberte ihr einen schlabbrigen Kuss auf die Halsbeuge. Er fing an zu keuchen, ungeschickt zerrte er ein Kondom aus der Tasche und zog es sich über. Dazwischen fingerte er immer wieder an ihr herum.

Erik rastete vollkommen aus. Mit aller Macht versuchte er seinem Arm oder seinem Bein zu befehlen, sich zu bewegen. Es gelang ihm nicht. Mach schon, mach schon!, verfluchte er sich, Freyas unterdrückte Schreie im Ohr. Der heimliche Wünsche Kanal. Was wünschte er, sie jetzt in die Arme schließen und vor allem beschützen zu können und… ein Ruck ging durch seinen Körper. Das Bild vor seinen Augen kippte, als sein Arm und sein Bein ihn zur Seite rissen und er vom Sofa fiel. Dabei erwischte er Tick, der sich immer noch über Freya beugte, mit vollem Schwung am Kopf, sodass der zurückgeschlagen wurde und hintenüberkippte.

Erik fand sich dicht neben Julia auf dem Boden wieder, deren blicklose Augen durch ihn hindurch starrten. Er hörte Tick fluchen, sah, wie er versuchte, wieder hochzukommen, aber er war so fett, das dauerte. Dicht vor Eriks Nase und direkt neben seiner Hand lag die Spritze, die Julia aufgezogen hatte. Los, der heimliche Wünsche Kanal, trieb er sich an. Mach schon!, befahl er sich und dachte an Freya. An ihr zittriges Lächeln, an diese Augen. Die bloßen Schultern, die wunderbare Haut. Seine Finger bewegten sich. Sie zogen seine Hand, seinen Arm vorwärts, ganz langsam.

Wieder versuchte Tick, sich schwer atmend aufzurichten. »Du verdammter Bastard!«, fluchte er und rollte sich schließlich ächzend auf die Seite.

Eriks Finger umschlossen die Spritze. Daumen, na los. Und jetzt Konzentration. Denk an Freya, was ihr passiert, wenn du versagst. Mach schon! Tick stemmte sich auf die Knie. Auf einmal hatte er ein Messer in der Hand. Er kroch auf Erik zu, hob es an. Erik schloss die Augen und dachte nicht nach, er ließ seine Hand vorwärtsschießen und drückte den Daumen nach unten. Gleichzeitig spürte er einen scharfen Schmerz in seiner Schulter, doch dann krachte es, und er hörte Stimmen, erschrockene Rufe.

»Erik!«

»Freya!«

Das waren Hardi und Wolle. Erleichtert schloss Erik die Augen, und er merkte, wie er langsam wegdämmerte und schließlich das Bewusstsein verlor.

Kapitel 15

Erst spät in der Nacht verließen die Freunde gedrückt das Krankenhaus, streng nach Hause beordert von Wolle. Erik war immer noch nicht wieder aufgewacht, und Freya lag im Bett, war nur am Zittern und ließ niemanden an sich heran.

»Hat sie keine Freundin, die kommen kann und sie beruhigen?«, fragte Wolle Olsen, der mit grimmiger Miene draußen im Gang stand.

»Sandra, ihre Partnerin. Sie ist auf dem Weg, ich habe sie vorhin angerufen. Sie braucht aber noch eine Weile, sie hat einen Einsatz.«

»Verdammt. Wenn sie sich nicht beruhigt, müssen die Kollegen sie ruhigstellen, und das will, glaube ich, keiner, dass sie festgebunden und betäubt wird.« Wolle seufzte.

»Versuchen Sie es noch einmal, unbedingt. Ich fahre jetzt aufs Revier. Mittlerweile dürfte der Chef eingetroffen sein. Halten Sie mich auf dem Laufenden.« Olsen ließ ihn allein.

Gedrückt ging Wolle zurück zu den beiden Krankenzimmern am Ende des Flures. Ein kurzer Blick zu Erik, doch der schlief noch immer. Freya dagegen war wach, sie starrte an die Decke, sich immer und immer wieder die Arme und Handgelenke reibend. Gott wusste, was die mit ihr angestellt hatten, dachte Wolle und fühlte wieder diese Mischung aus Zorn und Hilflosigkeit, sie so zu sehen. Sie hatte jedwede Untersuchung verweigert und war nur ins Krankenhaus mitgekommen, weil Wolle ihr versprochen hatte, dass sie direkt bei Erik untergebracht werden würde. Ansonsten ließ sie sich von niemandem anfassen, außer von Marita. Sie war es, die Freya versorgt hatte, sie gewaschen und angezogen. Sie war es gewesen, die Freya dazu bewegt hatte, sich wenigstens für eine Nacht ins Krankenhaus zu begeben, zur Beobachtung.

»Hey«, sagte er leise und beobachtete grimmig, wie sie sofort zusammenzuckte und die Fäuste ballte. »Freya, nimm doch ein Beruhigungsmittel, ich bitte dich. Sonst müssen wir dir eines verpassen, das geht so nicht weiter. Du kratzt dir ja die Arme blutig.« Er trat ans Bett und setzte sich zu ihr, doch als er nach ihrer Hand greifen wollte, zuckte sie wie gestochen zurück und drehte ihm abrupt den Rücken zu.

»Geh weg, lass mich in Ruhe«, flüsterte sie.

Wolle presste die Lippen zusammen. Es nützte wohl nichts, auch wenn es ihm in der Seele wehtat, diese Entscheidung treffen zu müssen. Er stand auf und ging hinaus, seinen Kollegen von der Nachtschicht zu suchen.

Kaum war er fort, setzte Freya sich auf. Warum nur hatte sie sich dazu überreden lassen, ins Krankenhaus zu gehen?! Hier saß sie doch erst recht in der Falle! Sie ertrug es nicht. Ertrug es nicht, angefasst zu werden. Nicht einmal von Marita, doch die war das kleinste Übel aus allen Alternativen gewesen. Und schon gar nicht von Wolle, der sie vom Tisch gezogen und ins Schlafzimmer hochgetragen hatte. Um sie in eine Decke zu wickeln, irgendetwas, sicherlich. Aber dennoch, er war ein Mann, der sie anfasste, und das war das Letzte gewesen, was sie in ihrem angeschlagenen Zustand hatte ertragen können. Nein, der einzige Grund, weshalb sie ins Krankenhaus gegangen war, lag im Zimmer gegenüber. Weil sie einfach wissen musste, ob er lebte, ob es ihm gut ging. Nur dort wäre sie in Sicherheit, das spürte sie. Auch wenn sie dann wieder jemandem nahekommen musste.

Sich fest in ihr dünnes Laken wickelnd, lief Freya zur Tür. Sie musste sich dabei an der Wand abstützen, so wackelig war sie auf den Beinen. Vorsichtig den Gang hinabspähend, schlich sie sich rüber und durch die Tür. Gleich darauf stand sie an seinem Bett. Sie hatten seine Schulter bandagiert, Stichverletzung, knapp an der Schlagader vorbei. Es hätte nicht viel gefehlt und Erik wäre verblutet, hatten die Ärzte gesagt.

Er sah immer noch bleich aus, wie gelähmt, und hatte tiefe, dunkle Schatten um die Augen, eine aufgeplatzte Oberlippe und eine dicke Prellung auf dem Jochbein. Sie hatten ihn wieder verkabelt, um seine Werte zu überwachen. Ein hochkonzentriertes Zeug, dessen Zusammensetzung immer noch nicht ganz feststand, war ihm gespritzt worden. Die Ärzte trauten sich nicht, ihm etwas als Gegenmittel zu geben, solange sie nicht wussten, womit sie es exakt zu tun hatten. Weshalb sie ihn nur an den Flüssigkeitstropf gelegt hatten und ungeduldig auf die Laborergebnisse warteten. Das alles hatte Freya durch die offene Tür gehört, und ihr war ganz anders geworden dabei.

Wie sie ihn so betrachtete, kamen ihr wieder die Tränen. Sie schluchzte auf, und ehe sie es sich versah, hob sie das dünne Bettlaken an und schlüpfte zu ihm ins Bett, seinen Arm etwas zur Seite rückend, damit sie Platz hatte. Dicht an ihn geschmiegt, den Kopf an seiner Schulter, schloss sie die Augen und spürte diesem Gefühl nach, dieser Nähe. Es fühlte sich gut an, entschied sie, warm und sicher. Nicht gefährlich für sie. Jetzt konnte sie endlich der Erschöpfung nachgeben und ruhen.

Er seufzte leise, und gleich darauf merkte sie, wie seine Hand zu wandern begann und sie umfasste und dichter an sich zog. Nicht stark, ganz leicht nur. Der heimliche Wünsche Kanal war offenbar wieder auf Sendung. Mit einem Lächeln auf den Lippen schlief Freya ein.

Am Morgen wurde sie ganz langsam wach. Es war wie das Auftauchen aus einem tiefen, dunklen See. Erst sah man nur einen dämmrigen Lichtschein, dann immer mehr Details, bis man die Wasseroberfläche durchbrach und wieder Luft bekam.

Ihr war warm, und sie schwitzte etwas. Genauso wie die Quelle der Wärme dicht neben ihr. Als nächstes roch sie etwas, einen Geruch, seltsam fremd, aber doch irgendwie vertraut. Angenehm und… hmm… Sie spürte eine Bewegung an ihrer Schulter und auch an ihrer Hand, ein leichtes Streichen. Tiefe Atemzüge, manchmal etwas abgehackt. Und etwas, das ihr feucht die Stirn herunterlief. Weinte sie? Nein, das tat sie nicht, aber… Erik! Freya fuhr zusammen.

»Schscht, ganz ruhig. Es ist alles okay«, flüsterte er immer und immer wieder, doch sie wusste schon jetzt, das war eine Illusion. Auf einen Schlag waren die Erinnerungen wieder da und damit auch die Schmerzen. Prellungen, überall an ihrem Körper. Ein Schluchzen stieg ihre Kehle hoch, sie konnte es nicht verhindern, und gleich darauf krümmte sie sich zusammen, als die Bilder sie überfluteten. Schon weinte sie genauso wie er und ließ alles raus, was sich in ihr aufgestaut hatte, und auch er hielt sich nicht mehr zurück, das spürte sie. Es tat ihnen beiden gut, es war wie eine Reinigung.

Schließlich lagen sie ruhig. Freya wusste nicht, was sie sagen sollte, und Erik auch nicht. Sie schwiegen, eingehüllt in die Nähe des anderen. Es war klar, sobald einer von ihnen etwas tat, würde dieser Kokon der Sicherheit, in dem sie beide sich befanden, zerplatzen wie eine Seifenblase. Und dann hätte die Realität sie wieder. Das konnten sie nicht gebrauchen, nicht jetzt. Also sagten sie nichts, und schließlich schliefen sie wieder ein, diese sichere Stille mit sich nehmend.

Ein Geräusch an der Tür weckte sie wieder auf. Stimmen waren zu hören, sie diskutierten. »… müssen sie versorgen, es hilft alles nichts.« Das war Wolle.

»Nein, lasst mich erstmal nach ihnen sehen«, kam es von Marita.

Freya hob den Kopf. Ihr Blick traf Eriks. »Ich glaube, ich sollte lieber gehen.« Sie richtete sich auf, aber da war plötzlich seine Hand, die sie festhielt. »He! Wie kommt…«

»Keine Ahnung. Bleib. Bitte bleib hier«, flüsterte er, sie eindringlich ansehend.

Freya wurde ganz kalt. Alle sollten sie so sehen, so dicht… so verletzlich? Das ertrug sie nicht, und prompt kroch sie wieder in sich zusammen. Es musste ihr wohl anzusehen sein, denn Erik verzog kurz schmerzhaft die Miene. »Setz dich doch einfach neben mich, dann wird's nicht so peinlich, hm?«

Sie war wie erstarrt, nickte dann aber geschlagen. Sie schlüpfte unter seinem Laken hervor und wickelte sich wieder in ihr eigenes, fuhr das Kopfteil des Bettes etwas hoch und lehnte sich neben ihn. Keinen Moment zu früh, dann ging die Tür auf, und Marita schaute herein.

»Hey, ihr seid ja wach!«, rief sie erfreut.

»Bei eurem Lärm muss man ja aufwachen«, erwiderte Erik trocken und griff nach Freyas Hand, versteckt unter dem Bettlaken, und drückte sie.

»Kann ich reinkommen? Ich habe euch Sachen zum Wechseln mitgebracht. Und was Vernünftiges zu Essen für alle.«

»Ja, komm nur rein«, sagte Freya leise. Es half, stellte sie fest. Maritas zupackende Art nahm ihr ein wenig die Verlegenheit. Sie wusch sich, zog sich an. Himmel, hatte sie blaue Flecken überall. Das hatte sie gar nicht bemerkt, das Entsetzen, angefasst zu werden, hatte das alles überlagert. Aber Erik sah noch schlimmer aus, entdeckte sie erschrocken, als Marita auch ihm in andere Kleidung half. Die hatten ihn übel zugerichtet. Prellungen und Blutergüsse überall.

»Oh Gott, wer war das?«, entfuhr es ihr, die Hand vor dem Mund.

»Alle«, erwiderte er knapp und ließ sich von Marita zurücklegen. »Danke, Marita.« Er griff nach ihrer Hand und drückte sie leicht.

»Hey! Hast du gerade meine Hand… seit wann kannst du das denn?!«, rief sie erstaunt aus.

»Tja.« Er seufzte. »Scheint, als hätten die Ereignisse ein paar zusätzliche Nerven aufgeweckt. Weiß auch nicht.«

»Aufgeweckt?« Freya trat erstaunt näher.

»Oooh, das müssen die anderen sehen!«, rief Marita, sprang auf und lief hinaus.

»Ich konnte dich spüren heute Nacht. Überall, selbst an den Beinen und Füßen«, sagte er leise zu Freya, sie genau beobachtend. Doch wie es schien, faszinierte sie das mehr, als dass es sie verschreckte.

»Wirklich?! Auch das hier?« Sie hob das Laken an und zwickte ihn in den großen Zeh. Prompt zuckte sein Bein, und Erik konnte gar nicht anders, er grinste. »Oh ja.«

»Wow! Himmel…« Gleich darauf lehnte sie wieder an ihm, und sie heulten beide ein wenig, überwältigt von allem. Prompt machte sich sein Arm wieder selbstständig, aber diesmal hatte er das nicht im Griff und krachte mit vollem Schwung auf Freyas Rücken. »Au!«, rief sie, und er stöhnte gleichzeitig, denn es war der Arm mit der verbundenen Schulter gewesen. Davon mussten sie beide lachen, sie prusteten regelrecht los.

So fanden die anderen sie vor, heulend und bebend vor unterdrücktem Gelächter. Getroffen blieben Marita, Hardi und Timo in der Tür stehen und sahen auf dieses ungewohnte Bild, bis Erik sie entdeckte und hereinrief und auch

Freya sich aufrichtete, sich hastig die Tränen abwischend. »Scheint, als wäre dieser Horrortrip zu mehr als einer Sache gut gewesen, nicht?«, raunte er ihr leise zu, und sie nickte, noch etwas zittrig und sehr, sehr unsicher.

Es wurde richtig voll im Raum, und irgendwie, erkannte Freya erstaunt, schaffte sie es nicht, verlegen zu sein. Sei es, weil alle heilfroh waren, sie wach und bei Verstand zu sehen. Marita machte nicht viel Federlesens um sie, sie hatte einen großen Korb mitgebracht, aus dem sie nun Kaffee, Tee, belegte Brötchen und Kuchen und allerlei andere leckere Dinge hervorzauberte. »Bedient euch«, sagte sie und verteilte Becher. »Das haben wir alle nötig nach dem Schrecken.«

So vergingen die ersten Minuten in gefräßigem Schweigen, und es half, fand Freya. Bald ging es ihr etwas besser, das Zittern war fort. Hardi übernahm es, Erik zu füttern, das ließ er sich nicht nehmen.

Kurz darauf schneite auch Wolle herein und mit ihm Olsen.

»Was ist hier denn los?!«, rief Wolle aus und stemmte die Arme in die Hüften.

Olsen, der ziemlich übernächtigt aussah, grinste kopfschüttelnd. »Herrje, einen Kaffee könnte ich jetzt auch vertragen.«

»Bitteschön.« Marita griff in ihren Korb und reichte ihm einen Becher, gefolgt von der Thermoskanne. »Du auch, Wolle?«

Der schrak etwas zusammen. Freya erkannte erstaunt, dass er kurz die Kiefer zusammenpresste, ihr und Erik einen raschen Blick zuwerfend, doch dann hatte er sich wieder im

Griff. »Ja, ja gerne. Euch scheint es wieder blendend zu gehen«, meinte er und lehnte sich an die Fensterbank.

»Hmm…« Freya und Erik sahen sich an. »Geht so«, kam es von Erik.

»Macht langsam«, wiederholte Wolle sein ewiges Mantra und trank einen Schluck Kaffee. »Ihr habt beide gehörig einstecken müssen.« Er schaute auf sein Datenblatt, verlegen auf einmal, und Freya meinte auch zu spüren, warum.

»Es geht schon. Ist ja gerade nochmal gut gegangen«, sagte sie und merkte Eriks Händedruck. Bei diesen Worten zuckte Wolle fast unmerklich zusammen, und nicht nur einer in der Runde atmete versteckt auf. Rasch fuhr sie fort: »Aber Erik hat es aufgeweckt. Er kann wieder seine Arme und Beine spüren.«

Darauf fuhren alle auf, wie elektrisiert. Wolle machte sofort den Versuch. »Spürst du das? Und das?«

»Ja und ja, Mann, ist gut. Was haben die mir da für ein Zeug gespritzt? Das war grauenvoll, ich habe alles gespürt, gehört und gesehen, konnte mich aber nicht mehr rühren, gar nicht. Nicht mal die Augen. Erst zum Schluss, als dieser Typ…«

»Tick«, sagte Freya leise und fing Olsens ernsten Blick auf.

»Das war Tick?!«, rief Erik aus. »Aber wie… warum…?!«

»So ganz haben wir das noch nicht durchdrungen in dieser kurzen Nacht«, seufzte Olsen. »Aber wie scheint, hat Tick seine ganz eigene Rolle in diesem Drehbuch. Du hattest von Anfang an Recht mit deiner Vermutung, Freya, dass dort jemand nachgeholfen hat. Das Foto von dem Konvent mit den Kostümen stammte von ihm. Und schau mal hier.« Er öffnete ein bestimmtes Bild auf dem Handy und hielt es

Freya hin. Es war das Klassenfoto von den vier Freunden. »Siehst du diesen Jungen hier? Halb verdeckt von der Schulter von Tobias?«

Freya richtete sich auf und nahm ihm das Handy ab. Sie zog das Bild etwas größer. »Oh wow! Das ist Tick! Jung und ziemlich dürr, aber er ist es. Aber wie…« Sie scrollte zur Bildunterschrift. »Björn Harms?«

»Ganz genau. Er hat später den Namen seines Vaters angenommen«, sagte Olsen und nahm ihr das Handy wieder ab. »Er hat mit Julia an derselben Uni studiert. Ich könnte meine Dienstmarke verwetten, dass er ihr die ersten Schritte in IT beigebracht hat und sich auch bei Ihrer Internetgruppe eingeschlichen hat, Erik. Maik könnte uns das sagen, wenn er denn jemals wieder aufwacht.«

»Was… was ist passiert?!«, rief Erik.

»Er hat Maik und Horst Müller eine ziemlich brisante Mischung aus KO Tropfen verpasst und ihnen dann, als sie bewusstlos waren, Mund und Nase zugeklebt. Damit sie ersticken. Sie liegen beide auf der Intensivstation, Maik im Wachkoma. Wir sind gerade noch rechtzeitig eingetroffen. Ein paar Minuten später wären sie tot gewesen.«

»Oh Gott«, keuchte Freya. »*Er* hat mir die Tropfen verpasst?«

»Davon ist auszugehen, ja. Vielleicht wollte er dich auch nur in sein Bett locken, wer weiß. Aber die anderen beiden, das war eine reelle Tötungsabsicht«, sagte Olsen.

»Aber… warum…?«

»Tick ist anscheinend ziemlich in Panik geraten, als du ihnen so dicht auf den Fersen warst…«

»Stimmt. Er hat geschwitzt wie verrückt und war ständig am Laptop und hat getippt wie ein Irrer. Er hat sie gewarnt vor der Durchsuchung?«

»Oh ja. Unter einem Fake Account, das sich auch auf Julias Handy findet. Nach der Attacke auf Müller und Maik ist er dann auf einem E-Scooter zu euch gefahren. Zu Fuß wäre er niemals so schnell gewesen. Wir sind mit der Sichtung seines Rechners noch lange nicht durch, aber es scheint, als hätte die Gruppe ihn mit irgendetwas erpresst, damit er ihnen immer mal wieder hilft«, fuhr Olsen fort. »Deine Ermittlungen und die Sache mit Erik hat er dann als Chance gesehen, sie loszuwerden, und vor allem, ihrer Konten habhaft zu werden. Er war darin bereits unterwegs, hatte sich reingehackt. Und im Forum war er als«, Olsen schaute auf sein Handy, scrollte, »als Alias ***Invisibleghost*** unterwegs. Er hat einen der Admins mit den Informationen versorgt, wie es scheint. Der wird nun eine Aussage machen, aber wer weiß. Vielleicht werden wir das das auch nie genau erfahren.« Seufzend sperrte Olsen sein Handy wieder.

»Wieso…?« Freya merkte auf.

»Björn Tickering ist tot, Freya«, sagte Wolle grimmig. »Gestorben an der Dosis, die eigentlich Erik zugedacht war. Diese Julia scheint in Biochemie einiges auf dem Kasten gehabt zu haben. Anhand der Krankenblätter hat sie individuelle Mischungen für ihre Opfer hergestellt, solcherart, dass man diese hinterher nur schwer würde nachweisen können.«

»Das haben auch die Blutuntersuchungen ergeben«, ergänzte Olsen. »Soweit sie schon vorliegen. Nur wenn man ganz, ganz genau hinschaut, mit etlichen Spezialverfahren, kann man diese Überdosierungen sehen. Ansonsten hatten die Leute oberflächlich betrachtet nur ihren gewöhnlichen Medikamentencocktail im Blut, den sie laut Krankenblatt haben sollten. Für ein Standardlabor war das nicht feststellbar.«

»Alles kann hochdosiert als Gift wirken«, murmelte Freya. Ein Lehrsatz aus ihrer Ausbildung, ihrer aller.

»Ganz genau«, nickte Wolle. »Nur, dass Erik keine Medikamente mehr nimmt, sodass sie sich da etwas anderes ausdenken musste. Diese Mischung war wirklich brisant. Ich will euch nicht mit den Fachbegriffen verwirren. Ein Nervenstimulator war darunter und etliches anderes, nur unter strengen Zulassungen anwendbare Mittel. Eigentlich wird so etwas in der Psychiatrie angewandt, bei den allerschwersten Fällen. Normale Menschen hätte das Zeug schon an den Rand gebracht…«

»Hat es auch«, schluckte Erik und musste einen Moment die Augen schließen.

»…aber für Tick war das eine tödliche Dosis, selbst als du ihn nicht voll getroffen hast. Er hat Mittel gegen Epilepsie genommen und einen Blutverdünner. Er ist innerlich verblutet.«

»Oh Gott.« Freya schloss die Augen. »Er wollte mich, hat mich regelrecht belästigt die letzten Tage, und zum Schluss…«

»Nicht!«, kam es vehement von Erik.

»Ist schon gut«, seufzte sie und machte die Augen wieder auf. Alle starrten sie wie gebannt an, die unterschiedlichsten Gefühle deutlich im Gesicht. Schmerz und Mitleid bei Marita, Zorn bei Olsen, Hilflosigkeit bei Hardi und Timo, aber

Wolle… der sah aus, als würde er am liebsten etwas zerschmettern. »Ist ja gerade nochmal gutgegangen. Ich komme damit zurecht. Jetzt ja«, sagte sie und schaute Erik an, was der mit einem leichten Lächeln in den Augen beantwortete.

»Gut«, sagte Olsen. »Dein Chef kommt her, deine Kollegin Sandra und noch ein paar andere. Es wird ein Krisenstab eingerichtet. Wir haben mit den Ermittlungen in ein Wespennest gestochen, wie es scheint. Behördenversagen, das volle Programm. Die Presse hat bereits Wind davon bekommen. Wir brauchen deine Aussage, Freya, und Ihre auch, Erik, so schnell es geht. Die Videoaufzeichnung hat nicht mehr funktioniert, die hatten das Internet und das Handynetz blockiert, weshalb der Fallback der Nachbarn nicht gegriffen hat. Deshalb wäre es gut, wenn du das gleich tun könntest. Und wenn du…«

»Oh nein!«, sagte Wolle entschieden. »Hier lege ich ein Veto ein. Sie wird nicht gleich wieder anfangen zu arbeiten. Du bist nicht stabil, Freya. Körperlich, meine ich. Das andere überlasse ich deiner eigenen Einschätzung, aber du wärest auch ohne das bald zusammengeklappt.«

»Das weiß ich«, erwiderte sie und seufzte. »Ich neige dazu, unter Stress das Essen und Trinken zu vergessen. Weshalb Sandra stets auf mich aufpasst. Nur, das ging hier ja nicht.«

»Und du hieltest es nicht für nötig, uns das zu sagen?!«, blaffte Olsen. Auf ihren ungeduldigen Blick hob er die Hände. »Entschuldige. Das ging uns wohl kaum etwas an.«

»Eben«, gab Freya zurück.

»Dann werden wir das ab sofort«, sagte Marita entschieden und erntete ein Nicken ringsherum. »Mittagstisch, im Café. Und zwar pünktlich, wenn ich bitten darf!

»Tja«, sagte Olsen und schaute wieder auf sein Handy, das gesummt hatte, »dieser schöne Plan könnte von Anfang an null und nichtig werden, wenn dein Chef dich einkassiert, Freya. Der ist gerade eingetroffen und will dich unbedingt mit zurück ins Hauptrevier nehmen.«

»Und nochmal Veto«, ging Wolle dazwischen, und wieder nickten die Freunde. »Kommt überhaupt nicht infrage«, sagten alle in der Runde.

Freya wurde ganz kalt. Sie sollte zurück ins Hauptrevier, zu den Leuten, die jahrelang mit Tick zusammengearbeitet hatten und die nun alle wussten, dass... Sie spürte einen Moment reelle Panik. Hastig schloss sie die Augen und lehnte sich an Erik, der sie prompt umfasste.

»Hey, was ist denn?«, flüsterte er leise.

Sie schüttelte den Kopf, ging in sich, spürte. Es tat gut, diese Sorge von allen, entschied sie, sie fühlte sich wohl damit und nicht bedrängt. Das war an sich schon erstaunlich. Wie kam das nur? Sie seufzte, machte die Augen auf. Und begegnete Eriks Blick.

Und da wusste sie auf einmal, was sie zu tun hatte. »Nein«, flüsterte sie, ein leichtes Lächeln in den Mundwinkeln, was von ihm erwidert wurde. Damit war die Sache für sie entschieden.

Noch am selben Tag stellte sie einen offiziellen Versetzungsantrag zu Olsens Revier.

Ende

ISBN 978-3-8197-5724-2
9 783819 757242 00001
www.epubli.com